상실

상실

The Year of Magical Thinking

조앤 디디온 ㅣ 홍한별 옮김

존과 퀸타나를 위해

일러두기

- 각주는 모두 번역가와 편집자가 추가한 것입니다.
- 원어는 필요한 경우, 최초 등장 시에만 병기하였습니다.
- 원어의 발음은 '국립국어원'에서 제시한 원칙을 따랐으나,
  일부는 일반적으로 통용되는 발음을 따르기도 하였습니다.
- 본문에 사용한 기호는 다음을 나타냅니다. 『 』는 책, 「 」는 논문이나
  시 등, 《 》는 잡지나 학회지 등, 〈 〉는 TV 프로그램이나 노래 등입니다.

목차

삶은 빠르게 변한다.

삶은 순간에 변한다.

저녁을 먹으러 자리에 앉는 순간, 내가 알던 삶이 끝
난다.

자기 연민이라는 문제.

그 일이 일어난 후, 내가 처음으로 적었던 글이다. 컴
퓨터에 기록된 마이크로소프트 워드 파일('달라진
것들.doc')의 수정 날짜는 '2004년 5월 20일 오후
11:11'이지만, 내가 파일을 열었다가 닫기 전에 습관
적으로 저장 버튼을 누르는 바람에 그렇게 되었을
것이다. 5월에 그 파일을 수정하지는 않았다. 2004
년 1월 그 문장을 처음 썼을 때—그 일이 있고 하루,

이틀, 아니면 사흘이 지났을 때— 이래로 한 번도 고치지 않았다.

그 글 말고는 한동안 아무것도 쓰지 않았다.

삶은 순간에 변한다.

평범한 순간에.

그 일에서 가장 충격적이었던 점을 기록하는 뜻에서 '평범한 순간'이라는 말을 덧붙일까, 하는 생각도 해봤다. 그렇지만, 이내 '평범한'이라는 단어를 굳이 붙일 필요는 없다는 생각이 들었다. 그렇다는 사실을 잊는 일이 존재할 리 없었다. 그 단어가 한시도 내 머릿속을 떠나지 않았다. 사실 내가 그 일이 정말로 일어났다는 걸 믿고 받아들이고 새기고 극복하기 어려웠던 이유는, 그 일 직전까지 모든 일이 너무나 평범했던 탓이 컸다. 생각해 보면 원래 그런 것이다. 갑작스레 재앙이 일어났을 때, 우리는 이 도무지 있을 수 없는 일이 일어나기까지 얼마나 평소와 다를 바 없었던가, 하는 생각에 몰두하게 된다. 맑고 푸른 하늘에서 비행기가 추락했고, 늘 다니던 길을 갔는데 갓길에서 차가 불길에 휩싸이는 사고가 일어나고 말았으며, 아이들이 평소처럼 그네를 타고 놀다가 담쟁이덩굴에 숨은 방울뱀에 공격당했다. '그는 퇴근하고 집으로 돌아오는 길이었는데—행복하고, 잘나가고, 건강했는데―, 그런데 떠나 버렸다.' 고속도로에서의 사고로 남편을 잃은 정신과 간호사의 글에서 읽은 문장이다. 1966년에 내가 1941년 12월 7일 아침 호놀룰루에 있었던 사람들을 인터뷰한 일이 있었다. 진주만 공습이 있던 날의 경험을 다들 하나같이, 그날은 '평범한 일요일 아침'이었다는 말로 시작했다. "그냥 평범하고 화창한 9월의 어느 날이었어요." 사람들은 지금도 아메리칸 항공 11편과 유나이티드 항공 175편이 세계무역센터에 충돌한 뉴욕의 그날 아침을 이런 말로 묘사한다. 9·11 조사위원회 보고서도 불길한 조짐을 깔며, 너무 황망해서 무어라 말해야 할지 모르겠다는 어조로 시작한다. '2001년 9월 11일 화요일, 미국 동부는 온화하고 구름이 거의 없는 맑은 날씨로 하루를 시작했다.'

　"그런데― 떠나 버렸다." **우리는 죽음에 둘러싸인 채 살아간다.** 성공회 장례식에서 하는 말이다. 나중에 깨달은 사실인데, 내가 처음 몇 주 동안 우리 집에 온 사람 모두에게 어떤 일이 있었는지 세세히 반복해서 말한 모양이었다. 친구들과 친척들이 집으로 먹을 걸 가져오고 마실 걸 만들었고 식사 때가 되면 사람이 몇이든 식사를 차려주었다. 식사 후에는 남은 음식을 냉동고에 넣어 주고, 식기 세척기를 돌려주었다. 그렇게 그들이 아니었으면 텅 비었을 우리의(나는 여전히 '나의'라고 생각할 수 없었다) 집을 채워주었다. 내가 침실(우리 침실, 1970년대 베벌리 힐스에 있는 리처드 캐럴 남성 의류점에서 산 빛바랜 XL 사이즈 테리 소재 가운이 소파 위에 아직 그대로 놓여 있는 방)로 들어가 문을 닫아버린 뒤에도 우리 집을 지켜주었다. 그렇게 갑자기 피로가 쏟아지듯 몰려오는 순간이 있었다는 게 그 처음 며칠, 몇 주 동안의 일 가운데 가장 또렷한 기억이다. 누군가에게 있었던 일을 자세히 이야기한 기억은 전혀 없지만, 어쨌든 한 게 분명했다. 다들 그 이야기를 알고 있었으니. 자기들끼리 이야기를 전해서 알게 되었을 수도 있겠다 싶었으나, 바로 그건 아니라는 생각이 들었다. 다른 사람에게 전해 들은 이야기라고 하기에는 각자 아는 이야기가 너무 정확했다. 나한테 들은 거였다.

그 이야기의 출처가 나라는 근거가 또 하나 있었는데, 내가 아직 직면할 수 없는 부분은 이야기에서 빠졌다는 점이었다. 예를 들면, 거실 바닥에 남아 있던 핏자국이라든가. 호세가 다음 날 아침에 와서 닦아주기 전까지 그대로 있었다.

호세. 우리 식구나 다름없는 사람이었다. 호세는 그날, 12월 31일에 비행기를 타고 라스베이거스에 가기로 되어 있었으나, 결국 가지 않았다. 호세는 그날 아침 피를 닦으면서 울었다. 무슨 일이 있었는지 내가 처음 말했을 때, 호세는 무슨 말인지 잘 못 알아들었다. 나는 그 이야기를 전달하기에 이상적인 화자가 아니었던 거다. 내 이야기는 너무 무감하면서 동시에 빈틈이 많았고 어조가 핵심 사실을 전하기에 적합하지 않았지만(나는 나중에 퀸타나에게 말할 때도 마찬가지로 전달에 실패했다), 그때 호세는 피를 보고 알아들었다.

나는 그날 아침 호세가 오기 전에 널브러진 주사기와 심전도 전극은 치웠지만, 피는 차마 쳐다볼 수가 없었다.

개요를 적자면.

이 글을 쓰기 시작한 지금은, 2004년 10월 4일 오후이다.

지금으로부터 아홉 달 하고 5일 전, 2003년 12월 30일 밤 아홉 시쯤에, 내 남편 존 그레고리 던이 뉴욕에 있는 우리 아파트 거실 테이블에 나와 같이 식사하려고 막 앉았을 때, 갑자기 광범위 관상동맥 혈전을 일으켜 사망에 이른 것으로 보인다. 우리 외동

딸인 퀸타나는 그때 닷새째 베스 이즈리얼 병원 싱어 분관 집중 치료실에서 의식을 찾지 못하고 있었다. 당시, 이스트엔드 애비뉴에 있었고(2004년 8월에 문을 닫았다) 흔히 '베스 이즈리얼 노스(Beth Israel North)', 혹은 '구(舊) 닥터스 병원'이라고 불린 병원이다. 이 병원에서 처음에는 겨울 독감으로 진단했던 퀸타나의 병이 크리스마스 아침에 응급실에 가야 할 정도로 악화하더니, 급기야 폐렴과 패혈성 쇼크로 이어졌다. 그 이후에 일어난 일들, 몇 주, 몇 달 동안 있었던 일을 이제 돌이켜 보려 한다. 그 몇 달 동안 내가 죽음에 대해, 병에 대해, 확률과 운에 대해, 좋은 운과 나쁜 운에 대해, 결혼과 아이와 기억에 대해, 슬픔에 대해, 삶이 언젠가는 끝난다는 사실을 사람들이 받아들이거나 받아들이지 못하는 방식에 대해, 온전한 정신이라는 게 얼마나 취약한지에 대해, 삶 자체에 대해 갖고 있던 생각들은 모두 흩어졌다. 나는 평생 작가로 살았다. 작가가 되고 나서, 아니 내가 쓴 글을 발표하기 한참 전 어릴 때부터도 나는 단어와 문장과 문단의 리듬에 의미를 두는 감각, 내가 생각하거나 믿는 무언가를 점점 더 꿰뚫기 어렵게 느껴지는 매끈한 표면 뒤에 감추는 기법을 발달시켰다. 내가 글을 쓰는 방식은 내가 어떤 사람인지, 혹은 어떤 사람이 되었는지와 뗼 수 없지만, 이 이야기만은 말과 말의 리듬 대신 어비드(Avid) 디지털 편집 시스템을 갖춘 편집실을 가지고 할 수 있으면 좋을 것 같다. 어떤 버튼을 누르면, 시간의 흐름을 압축해 지금 나에게 떠오르는 기억 속 모든 장면을 동시에 보여 주고 이야기를 듣는 사람이 미묘하게 다른 표현들, 같은 행의 조금씩 다른 해석 가운데 원하는 테이크를 선택할 수 있도록. 이 이야기는 단어만 가지고는 의미를 구할 수가 없다. 이 이야기를 하려면, 뭐든 내가 꿰뚫어 볼 수 있다고 생각하거나 믿는 무언가가 필요하다. 내가 이해하기 위해서만이라도.

2003년 12월 30일 화요일.

우리는 베스 이즈리얼 노스 6층에 있는 집중 치료실에서 퀸타나를 면회했다.

집에 돌아왔다.

저녁을 나가서 사 먹을까, 집에서 먹을까 의논했다.

나는 벽난로에 불을 피우겠다고, 집에서 먹자고 말했다.

나는 불을 피우고 저녁을 준비하면서 존한테 술 한 잔 주느냐고 물었다.

스카치 한 잔을 따라 거실에 있는 존에게 주었다. 존은 평소에 앉는 벽난로 옆 의자에 앉아 책을 읽고 있었다.

존이 읽던 책은 데이비드 프롬킨의 『유럽의 마지

막 여름: 누가 1914년에 세계 대전을 시작했나?』의 가제본이었다.

나는 저녁을 만들어서 거실 테이블에 상을 차렸다. 집에 우리끼리만 있을 때는 거실에서 불을 보며 밥을 먹곤 했다. 자꾸 불 이야기를 하게 되는데, 우리한테는 불이 중요해서 그런다. 나는 캘리포니아에서 자랐고 존과 함께 캘리포니아에서 24년 살았는데, 캘리포니아에서는 벽난로에 불을 때서 난방했다. 여름에도 저녁에는 안개가 들어오기 때문에 불을 땠다. 불을 때면 우리가 집에 돌아왔다는 느낌, 제자리로 돌아온 느낌, 밤새 안녕하리라는 느낌이 들었다. 나는 초에 불을 붙였다. 식탁에 앉기 전에 존이 스카치를 한 잔 더 달라고 해서 술을 따라주었다. 자리에 앉았다. 나는 샐러드를 섞는 데 집중했다.

존이 뭔가 말하다가, 말을 멈췄다. 말을 멈추기 몇 초, 혹은 몇 분 전에 존이 나에게 두 번째 잔은 싱글몰트 스카치냐고 물었다. 나는 아니라고, 첫 잔하고 똑같은 거라고 말했다. "잘했네." 존이 말했다. "왜인지는 모르겠지만, 섞어서 먹으면 안 좋은 것 같아." 그 짧은 몇 초인지 몇 분 동안에 존은 1차 세계 대전이 어떻게 그 이후 20세기 전체를 좌지우지할 중대한 사건이 되었나, 하는 이야기도 했다. 존이 말을 멈쳤을 때 스카치 이야기를 하고 있었는지 1차 세계 대전 이야기를 하고 있었는지는 모르겠다.

내가 고개를 들었던 것만 기억난다. 존의 왼손이 위로 올라가 있고 몸은 축 처진 채 움직이지 않았다. 처음에는 존이 하나도 안 웃긴 장난을 치고 있는 줄 알았다. 힘들었던 하루를 좀 견딜 만하게 만들어 보겠다고.

그러지 마, 라고 말한 게 기억난다.

내 말에 존이 반응이 없자 가장 먼저 떠오른 생각은 뭔가 먹다가 목에 걸린 게 아닌가, 하는 거였다. 존의 뒤쪽으로 가서 의자에서 들어 올려 하임리히법을 시도하려고 했던 게 기억난다. 존이 앞으로 푹 쓰러질 때의 무게가 기억난다. 처음에는 식탁 위에 쓰러졌다가 이내 바닥으로 떨어졌다. 부엌 전화기 옆에 뉴욕-프레즈비티리언 병원 구급차 호출 번호가 적힌 메모지가 붙어 있었다. 이런 순간이 올 줄 알고 붙여놓은 것은 아니었다. 내가 전화기 옆에 구급차 번호를 붙여놓은 까닭은, 이 건물에 사는 누군가가 구급차를 필요로 하게 될지도 몰라서였다.

다른 누군가가.

그 번호로 전화를 걸었다. 배차 담당자가 존이 숨을 쉬고 있냐고 물었다. 나는 **그냥 빨리 와주세요**, 라고 말했다. 구급요원들이 왔을 때 나는 무슨 일이 있었는지 말하려고 했지만, 내가 말을 마치기도 전에 구급요원들이 거실 일부를 치우고 존을 응급 침대에 누일 준비를 했다. 그중 한 명이(구급요원은 세 명, 어쩌면 네 명 있었다. 고작 한 시간 뒤에도 몇 명이 왔는지 기억이 잘 안 났다) 병원과 통화하며 심전도 결과를 두고 의논하고 있었으니, 이미 심전도 결과를 병원에 전송한 듯했다. 다른 사람은 첫 번째인가 두 번째 주사기를 뜯고 있었다. 그 뒤로도 여러 차례 주사를 놓았다. (에피네프린? 리도카인? 프로카인아미드? 이런 이름들이 떠올랐지만, 어디에서 들은 것인지는 알 수가 없었다.) 내가 목에 음식물이 걸렸을지도 모른다고 말했던 기억이 난다. 손가락을 목구멍에 쓱 넣어 보고 그럴 가능성은 폐기되었다. 기도는 깨끗했다. 이제 심장 충격기를 써서 심장박동을 되돌리려고 하는 것 같았다. 정상 심장박동으로 보이는 게 나타났다가(이건 내 착각일 수도 있다. 아무도 말은 안 했는데 한 번 덜컹하는 충격이 있었다) 도로 사라졌는지, 다시 충격을 가했다.

"아직도 세동이 일어나요." 전화를 들고 있는 사람이 이렇게 말했다.

"V-세동이요." 이튿날 아침, 낸터킷에 있던 존의 심장 담당 의사와 통화했는데, 그 사람이 설명해 주었다. "V-세동이라고 했을 거예요. V는 심실이라는 뜻이에요.”

'V-세동'이라고 말했을 수도 있고 아니었을 수도
있다. 심방세동은 즉각적이거나 필연적으로 심장마
비를 일으키지는 않는다. 심실세동은 그런다. 심실 문
제라는 게 당연해서 말할 필요가 없었을 수도 있다.

앞으로 무슨 일이 일어날지 머릿속으로 생각해 보
려 애썼던 기억이 난다. 구급요원들이 왔으니 병원에
가는 게 다음 순서였다. 구급요원들이 갑자기 병원에
간다고 하는데, 내가 준비 안 된 상태이면 어쩌지, 하
는 생각이 들었다. 내가 챙겨야 할 걸 미처 챙기지 못
했다면. 그러면, 나 때문에 소중한 시간을 허비할지도
모르고 나만 뒤에 남겨질 수도 있었다. 나는 가방과
열쇠와 존의 담당 의사가 작성한 존의 병력 기록을
챙겼다. 다시 거실로 갔더니 구급요원들이 바닥에 컴
퓨터 모니터를 놓고 들여다보고 있었다. 나한테는 모
니터가 보이지 않아 구급요원들 얼굴을 봤다. 한 사람
이 다른 사람들 쪽을 흘긋 보던 기억이 난다. 이동하
기로 결정이 내려지자 일이 급속도로 진행되었다. 나
는 엘리베이터로 따라가서 나도 함께 갈 수 있냐고 물
었다. 환자 수송용 침대가 먼저 가야 하니까 두 번째
구급차를 타고 오라고 했다. 구급요원 한 명이 남아서
나와 같이 엘리베이터가 다시 올라오기를 기다렸다.

우리가 두 번째 구급차에 탔을 때, 수송용 침대를 실은 구급차는 아파트 정문으로 빠져나가고 있었다. 우리 집에서 예전에 뉴욕 병원이었던 뉴욕-프레즈비티리언 병원까지는 동서 방향으로 여섯 블록 거리다. 사이렌 소리를 들은 기억은 없다. 교통 상황도 기억나지 않는다. 병원 응급실 입구에 도착했을 때, 수송용 침대는 벌써 건물 안으로 들어가고 있었다. 한 남자가 진입로에서 기다리고 있었다. 눈에 보이는 사람 모두 수술복 차림이었는데 그 사람만은 아니었다. "이분이 부인이신가요." 그 사람이 운전사에게 묻더니 나를 돌아보았다. "제가 담당 사회복지사입니다." 그가 그렇게 말했는데, 아마 나는 그때 알았던 것 같다.

"문을 열고 녹색 육군 정복을 입은 사람을 보는 순간 알았어요. 바로 알았어요." 이라크 키르쿠크에서 폭탄에 목숨을 잃은 열아홉 살 군인의 어머니가 HBO 다큐멘터리에서 한 말인데, 2004년 11월 12일 아침 〈뉴욕 타임스〉에서 밥 허버트가 인용했다. "하지만 나는 저 사람을 집에 들이지만 않으면, 나한테 아무 말도 할 수 없겠거니 생각했어요. 그러면, 그런 일이—어떤 일도 일어나지 않은 게 될 거라고, 말이죠. 그런데 그 사람이 자꾸 말했어요. '잠시 들어가겠습니다.' 나는 계속 이렇게 말했어요. '미안하지만, 들어오실 수 없어요.'"

구급차가 오고 사회복지사를 만났던 그날 밤으로부터 거의 열한 달이 지난 뒤 아침을 먹다가 신문에서 이런 글을 읽었을 때, 나도 같은 생각을 했다는 걸 알았다.

응급실로 가보니 수술복을 입은 사람들이 더 많이 몰려와 수송용 침대를 칸막이 안쪽으로 몰고 가고 있었다. 누군가가 나한테 접수처에서 기다리라고 했다. 그렇게 했다. 입원 절차를 밟으려고 사람들이 줄 서 있었다. 줄 서서 기다리는 게 뭔가 건설적인 일이겠다, 싶었다. 줄 서서 기다린다는 건 이 일에 대처할 시간이 있다는 거였다. 내 핸드백 안에 보험증 사본이 있고, 이 병원은 우리가 다니던 병원이 아니지만—이곳 뉴욕 병원은 뉴욕-프레즈비티리언 병원 중 코넬대학교와 제휴된 곳이고, 내가 아는 곳은 컬럼비아대학교와 제휴된 컬럼비아-프레즈비티리언으로 서둘러도 20분은 걸리는 168번가와 브로드웨이 교차로에 있으니 이런 위급 상황에는 적합하지 않았다 — 나는 익숙하지 않은 병원에서도 일을 처리할 수 있고 내가 해야 할 구실을 할 수 있으며, 존이 안정되면 컬럼비아-프레즈비티리언으로 옮기는 절차도 밟

을 수 있을 것이었다. 내가 컬럼비아로 존을 옮긴다
는 눈앞의 과제에 골몰하고 있는데(심장 모니터 장치가
있는 침대가 필요할 거고, 나중에는 퀸타나도 컬럼비아로 옮
겨올 수 있을 것이었다. 퀸타나가 베스 이즈리얼 노스에 입원
하던 날 컬럼비아 의사 몇 사람의 호출기 번호를 받아적어 놓
았다. 그중 누가 퀸타나를 옮길 수 있게 손을 써줄 것이었다),
사회복지사가 다시 나타나서 나를 입원 수속 줄에서
데리고 나가 접수처에서 좀 떨어진 빈방으로 안내했
다. "여기에서 기다리세요." 그가 말했다. 나는 기다
렸다. 그 방 안은 추웠다. 내가 한기를 느꼈던 것일 수
도 있고. 내가 구급차를 부른 시각으로부터 구급대
원이 도착하기까지 시간이 얼마나 흘렀을지 궁금했
다. 시간이 거의 흐르지 않은 것 같았지만(그 방에 있
을 때 '신의 눈으로 보면 티끌'이라는 말이 떠올랐다), 최소한
몇 분은 지났을 것이다.

전에 내 작업실 메모판에는 영화 플롯 짤 때 참고
하려고 붙여놓은 분홍색 인덱스 카드가 있었다. 뇌
가 산소 없이 얼마나 오래 버틸 수 있나, 하는 문장을
『머크 매뉴얼(The Merck Manual)』*에서 베껴 타자

---

*   미국의 제약 회사인 머크 사에서 발행한 일반인 대상의 의학 참조 자료
    집이다.

로 쳐놓았다. 접수처에서 나와 빈방에 혼자 있을 때 그 분홍색 인덱스 카드의 이미지가 머릿속에 떠올랐다. '산소 결핍이 4~6분 이상 지속하면, 뇌의 영구 손상이나 사망으로 이어질 수 있다.' 아마 내 기억이 잘 못되었겠지, 하고 생각하는데 사회복지사가 다시 나타났다. 어떤 남자와 함께 와서 '남편분의 담당의'라고 소개했다. 잠시 침묵이 흘렀다. "죽었지요, 그런가요?" 내가 의사에게 이렇게 말하고 있었다. 의사는 사회복지사를 쳐다보았다. 사회복지사가 말했다. "괜찮아요. 아주 침착한 고객이세요." 두 사람은 나를 커튼이 쳐진 칸 안으로 데려갔다. 존은 그곳에 혼자 누워있었다. 그들이 목사님을 불러줄지 물었다. 나는 그러라고 대답했다. 목사님이 오셔서 기도했다. 나는 고맙다고 했다. 나는 존이 면허증과 신용카드를 끼워 지니고 다니는 은색 클립을 받았다. 존의 주머니 안에 있던 현금도 받았다. 존의 손목시계도 받았다. 존의 휴대전화도 받았다. 비닐봉지도 받았는데 그 안에 존의 옷이 들어 있다고 했다. 나는 고맙다고 했다. 사회복지사가 또 필요한 게 있냐고 물었다. 나는 택시를 잡아달라고 했다. 그가 그렇게 해 줬다. 나는 고맙다고 했다. "택시비 있으세요?" 그가 물었다. 침착한 고객인 나는 그렇다고 말했다. 아파트로 돌아와 존의 재킷과 목도리가 베스 이즈리얼 노스에서 퀸타나를 보고 돌아왔을 때 의자에 걸쳐놓은 그대로 있는 것을 보고(빨간색 캐시미어 목도리, 영화 〈업 클로즈 앤 퍼스널(Up Close And Personal)〉의 스태프 점퍼인 파타고니아 바람막이 재킷), 침착하지 않은 고객이라면 어떤 것을 할 수 있었을지 생각했다. 무너져 내리기? 진정제를 투여해야 할 만한 소동? 소리 지르기?

이 일을 존과 이야기해 봐야겠다고 생각했던 게 기억난다.

나는 뭐든 존과 이야기했다.

우리 둘 다 작가이고 둘 다 집에서 일했으므로, 종일 서로의 목소리를 들으면서 지냈다.

나는 존이 언제나 옳다고는 생각하지 않았고 존도 내가 언제나 옳다고 생각하지는 않았지만, 우리는 서로를 믿었다. 어떤 상황에서든 노력을 쏟고 관심을 두는 부분이 갈리지 않았다. 가끔 우리 둘 중 하나가 더 좋은 리뷰를 받거나 계약금을 더 많이 받거나 할 때가 있으니, 서로 '경쟁심'을 느낄 거로 생각하는 사람이 많았다. 직업적으로 서로 질투하고 원망하는 마음이 솟을 수밖에 없을 터라 집안 분위기가 지뢰

밭 같을 거라고들 했다. 사실과 너무 다른 생각을 하는 사람이 이렇게 많다니, 결혼에 대한 일반적 관념에 어떤 맹점 같은 게 있는 건 아닌가 싶은 정도였다.

그것도 우리가 이야기했던 주제였다.

뉴욕 병원에서 홀로 집에 돌아왔을 때, 우리 아파트에서 침묵을 느꼈던 것이 기억난다.

병원에서 받은 비닐봉지 안에는 코듀로이 바지, 모직 셔츠, 벨트가 있었는데, 그게 전부였던 것 같다. 코듀로이 바지 다리 부분은 잘려있었다. 구급요원들이 그랬겠거니, 싶었다. 셔츠에는 핏자국이 있었다. 벨트는 가죽끈을 엮어 만든 브레이드 벨트였다. 존의 휴대전화를 존의 책상 위 충전기에 꽂았던 기억이 난다. 은색 클립을 침실로 가져가 여권, 출생증명서, 배심원 참여 증명서 등을 넣어 두는 상자 안에 넣은 게 기억난다. 지금, 클립을 꺼내 존이 갖고 다니던 카드들을 본다. 갱신 기한이 2004년 5월 25일까지인 뉴욕주 운전면허증, 체이스은행 현금카드, 아메리칸 익스프레스 카드, 웰스파고 마스터카드, 메트로폴리탄 미술관 카드, 미국 서부 작가 조합 카드(그때가 아카데미상 투표 기간 직전이어서 작가 조합 카드로 공짜로 영화를 볼 수 있었다. 존이 영화를 보러 갔었던 모양인데, 나는 기억나지 않는다), 건강 보험증, 지하철 교통카드, 메드

트로닉 사에서 발급한, '저는 카파 900 SR 페이스메이커를 몸에 이식했습니다'라는 말과 장치 일련번호, 이식 수술을 한 의사의 전화번호, '이식일: 2003년 1월 3일'이라는 날짜가 적힌 카드. 존의 주머니에서 나온 현금을 내 가방에 있는 현금과 합한 기억이 난다. 지폐를 펼쳐서, 20달러는 20달러끼리, 10달러는 10달러끼리, 5달러와 1달러도 각각 알뜰히 모아 포갰던 기억이 난다. 지폐를 정리하면서, 존이 이 모습을 보면 내가 할 일을 잘하고 있다고 생각할 텐데, 하고 생각했던 기억도 난다.

뉴욕 병원 응급실, 커튼이 쳐진 칸 안에서 존을 보았을 때 존의 앞니 하나가 깨져 있었다. 쓰러지면서 그렇게 됐겠다는 생각이 들었다. 얼굴에 멍도 있었다. 다음 날 프랭크 E. 캠벨 장례식장에서 존의 시신을 확인했을 때는 멍이 잘 보이지 않았다. 내가 방부 처리는 하지 않아도 된다고 말하자, 장의사가 "그렇다면 깨끗하게만 하겠습니다"라고 말했던 게 멍을 가리겠다는 말이었구나, 싶었다. 장의사와 있었던 일은 분명하지 않다. 나는 장례식장에서 어떤 부적절한 반응(눈물, 분노, 오즈의 세계에 온 것처럼 고요한 분위기에서 속절없이 웃음을 터뜨림)도 보이지 않겠다고 단단히 마음먹은 채 온 터라, 아예 아무런 반응도 하지 않았다. 우리 어머니가 돌아가셨을 때는 장의사가 와서 시신을 모셔 가며, 어머니가 누웠던 침대 위에 조화 장미 한 송이를 남겨 두었다. 오빠가 무심함에 속상해하며 나에게 푸념했었다. 나는 조화 장미 같은 것에 대비해 마음의 준비를 단단히 했다. 관을 빠르게 결정했던 기억이 난다. 사무실에서 서류에 서명했는데 그 사무실에 있는 커다란 괘종시계가 멈춰 있었던 기억이 난다. 나와 같이 있던 존의 조카 토니 던이 장의사에게 시계가 멈췄다고 말했다. 장의사는 장식적 요소를 설명할 기회가 생겨 기쁜 듯이, 시계가 멈춘 지 꽤 됐지만 회사의 역사를 기념하는 '일종의 기념비'로 놓아두었다고 말했다. 시계를 어떤 교훈 삼아 놓아둔 것 같았다. 나는 퀸타나 생각에 집중했다. 퀸타나를 생각하자 장의사가 하는 말에는 귀를 닫을 수 있었지만, 이 문장이 떠오르는 걸 막을 수는 없었다. **다섯 길 물속에 아버지가 누웠으니 / 아버지의 두 눈은 진주가 되었네.**[*]

---

[*] 셰익스피어의 『폭풍』에 나오는 구절이다.

여덟 달 뒤에, 나는 우리 아파트 관리인에게 12월 30일 밤 경비 일지를 아직 보관 중인지 물었다. 나는 3년 동안 입주자 대표를 맡은 적이 있어서 일지가 있다는 사실을 알았다. 아파트 현관을 출입한 사람을 일지에 반드시 기록하게 되어 있다. 다음 날, 관리실에서 12월 30일 기록을 보내주었다. 일지에 따르면, 그날 밤에 근무한 경비는 마이클 플린과 바실레 이오네스쿠였다. 내가 기억 못 했던 사실이었다. 바실레 이오네스쿠와 존이 엘리베이터 안에서 늘 주고받는 농담이 있었다. 차우셰스쿠가 통치하는 루마니아를 떠나온 망명자와 코네티컷 웨스트 하트퍼드 출신 아일랜드계 가톨릭교도끼리 통하는, 서로의 정치적 입장에 대한 이해를 바탕으로 하는 가벼운 게임 같은 것이었다. "그래, 빈 라덴은 어디 있대요." 존이 엘리베이터에 타면, 바실레가 이렇게 말하곤 했다. 최대로 황당한 추측을 하는 게 게임의 목표였다. "펜트하우스에 숨어 있는 거 아녜요?" "복층 아파트에 있을 수도요?" "헬스장은요?" 일지에서 바실레의 이름을 보자, 우리가 12월 30일 초저녁에 베스 이즈리얼 노스에서 집으로 돌아왔을 때도 바실레가 이 농담을 꺼냈는지 어쨌는지 기억이 안 난다는 생각이 들었다. 그날 저녁 일지에는 기록이 두 건밖에 없었다. 입

30

주민들 다수가 더 따뜻한 지역으로 떠나 있는 때임을 고려하더라도 평소보다 한산한 날이었다.

> 기록: 구급요원 오후 9:20 도착. 던 씨가 오후 10:05 병원으로 이송됨.
> 기록: A-B 엘리베이터 전구 나감.

A-B 엘리베이터는 우리가 쓰는 엘리베이터이고, 구급요원들이 오후 9:20에 타고 올라온 엘리베이터이고, 오후 10:05에 존(그리고 나)을 구급차가 있는 아래층으로 태워 간 엘리베이터이며, 내가 기록되어 있지 않은 시간에 혼자 우리 아파트로 돌아올 때 탄 엘리베이터이다. 나는 엘리베이터 전구가 나간 것을 알아차리지 못했다. 구급요원이 우리 집에 45분 동안 있었다는 사실도 몰랐다. 늘 사람들한테 '15분에서 20분 정도'라고 말했었다. **그렇게 오래 있었다는 건, 그때는 존이 살아있었다는 뜻일까?** 나는 내가 아는 의사에게 그렇냐고 물어보았다. "가끔 그렇게 오래 할 때도 있어요." 의사가 말했다. 한참 지난 다음에야 그 의사가 내 질문에는 답하지 않았다는 것을 깨달았다.

내가 받아본 사망 증명서에는 사망 시각이 2003년 12월 30일 오후 10:18으로 되어 있었다.

병원에서 나오기 전에 부검을 허락하겠냐는 질문을 들었다. 나는 그러겠다고 했다. 나중에 읽은 책을 통해 유족에게 부검 동의를 받는 것이 병원 입장에서는 사망 이후 절차 가운데에서도 가장 조심스럽고 민감하고 힘든 단계라는 걸 알았다. 여러 연구에 따르면[예를 들면, 카츠(Katz, J. L.)와 가드너(Gardner, R.), 「인턴의 딜레마: 부검 동의 요청」, 《정신의학(Psychiatry in Medicine)》, 제3권 197~203페이지, 1972], 의사들도 이러한 것을 요청할 때 상당한 불안감을 경험한다고 한다. 의학을 가르치고 배우려면 부검이 필수적이지만, 이 절차가 근원적인 두려움을 건드린다는 것도 알기 때문이다. 만약 뉴욕 병원에서 나에게 부검에 동의하냐고 물은 사람이 그런 불안을 느꼈다면, 내가 그 불안감을 덜어줄 수 있었을 것이다. 나는 적극적으로 부검을 원했다. 전에 자료 조사를 하면서 몇 번 부검 과정을 직접 본 적이 있는데도 부검을 원했다. 나는 무슨 일이 일어나는지 정확히 알았다. 정육점에 있는 생닭처럼 가슴을 활짝 열어젖히고, 얼굴 피부를 벗겨내고, 저울로 장기의 무게를 잰다. 부검이 진행되는 동안 살인사건 담당 형사들조차 고개를 돌리는 것을 보았다. 그런데도 나는 부검을 원했다. 그 일이 어떻게, 왜, 언제 일어났는지 알아야 했다. 사실 부검이 이루어질 때 옆에 있고 싶었지만(나는 다른 부검을 참관했을 때 존과 같이 있었고 존의 부검도 내가 함께해야 한다고 생각했다. 그때 내 머릿속에는 만약 내가 검시 테이블 위로 올라갔다면, 존도 그 방에 있었을 거라는 생각이 확고하게 박혀 있었다), 내 생각을 합리적으로 전달할 자신이 없어서 그럴 수 있냐고 묻지는 않았다.

구급차가 오후 10:05에 아파트에서 나갔고 사망 진단이 오후 10:18에 이루어졌다면, 그 사이의 13분은 그저 행정 절차, 요식 행위, 병원에서 따라야 할 절차를 준수하고 서류를 작성하고 적절한 위치에 있는 사람이 최종 승인을 하고 침착한 고객에게 소식을 알리는 과정이었을 것이다.

그 승인을 '선고'라고 한다는 걸 나중에 알게 되었다. '선고 시각: 오후 10:18.'

그동안 존이 내내 죽어 있었다고 믿어야만 했다.

존이 내내 죽어 있었다는 걸 믿지 않는다면 존을 살리기 위해 내가 뭔가를 할 수 있었다고 생각했을 것이다.

부검 결과를 보기 전까지는 계속 그런 생각을 했다. 망상적 사고의 한 예로, 나에게 전능한 힘이 있다고 생각하는 경우였다.

존이 죽기 한두 주 전에 같이 식당에서 저녁을 먹다가 존이 나더러 수첩에 뭔가를 적어 달라고 했다. 존은 늘 메모용 카드를 가지고 다녔다. 존의 이름이 인쇄된 가로 6인치, 세로 3인치짜리 카드로 재킷 안주머니에 쏙 들어갔다. 존은 저녁을 먹다가 어떤 생각이 떠올라서 기억해 두고 싶었는데, 안주머니에 그 카드가 없었던 것이다. 당신이 좀 적어줄래, 그가 말했다. 그때, 내가 스포츠 관련 책을 쓰려고 자료를 조사하는 중이어서, 내 책이 아니라 자기 책에 쓸 거라고 강조했다. 존이 불러준 메모의 내용은 이렇다. "전에는 코치들이 게임이 끝나면 나와서 '잘했어'라고 말했다. 지금 코치들은 주 경찰과 함께 나간다. 경기가 전쟁이고 선수들이 군인들인 것처럼. 스포츠가 군사화되었다." 다음 날 메모지를 존에게 주었더니 존이 말했다. "원하면 당신이 써."

무슨 뜻이었을까?

자기가 책을 쓰지 못할 것을 알았던 걸까?

어떤 예감, 그림자 같은 걸 느꼈을까? 그날 밤 저녁 먹으러 갈 때 왜 메모 카드를 챙기지 않았을까? 내가 수첩을 두고 나왔을 때는, 무언가가 머리에 떠올랐을 때 메모할 수 있느냐 없느냐가 글을 쓸 수 있느냐 없느냐를 판가름한다고 존이 잔소리하지 않았던가? 그날 밤 존은 무언가를 쓸 수 있는 시간이 끝나간다는 걸 직감했던 걸까?

우리가 브렌트우드 파크에 살던 어느 해 여름에는 네 시가 되면 하던 일을 중단하고 풀로 나가곤 했다. 존은 물속에 서서 책을 읽었고(그해 여름에 『소피의 선택』을 여러 차례 반복해 읽으며 분석하려 했다) 나는 정원 일을 했다. 미니 정원이라는 말이 어울릴 법한 작은 정원이었는데, 자갈길이 깔렸고 장미 넝쿨이 자라 있었으며, 가장자리에는 백리향과 산톨리나와 화란국화를 심은 화단이 있었다. 몇 해 전에 내가 잔디밭을 들어내고 이 식물들을 심자고 존을 설득했었다. 존이 전에는 정원에 아무 흥미를 보이지 않았는데, 놀랍게도 정원이 완성되자 신비로운 선물이라도 되는 듯 받아들였다. 그해 여름에는 수영하다가 다섯 시가 되면 젖은 몸에 타올을 두르고 서재로 가서, 그때 다른 방송국에서 재방송 중이던 BBC 드라마 〈텐코〉를 봤다. 다분히 빤한 캐릭터인 영국 여자들이〔한 명은 미성숙하고 이기적이며, 한 명은 『미니버 부인(Mrs. Miniver)』*을 염두에 두고 쓴 것 같다〕2차 세계 대전 동안에 말라야

---

*   잰 스트러서의 소설인데, 1942년에는 윌리엄 와일러 감독이 영화로 만들었다. 2차 세계 대전을 겪는 소박한 영국 시골 가정주부의 이야기이다.

에서 일본군의 포로가 된 이야기다. 날마다 〈덴코〉를 본 다음에는 2층으로 올라가서 한두 시간 정도 더 일했다. 존은 계단 꼭대기에 작업실을 두었고, 나는 현관 옆에 있는 유리로 둘러싸인 포치(Poche)를 내 작업실로 썼다. 일곱 시나 일곱 시 반쯤 되면 저녁을 먹으러 나갔는데, 모턴스에 자주 갔다. 그해 여름에는 모턴스가 제격이었다. 새우 퀘사디야, 닭고기와 검은 콩으로 만든 요리가 늘 있었다. 그리고 우리가 아는 누군가가 늘 있었다. 실내는 서늘하고 표면이 반들거리고 어두컴컴했지만 창밖으로 황혼을 볼 수 있었다.

그 무렵 존은 밤에 운전하기를 싫어했다. 나중에 알게 되었는데, 그게 존이 뉴욕에서 지내기를 원했던 이유 중 하나였다. 당시에는 왜 그러는지 이해를 못했지만. 그해 여름 어느 날 밤 할리우드 카미노 팔메로에 있는 앤시아 실버트의 집에서 저녁을 먹고 돌아오는 길에 존이 나에게 운전하라고 했다. 정말 별일이라고 생각했던 기억이 난다. 앤시아의 집은 우리가 1967년부터 1971년까지 살았던 프랭클린 애비뉴의 집에서 한 블록도 안 되는 거리에 있었으니, 새로운 동네를 구경하고 싶어서 그랬을 리도 없었다. 자동차에 시동을 걸면서 존과 같이 차에 탔을 때 내가 운전한 적은 손으로 꼽을 정도라는 생각이 들었다. 기억이 나는 날이 딱 하루 있었는데, 라스베이거스에서 로스앤젤레스까지 차로 갈 때 존과 내가 교대로 운전했을 때였다. 그때 우리 차였던 콜벳의 조수석에서 존이 꾸벅꾸벅 졸다가 눈을 떴다. 잠시 뒤에 존이 아주 조심스럽게 말했다. "나라면 조금 더 천천히 갈 것 같아." 나는 특별히 빠르다는 느낌이 없던 터라 속도계를 봤다. 시속 190킬로미터였다.

그렇지만.

모하비 사막을 가로질러 가는 것과는 전혀 다른 상황이었다. 그때 말고는 시내에서 식사를 하고 집에 갈 때 나한테 운전대를 맡긴 적이 한 번도 없었다. 그날 카미노 팔메로에서의 일은 유례가 없는 일이었다. 브렌트우드 파크의 우리 집까지 40분 만에 돌아왔을 때, 존이 "운전 잘했어"라고 한 것도 처음 있는 일이었고.

존은 죽기 전 한 해 동안 오후에 풀에서 수영하고, 정원을 가꾸고, 〈덴코〉를 보던 나날을 자주 입에 올렸었다.

필리프 아리에스는 『죽음 앞의 인간』에서 『롤랑의 노래』에 나타난 죽음의 본질적 특징을 거론한다. 이 세계에서는 아무리 급작스럽거나 우연한 죽음이라도 '죽음이 닥쳐온다는 경고를 미리 보낸다.' 가웨인경에게 누가 묻는다. "아, 기사님, 그렇다면 곧 돌아가시리라고 생각하십니까?" 가웨인이 대답한다. "이틀을 넘기지 못할 걸세." 아리에스는 이렇게 말한다. '그의 의사도 친구들도 사제들도(사제들은 그 자리에 있지도 않고 존재도 잊혔다) 본인만큼 잘 알지는 못한다. 죽어가는 사람만이 시간이 얼마나 남았는지 안다.'

저녁을 먹으려고 앉는다.

"원하면 당신이 써." 죽기 한두 주 전에 존이 불러주고 내가 받아적은 메모를 건넸을 때 존이 말했다.

그런데— 떠나 버렸다.

비애란 것은, 맞닥뜨리고 보면 생각했던 것과 전혀 다르다. 우리 부모님이 돌아가셨을 때, 나는 비애를 느끼지 않았다. 아버지는 여든다섯 번째 생일을 며칠 앞두고 돌아가셨고, 어머니는 아흔한 번째 생일을 한 달 남기고 돌아가셨다. 두 분 다 몇 해 동안 점점 쇠약해지는 과정을 거쳤다. 부모님이 돌아가셨을 때 나는 슬펐고, 외로웠고(나이가 몇 살이든 간에 홀로 남겨진 자식은 외로움을 느낀다), 또 지나간 세월이, 하지 못했던 말이, 두 분이 마지막에 겪었을 고통과 무력감과 신체적 굴욕감에 공감하지도 그걸 제대로 인지하지도 못했던 것이 후회스러웠다. 나는 부모님이 돌아가셨을 때는 죽음을 피할 수 없는 것으로 받아들였다. 평생 언젠가는 두 분의 죽음이 닥치리란 걸 예상(두려워하고, 겁내고, 불안해하고)했으니까. 부모님의 죽음이 닥쳤을 때도 그 죽음과 거리를 두고 조금 떨어져서 나의 일상을 지속할 수 있었다. 어머니가 돌아가신 후 시카고에 사는 전직 메리놀회 사제 친구한테서 편지를 받았다. 친구는 내가 어떤 심정일지 정확히 직감했다. 편지에 이렇게 적었다. "우리가 아무리 마음의 준비를 해도, 우리 나이가 몇 살이건 간에, 부모님의 죽음은 마음 깊은 곳을 뒤흔들고 뜻밖의 반응을 일으켜 아주 오래전에 묻어 놓은 줄 알았던 기억과 감정을 헤집어 내지요. 우리는 애도라고 하는 그 불특정한 기간에, 바다 밑 잠수함 속에서 지내는지도 모릅니다. 심연의 고요 속에 머물며, 때론 가까이에서 때론 멀리서 회상을 불러일으켜 우리를 뒤흔드는 폭뢰의 존재를 느끼면서 말이지요."

아버지가 돌아가셨을 때나 어머니가 돌아가셨을 때 한동안은 폭뢰를 조심하며 살아야 했지만, 그래도 나는 아침에 잠자리에서 일어나 빨래를 내놓을 수 있었다.

부활절 오찬 메뉴를 짤 수 있었다.

여권을 잊지 않고 갱신할 수 있었다.

비애는 다르다. 비애는 거리가 없다. 비애는 파도처럼, 발작처럼 닥쳐오고 급작스러운 불안을 일으켜, 무릎에 힘을 빼고 눈앞을 보이지 않게 하며, 일상을 까맣게 지워버린다. 가까운 사람을 잃음으로써 비애를 겪은 사람은 거의 모두가 이런 '파도' 현상을 경험했다고 말한다. 1940년대 매사추세츠 종합병원 정신의학과장이었던 에릭 린드먼은 1942년 코코아넛 그로브 나이트클럽 화재로 가족을 잃은 사람 여럿을 인터뷰하고 1944년에 쓴 유명한 논문에서 이 현상을 다음과 같이 아주 구체적으로 정의했다. '신체적 고통의 감각이 파상으로 일어나고 한번 일어나면 20분에서 한 시간 정도 이어지는데, 목이 조여드는 느낌, 가쁜 호흡과 숨 막힘, 한숨이 나옴, 속이 텅 빈 느낌, 기력이 없음, 긴장이나 정신적 고통이라고 할 수 있는 강렬한 주관적 고통을 느낀다'고 했다.

목이 조임.

숨 막힘. 한숨이 나옴.

이런 파도가 2003년 12월 31일 오전에 시작되었다. 그 일이 있고 일고여덟 시간쯤 지난 후 아파트에서 혼자 깼을 때다. 전날에는 운 기억이 없다. 그 일이 일어났을 때 나는 일종의 쇼크 상태에 들어갔고,

무언가 내가 해야 할 일이 있을 거라는 생각 말고 다른 생각은 차단했다. 구급대원이 우리 집 거실에 있을 때 내가 해야 할 일이 있었다. 이를테면, 존의 병력 기록을 병원에 가지고 갈 수 있게 챙겨야 했다. 또 나갈 것이기 때문에 벽난로 불씨를 묻어 놓아야 했다. 병원에서도 내가 해야 할 일이 있었다. 이를테면, 줄을 서야 했다. 이를테면, 존을 컬럼비아-프레즈비티리언 병원으로 옮기려면 심장 모니터 장치가 있는 침대가 필요하다는 것에 정신을 집중해야 했다.

병원에서 집으로 돌아온 다음에도 해야 할 일들이 있었다. 해야 할 일을 전부 생각해 낼 수는 없었지만, 한 가지는 알았다. 무엇보다도 먼저 존의 형 닉에게 알려야 했다. 케이프 코드에 사는 큰형 딕에게 전화를 걸기에는 너무 늦은 시간인 것 같았지만(딕은 일찍 잠자리에 드는 데다, 건강이 좋지 않아 나쁜 소식으로 깨우고 싶지는 않았다), 작은형 닉에게는 말해야 했다. 어떻게 이야기할지 계획을 세우지는 않았다. 그냥 침대에 앉아 수화기를 들고 코네티컷에 있는 닉의 집으로 전화를 걸었다. 닉이 받았다. 내가 말했다. 수화기를 내려놓은 다음, 전화를 걸고 해야 할 말을 하는 새로운 신경 패턴이라도 생긴 듯 바로 다시 수화기를 들었다. 퀸타나에게 말할 수는 없었지만(퀸타나는 몇 시간 전에 우리가 두고 온 상태 그대로, 베스 이즈리얼 노스 집중 치료실에 의식이 없는 채로 있을 테니), 다섯 달 전에 퀸타나의 남편이 된 제리에게 전화를 걸 수 있었고, 또 캘리포니아 페블 비치에 있는 내 동생 짐한테도 알릴 수 있었다. 제리가 지금 오겠다고 했다. 나는 올 필요 없다고, 나는 괜찮다고 말했다. 짐이 비행편을 알아보겠다고 했다. 나는 그럴 필요 없고, 내일 아침에 다시 이야기하자고 말했다. 다음에는 무얼 해야 하나, 생각하고 있는데 전화가 울렸다. 존과 나의 에이전트인 린 네즈빗이었다. 1960년대 후반부터 친구처럼 지내온 사람이다. 그때는 린이 어떻게 알았는지 몰랐지만, 어쨌든 린이 알았고(닉과 린 둘 다 아는 친구가 마침 두 사람하고 통화했던 것 같다) 택시를 타고 우리 아파트로 오는 중이라고 했다. 한편으로는 마음이 놓이면서(린은 일을 어떻게 처리해야 할지 알 테고 내가 뭘 해야 하는지 알 테니까), 또 한편으로는 당혹스럽기도 했다. 이런 때 어떻게 손님을 맞지? 뭘 해야 하나, 주사기와 심전도 전극과 핏자국이 아직 바닥에 있는 거실에 앉아야 하나, 불씨를 되살려 불을 피워야 하나, 술을 마셔야 하나, 린이 밥은 먹었을까?

나는 밥을 먹었던가?

내가 밥을 먹었는지 스스로 묻는 순간, 앞으로

무슨 일이 있을지 처음으로 감이 왔다. 음식을 생각하면 토하게 된다는 걸 그날 밤에 알았다.

린이 왔다.

우리는 거실에서 핏자국과 전극과 주사기가 없는 쪽에 앉았다.

린하고 이야기하면서 이런 생각을 했던 게 기억난다(린한테 말할 수는 없는 부분이었다). 쓰러지면서 피가 난 게 분명하다고. 존이 얼굴 쪽으로 쓰러졌고, 응급실에서 존의 앞니가 깨진 걸 봤으니, 깨진 이에 입 안쪽을 베었을 수도 있었다.

린은 전화를 잡더니 크리스토퍼에게 연락해야겠다고 했다.

이것도 당혹스러웠다. 내가 가장 잘 아는 크리스토퍼는 크리스토퍼 디키(Christopher Dickey)*인데, 그는 파리나 두바이에 있을 것이고, 게다가 린은 그를 크리스토퍼가 아니라 크리스라고 불렀을 거였다. 내 생각이 다시 부검으로 흘러갔다. 내가 거기 앉아 있는 그 순간 부검이 이루어지고 있을 수도 있었다. 그때 린이 말하는 크리스토퍼가 《뉴욕 타임스》 부고

---

*　미국의 언론인이자 작가였다. 주로 외교 정책, 전쟁, 테러리즘, 그리고 중동에 관한 취재로 잘 알려진 인물이었다.

담당 기자 크리스토퍼 레만-하우트라는 사실을 퍼뜩 깨달았다. 그때 충격을 느꼈다. **아직 아니야**, 라고 말하고 싶었지만, 입이 바싹 말랐다. '부검'은 받아들일 수 있었지만, '부고' 생각은 아직 해보지 않았다. '부검'은 나와 존과 병원 사이의 일이지만, '부고'는 그게 정말로 일어났다는 뜻이었다. 나는 그 일이 로스앤젤레스에서도 일어났을까, 하고 생각하면서도 그게 논리적으로 터무니없다는 걸 전혀 느끼지 못했다. 나는 존이 죽은 게 몇 시인지, 로스앤젤레스도 그 시간이 되었을지를 계산해 보고 있었다. (다시 돌아갈 시간이 있는 걸까? 태평양 표준시로는 다른 결말에 도달할 수 있을까?) 갑자기 《로스앤젤레스 타임스》 직원들이 《뉴욕 타임스》를 읽고 무슨 일이 일어났는지 알게 하면 안 된다는 다급함을 느꼈던 기억이 난다. 나는 《로스앤젤레스 타임스》에서 일하는 친한 친구 팀 러튼에게 전화를 걸었다. 다음에 린과 내가 뭘 했는지는 기억이 안 난다. 린이 밤에 같이 있어 주겠다고 했는데 내가 아니라고, 혼자 있어도 괜찮다고 말했던 건 생각난다.

실제로 괜찮았다.

이튿날 아침이 되기까지는. 잠이 반쯤 깬 상태로 왜 내가 침대에 혼자 누워 있는지 생각해 내려고 애썼다. 가슴을 짓누르는 느낌이 있었다. 존과 싸우고 난 다음 날 아침 잠에서 깼을 때처럼 묵직한 느낌이었다. 우리가 싸웠던가? 뭣 때문에 싸웠고 어쩌다 싸우게 됐을까, 싸움이 어떻게 시작됐는지 기억이 안 나는데 어떻게 화해를 하나?

그때 기억이 났다.

그 뒤로 몇 주 동안 일어날 때마다 그랬다.

나는 깨어나서, 낮이 아니라 어둠이 내려앉은 걸 느낀다.

존은 동생이 자살한 후, 몇 달 동안 제라드 맨리 홉킨스의 여러 시에서 시행을 발췌하여, 흡사 묵주기도문 같은 것을 엮었다.

오, 정신이여, 정신에 산맥이 솟아
섬뜩한 수직의, 아무도 깊이를 모르는 깎아지른 낭떠러지
거기 매달려 본 적이 없는 사람이나 낮잡아 보리.
나는 깨어나서, 낮이 아니라 어둠이 내려앉은 걸 느낀다.
그리고 나는 바랐다.
폭풍이 닥치지 않는 곳에 머물기를.

지금 생각해 보니 첫 번째 날 밤에 혼자 있겠다는 나의 고집은 보기보다 훨씬 복잡한, 원시적 본능 같은 것이었던 듯싶다. 물론 나는 존이 죽었다는 걸 알았다. 소식을 이미 확실하게 존의 동생에게, 내 동생에게, 사위에게 전했다. 《뉴욕 타임스》도 알았다. 《로스앤젤레스 타임스》도 알았다. 그런데도, 나는 그 소식을 최종적으로 받아들일 준비가 되어 있지 않았다. 머릿속 어떤 층위에는 현재 일어난 일을 되돌릴 수 있다는 믿음이 있었다. 그래서 나는 혼자 있어야 했던 것이다.

첫 번째 날 밤 이후로는 몇 주 내내 하루도 혼자 있었던 적이 없지만(내 동생 짐과 짐의 아내 글로리아가 다음 날 캘리포니아에서 비행기를 타고 오고, 닉도 뉴욕으로 돌아오고, 토니와 로즈메리 부부도 코네티컷에서 돌아올 거고, 호세는 라스베이거스로 가지 않고, 우리 비서인 섀런은 스키 여행지에서 돌아올 것이고, 그러니 집에 사람이 없을 때가 없게 된다), 첫 번째 날 밤에는 혼자 있어야 했다.

존이 돌아올 수 있으려면, 나 혼자 있어야 했다.

그렇게 나의 마술적 사고의 한 해가 시작되었다.

3

정신을 흩트려 놓는 비애의 강력한 힘에 이미 많은
사람이 주목했다. 프로이트는 1917년에 발표한 「애
도와 멜랑콜리아」에서 누군가를 잃고 비애에 잠기면
'정상적인 생활 태도에서 심각하게 벗어나게' 된다고
했다. 그렇지만, 프로이트는 비애가 정신적 혼란 가운
데서 특이한 취급을 받는다는 점을 지적한다. '그걸
병리적 상태로 보아 의학적 치료를 해야 한다고는 도
무지 생각하지 않는다.' 대신 '시간이 어느 정도 지나
면 극복되리'라고 기대한다. '어떤 형태의 개입도 무
의미하고 심지어 해롭다'라고 본다. 멜라니 클라인도
1940년 「애도와 조울 상태의 관계」에서 비슷한 진단
을 한다. '상을 당한 사람은 사실 아픈 것이다. 그렇지
만, 그런 심리 상태가 보편적이고 너무나 자연스럽게

느껴져서 병이라고 보지는 않는다. … 더 명확하게 결론을 내리자면, 상을 당한 사람은 변형된 일시적 조울 상태를 겪다가 그것을 극복한다고 할 수 있다.'

'극복'에 중점을 둔 것을 보라.

한여름이 되었을 때, 존이 돌아올 수 있도록 나 혼자 있어야만 한다고 생각했던 밤으로부터 몇 달이 지나고 나서야, 겨울과 봄 사이에 내가 이성적으로 생각할 수 없었던 때가 있었음을 깨달았다. 나는 마치 어린아이처럼 사고했다. 내가 열심히 생각하고 간절히 빌면, 이야기가 바뀌고 결과를 돌이킬 수 있을 거로 생각했다. 그래도 내가 이런 비정상적인 생각을 속으로만해서 아마 아무도 알아차리지 못했을 것이다. 심지어나조차도 알아차리지 못했으니. 그런데 돌이켜 보면, 그런 생각이 아주 강력하고도 지속적이었던 것 같다. 지금 생각해 보니, 내가 알아차려야 했던 징후가, 경고 표지가 곳곳에 있었다. 예를 들면, 부고 기사도 그랬다. 나는 읽을 수가 없었다. 처음 부고 기사가 나온 12월 31일에도, 2004년 2월 29일 밤 아카데미 시상식 때 주최 측에서 편집한 '추도' 몽타주에서 존의 사진을 보았을 때까지도 그랬다. 그 사진을 봤을 때, 왜 부고 기사가 나를 그렇게 힘들게 했는지 처음으로 알았다.

내가 다른 사람들이 그가 죽었다고 생각하게 내버

려 뒀기 때문에.

내가 그를 산 채로 묻히게 내버려 뒀다고 생각했기 때문이었다.

또, 이런 징후도 있었다. 2월 말인가 3월 초, 퀸타나가 퇴원했으나 회복하면 장례식을 치르려고 기다리던 기간에 존의 옷을 정리해야겠다는 생각이 들었다. 여러 사람이 옷을 정리해야 한다고 좋은 뜻으로 말하면서 그 일을 도와주겠다고 했지만, (사실은) 부적절한 제안이었다. 나는 도움을 거절했다. 왜 거절했는지는 몰랐다. 우리 아버지가 돌아가셨을 때 나도 어머니를 거들어서 아버지 옷을 분류해 일부는 굿윌 스토어로 보내고 '상태가 괜찮은' 옷은 올케 글로리아가 자원봉사하는 자선 단체 중고 판매점에 보냈는데도. 어머니가 돌아가셨을 때는 글로리아와 나, 퀸타나, 글로리아의 딸들이 같이 어머니 옷을 정리했다. 그게 누군가가 죽으면 으레 사람들이 하는 일, 일종의 의식, 의무 같은 것이었다.

나는 작업을 시작했다. 맨투맨, 티셔츠 등 존이 아침에 센트럴파크를 산책할 때 입는 옷을 쌓아둔 선반을 치웠다. 우리는 날마다 산책했다. 각자 좋아하는 길이 달라서 늘 같이 걷지는 않았지만, 서로 다니는 길을 염두에 두었다가 공원에서 나가기 전에 다시 만나곤 했다. 그 선반 위에 있는 옷들은 내 옷이나 다름없이 익숙했다. 나는 그런 생각은 하지 않으려고 마음을 닫았다. 몇 벌은 빼놓았지만(존이 입은 모습이 유난히 각별하게 떠오르는 빛바랜 캐니언 랜치 티셔츠. 퀸타나가 애리조나에서 사다 준 것이다), 선반 위의 물건 대부분을 가방에 넣어 길 건너 세인트 제임스 성공회 성당에 갖다주었다. 용기가 난 나는 벽장을 열어 가방을 더 채웠다. 뉴발란스 스니커즈, 전천후 구두, 브룩스브라더스 반바지, 수도 없이 많은 양말. 그가방을 세인트 제임스 성당으로 가져갔다. 몇 주 뒤에는 가방을 더 모아서 존의 옷이 더 있는 존의 작업실에 들어갔다. 정장, 셔츠, 재킷에 손댈 준비는 아직 안 되어 있었지만, 일단 구두부터 정리해 볼 생각이었다.

나는 문간에서 걸음을 멈췄다.

나는 그의 구두들을 남에게 줘버릴 수 없었다.

잠시 그렇게 서 있다가 왜 그럴 수 없는지 깨달았다. 존이 돌아오면, 구두가 필요할 테니까.

내가 무슨 생각을 하고 있는지 깨달았지만, 그렇다고 해서 그 생각을 떨쳐버릴 수는 없었다.

나는 아직 그 마술적 사고가 사라졌는지 가늠해 보려고도 하지 않았다(이를테면, 구두를 기부해 버린다든가 해서).

돌이켜 보면, 내가 부검을 원했던 것이 이런 사고의 첫 번째 사례였던 듯하다. 부검에 선뜻 동의했을 때 내 머릿속에는 다른 생각들도 있었겠지만, 무엇보다도 부검하면 문제가 간단하다는 게 드러나지 않을까, 하는 이상한 논리가 있었다. 일시적 폐색이나 부정맥 같은 간단한 문제일 수도 있었다. 약을 바꾼다거나 페이스메이커를 조율하는 따위 사소한 조정만 하면 되는 문제. 그런 경우라면, 의사들이 해결할 수 있을 것이라는 논리였다.

2004년 대선 선거운동 기간에 어떤 인터뷰를 보고 머리가 멍했던 게 기억난다. 테레사 하인즈 케리(Teresa Heinz Kerry)*가 인터뷰에서 첫 남편 존 하인즈의 급작스러운 죽음을 두고 한 말인데, 남편이 비행기 사고로 죽자 당장 워싱턴을 떠나서 피츠버그로 돌아가야겠다는 강력한 '필요'를 느꼈다고 했다.

당연히 피츠버그로 가야 했다.

남편이 돌아온다면, 워싱턴이 아니라 피츠버그로 올 테니까.

부검이 실제로 이루어진 날은, 존이 사망했다는 선고를 받은 날 밤은 아니었다.

---

* 2004년 미국 민주당 대선 후보였던 존 케리의 아내이다.

다음 날 아침 열한 시가 되어서야 시작되었다. 지금 생각해 보니, 12월 31일 오전에 내가 누군지 모를 뉴욕 병원 직원한테 전화를 받은 다음에야 부검이 진행되었을 거였다. 전화를 건 남자는 '내 사회복지사'도 '내 남편의 담당의'도 아니고, 존과 나 사이에서 하는 말로 '다리에서 본 우리 친구'도 아니었다. '다리에서 본 우리 친구'는 우리 집안에서 쓰는 약어인데, 존의 이모 해리엇 번스가 처음 쓰기 시작했다. 이모는 우연히 마주친 사람을 잠시 뒤에 다른 곳에서 다시 봤다고, 이를테면 벌클리 다리 위에서 갑자기 앞으로 끼어들었던 캐딜락 세빌을 웨스트 하트퍼드에 있는 프렌들리스 식당 밖에서 다시 봤다든가 했다고 이야기하며 '다리에서 본 우리 친구'라고 말하곤 했다. 나는 전화로 남자가 하는 말을 들으며, 존이 "다리에서 본 우리 친구는 아냐"라고 말하는 상상을 했다. 전화로 뭔가 위로의 말을 들은 게 기억이 난다. 도울 일이 있으면 말해 달라는 말도. 나한테 뭔가 할 말이 있는데 미적거리는 것 같았다.

그러더니, 실은 남편의 장기를 기증할 의사가 있는지 물으려고 전화했다고 말했다.

그 순간 무수한 생각이 머리를 스쳤다. 내 머릿속에 가장 먼저 떠오른 말은 '안 돼'였다. 동시에 어느 날 저녁 식사 자리에서 퀸타나가 운전면허증을 갱신하면서 장기 기증 의사 표시를 넣었다고 말하던 모습이 떠올랐다. 퀸타나가 존에게 아빠도 했냐고 물었다. 존은 아니라고 대답했다. 그러고는 둘이 그것에 관해 이야기를 나눴다.

나는 끼어들어서 대화 주제를 다른 쪽으로 바꿨다.

나로서는 둘 중 누가 죽는다는 건 생각할 수가 없었다.

전화기 너머의 남자가 계속 말하고 있었다. 나는 생각했다. 퀸타나가 오늘 베스 이즈리얼 노스 집중 치료실에서 죽는다면, 그때도 이런 이야기가 나올까? 나는 어떻게 해야 하나? 지금은 어떻게 해야 하나?

나는 전화기 속의 남자에게 우리 딸이 지금 의식 불명이라고 말하고 있었다. 내 딸은 아빠가 죽었다는 사실도 모르는데 내가 그런 결정을 내릴 수는 없을 것 같다고, 나는 말하고 있었다. 그때는 그게 말이 되는 응답인 것 같았다.

전화를 끊은 다음에야 하나도 말이 안 된다는 걸 깨달았다. 그런데 다른 생각이 바로(유용하게도—회백질의 인지 능력이 얼마나 빨리 가동되는지 보라) 그 생각을 밀어냈다. 전화 내용이 앞뒤가 안 맞는다는 생각이었다. 뭔가 모순이 있었다. 남자가 장기 기증 이야기를 했는데, 이 시점에 장기를 꺼내 봐야 쓸모 있을 리가 없었다. 존은 생명 유지 장치에 연결되어 있지도 않았다. 응급실 커튼 안에서 봤을 때, 그런 것은 없었다. 신부님이 왔을 때도 생명 유지 장치는 없었다. 모든 장기가 이미 멈췄을 거였다.

그때 기억이 났다. 마이애미-데이드 검시소. 1985년인가 1986년 언젠가 오전에 존과 같이 그곳에 있었다. 안구은행에서 온 누군가가 각막 적출을 할 시신에 꼬리표를 붙이고 있었다. 마이애미-데이드 검시소에 있는 시신들은 생명 유지 장치에 연결되어 있지 않았다. 그러니 뉴욕 병원 직원의 말은 각막만 꺼낸다는 뜻이었을 거다. **그렇다면 왜 그렇게 말하지 않나? 왜 오해하게 만드나? 왜 전화를 걸어서 그냥 '눈'을 기증하라고 말하지 않나?** 나는 전날 밤에 사회복지사한테 받아 침실 상자에 넣어둔 존의 은색 클립에서 운전면허증을 꺼냈다. **눈: 파란색**, 면허증에는 이렇게 적혀 있었다. **제약: 교정 렌즈.**

왜 전화 통화로 그냥 뭘 원하는지 말하지 않는 건가?

그의 눈. 그의 파란 눈. 그의 파랗고 결함 있는 눈.

그리고 내가 알고 싶은 것은
당신이 파란 눈의 소년을 마음에 들어 하는지

죽음이여

이 시행을 누가 썼는지 그날 아침에는 기억이 안
났다. E. E. 커밍스인 것 같은데 확신할 수가 없었다.
집에 커밍스 시집은 없었지만, 침실에 시 선집이 한
권 있었다. 존이 예전에 학교 교재로 쓰던 1949년에
출간된 책인데, 아마 뉴포트 근처에 있는 베네딕토회
기숙학교인 포츠머스 수도원 학교에 다닐 때 보던 책
일 것이다. 존은 아버지가 죽은 뒤에 그 기숙학교로
보내졌다.

**(그의 아버지가 50대 초에 심장마비로 급작스레 세상을
떴으니, 나는 마땅히 경계했어야 했다.)**

우리가 뉴포트 근처에 갈 일이 있으면 존은 나를
포츠머스 수도원으로 데려갔고, 우리는 저녁 기도 시
간에 울려 퍼지는 그레고리오 성가를 같이 듣곤 했
다. 어쩐지 마음을 움직이는 노래였다. 시 선집 면지
에 던이라는 이름이 작고 단정한 글씨로 쓰여 있고,
같은 글씨체로 파란 잉크, 만년필용 파란 잉크로 이
런 학습 목표가 적혀 있었다. **1) 시가 의미하는 바는
무엇이며 어떤 경험을 주는가? 2) 시의 경험이 어떤
생각이나 사고로 이끄는가? 3) 시 전체가 어떤 정서,
느낌, 감정을 불러일으키는가?** 나는 책을 다시 책꽂

이에 꽂았다. 몇 달이 지난 뒤에야 그 시행을 확인하려 했었다는 기억이 났고, E. E. 커밍스의 시가 맞는다는 걸 확인했다. 전화를 건 뉴욕 병원 직원에게 내가 분노한 까닭이, 부검하느냐 마느냐 하는 질문은 일깨우지 않았던 원시적 공포를 불러일으켰기 때문이라는 사실도, 몇 달이 지난 뒤에야 깨달았다.

의미하는 바는 무엇이며 어떤 경험을 주는가?

그 경험이 어떤 생각이나 사고로 이끄는가?

그의 장기를 가져가면 그가 어떻게 돌아오나, 구두가 없는데 그가 어떻게 돌아오나?

4

나도 겉으로 보기에는 대체로 이성적으로 보였다. 사
람들이 보기에는 내가 죽음을 돌이킬 수 없음을 잘
아는 듯 보였을 것이다. 나는 부검에도 동의했다. 화
장 준비도 했다. 존의 재를 받아서 세인트 존 더 디바
인 대성당으로 옮기도록 했다. 퀸타나가 의식을 되찾
고 장례식에 참석할 수 있을 만큼 회복되면, 대제단
뒤쪽에 있는 부속 예배실에 유골을 안치하기로 했다.
우리 어머니가 돌아가셨을 때, 동생과 내가 어머니의
유해를 안치한 곳이다. 나는 어머니의 이름이 새겨진
대리석 판을 떼어내어 존의 이름을 추가로 새기는 작
업도 의뢰해 놓았다. 마침내 3월 23일, 존이 사망하
고 거의 석 달이 된 뒤에 유골을 벽감에 안치하고 대
리석 판을 다시 설치했으며, 장례식을 치렀다.

존을 위해서 그레고리오 성가를 준비했다.

퀸타나가 성가를 라틴어로 불러 달라고 했다. 존도 그러길 바랐을 것이다.

트럼펫 솔로가 솟구쳐 오르는 듯한 곡을 연주했다.

가톨릭 신부 한 분과 성공회 신부 한 분이 함께했다.

캘빈 트릴린이 추도사를 했고, 데이비드 할버스탐이 추도사를 했으며, 퀸타나의 가장 친한 친구 수전 트레일러도 추도사를 했다. 수재나 무어(Susanna Moore)*는 T. S. 엘리엇의 「이스트 코커」 한 구절을 읽었다. '겨우 말보다 나은 방법을 배웠으니 / 더 말할 필요가 없는 것 혹은 / 말하고 싶지는 않은 방식으로 말하느니보다는' 닉은 카툴루스의 시 「그의 형제의 죽음에 부쳐」를 읽었다. 퀸타나는 아직 허약한 상태인데도 검은 옷을 입고, 여덟 달 전에 자기가 결혼식을 올린 그 대성당에서 꼿꼿이 선 채 흔들림 없는 목소리로 아버지에게 바치는 자작시를 읽었다.

나는 해냈다. 존이 죽었다는 걸 시인했다. 내가 생각할 수 있는 가장 공개적인 방식으로 그 일을 해냈다.

그렇지만, 이때 당시 나의 사고는 여전히 미심쩍

---

* 미국의 작가로서, 대표작으로는 『인 더 컷(In the Cut)』이 있다. 이 작품은 2003년에 동명의 영화로 제작되었다.

을 정도로 유동적이었다. 늦봄이나 초여름쯤에 저녁 식사 자리에서 저명한 신학자를 만난 일이 있었다. 그 자리에서 누군가가 믿음에 대해 질문했다. 신학자는 의식(儀式) 자체가 믿음의 한 형태라고 대답했다. 겉으로 드러내지는 않았지만, 내 머릿속에서 부정적인 반응이 격렬하게, 나 스스로 생각하기에도 과도할 정도로 치솟았다. 나중에 그때 내가 떠올린 생각이 이런 것이었음을 알았다. **하지만 나는 의식을 치렀는데. 전부 했는데.** 세인트 존 더 디바인에서, 라틴어 성가도 불렀고, 가톨릭 신부님과 성공회 신부님도 모셨고, **'주의 목전에는 천년이 지나간 어제 같으며'**도 읊었고 **'인 파라디숨 데두칸트 앙겔리(In paradisum deducant angeli, 천사가 그대를 천국으로 인도하리니)'**도 읊조렸다.

그랬는데도 존은 돌아오지 않았다.

'그를 되살리는 것'이 그 몇 달 동안 내가 매달렸던 감춰진 목표였고, 내가 해내려던 마법이었다. 늦여름쯤 되었을 때야 그렇다는 사실을 명확히 알았다. '명확히 알았다'고 해서 존한테 필요할지 모르는 옷을 내줄 수 있게 되지는 않았다.

어릴 때부터 나는 힘든 일이 생기면 책을 읽고 알아보고 공부하고 문헌을 찾아보라고 배웠다. 정보가 통제력이라고. 비애는 사람이 겪는 고통 가운데 가장 보편적인데도, 비애를 다루는 글은 놀라울 정도로 적은 듯했다. 일단 C. S. 루이스가 아내를 잃고 쓴 일기 형식의 글인 『헤아려 본 슬픔』이 있다. 소설에서도 이따금 관련 구절을 맞닥뜨리곤 했다. 예를 들면, 토마스 만의 『마의 산』에 헤르만 카스토르프가 아내의 죽음에 어떤 영향을 받았는지 묘사되어 있다. '그는 정신이 혼란스러웠다. 그는 내면으로 침잠했다. 정신이 멍한 상태에서 사업상의 실수를 저질렀고, 그래서 카스토르프 집안이 대를 이어 경영해 오던 회사가 상당한 금전적 손실을 떠안았다. 그러다 이듬해 봄, 그는 바람이 거세게 부는 부둣가에서 창고를 점검하다가 폐렴에 걸리고 말았다. 충격을 받은 심장은 고열을 견디지 못했으며, 하이데킨트 박사의 수고에도 불구하고 그는 닷새 만에 세상을 뜨고 말았다.' 고전 발레 중에는 남겨진 연인이 떠나간 연인을 찾아 되살리려 하는 순간을 담은 작품이 있다. 푸르스름한 조명 아래에서 하얀 튀튀(tutu)를 입고 연인과 **파드되**를 춘다. 망자가 마침내 돌아오는 순간의 전조가 되는 **라 당스 데 좀브르**(la danse des ombres), 그림자의 춤이다. 시도 있다. 사실 꽤 많다. 나는 매슈 아널드의 「버려진 인어」에 기대다시피 살아간 날도 있었다.

아이들의 목소리는 간절하게
(한 번 더 불러보라) 어머니 귀에 닿을 테니,
아이들의 목소리, 고통에 절어—
분명 어머니가 다시 오겠지!

W. H. 오든의 『F6 등정』에 실린 「장송 블루스」에 기대어 산 날도 있었다.

시계를 모두 멈추라, 전화를 모두 끊으라,
개에게 뼈다귀를 주어 짖지 못하게 하라,
피아노를 멈추고 북소리는 죽이고
관을 내어놓고 조문객들을 맞으라.

이 시들과 그림자의 춤이 나한테는 가장 정확한 듯 느껴졌다.
가까운 사람을 잃었을 때 느끼는 고통과 북받치는 감정을 축약해 표현한 이런 글뿐만 아니라, 또 문학이라고는 할 수 없는 글들, 이럴 때 어떻게 대처해야 할지 일러주는 지침서 같은 것도 있었다. 어떤 것은 '실용적'이고 어떤 것은 '영감을 준다'고 하는데, 어느 쪽이든 대개는 쓸모가 없었다. (술을 너무 많이 마시지 마라, 보험금을 거실 인테리어 비용으로 쓰지 마라, 비슷한 처지에 있는 사람들 모임에 들어가라.) 다음으로 전문가들이 쓴 글이 있었다. 정신의학자, 심리학자, 사회복지사 등 프로이트와 멜라니 클라인 이후에 등장한 사람들의 연구가 있는데, 나는 곧 그러한 글들에 빠지게 되었다. 그런 글에서 내가 이미 아는 많은 것을 다시 배웠다. 때로는 위안을 주거나 나를 인정해 주는 듯했고, 내가 경험하는 것이 나의 상상의 산물이 아니라고 객관적 입장에서 말해 주는 듯했다. 일례로 1984년 미국과학한림원 의학협회에서 펴낸 『사별: 반응, 결과, 돌봄』이라는 논문 모음집에서 죽음 직후에 가장 흔히 일어나는 반응은 충격, 망연자실, 믿기지 않음 등이라는 걸 배웠다. '상을 당한 사람은 고치나 담요 같은 것에 둘러싸인 듯한 느낌에 처할 수 있다. 옆에서 보기에는 잘 버티고 있는 것처럼 보인다. 죽음이라는 현실이 아직 인식 안으로 파고들지 않았기 때문에 상실을 꽤 잘 받아들이고 있는 것처럼 보일 수 있다.'

그러니 이게 바로 '침착한 고객' 효과라고 할 수

있다.

나는 계속해서 읽어나갔다. 매사추세츠 종합병원 하버드 아동 사별 연구소의 J. 윌리엄 워든에 따르면, 돌고래가 짝이 죽은 뒤에 먹기를 거부하는 현상이 관찰되었다고 한다. 기러기는 짝을 잃으면 짝을 부르며 날다가 방향을 놓쳐서 길을 잃어버리는 현상이 관찰되었다. 사람도 비슷한 반응 패턴을 보인다는 내용도 있었는데, 이미 알던 사실이었다. 사람도 찾아 헤맸다. 먹지 않았다. 숨쉬기를 잊어버렸다. 산소포화도가 낮아져 의식이 혼미해지고 흘리지 않은 눈물 때문에 부비강이 막혔으며, 결국은 원인을 알 수 없는 귓속 염증 때문에 이비인후과를 찾게 됐다. 집중력을 잃었다. "1년이 지나니까 겨우 신문 헤드라인을 읽을 수 있었어." 3년 전에 남편을 잃은 친구한테 들은 이야기다. 인지 능력이 감소했다. 헤르만 카스토르프처럼 사업을 망치고 상당한 금전적 손실을 당했다. 자기 전화번호를 잊어버리거나, 신분증을 깜박한 채 공항에 갔다. 몸이 아프고, 쇠약해지며, 심지어는 헤르만 카스토르프처럼 죽고 말았다.

이렇듯 '죽음'에 이르는 현상이 여러 연구를 통해 기록되었다.

나는 아침에 센트럴파크에 산책하러 갈 때 신분

증을 챙기기 시작했다. 나한테도 그런 일이 일어날지 모르니까.

샤워 중일 때 전화가 울리면, 나는 전과 다르게 전화를 받지 않았다. 타일 위에 넘어져 죽을 수도 있으니까.

유명한 연구가 몇 편 있다는 것도 알게 됐다. 어디를 읽든 언급되는 상징, 혹은 기준 같은 연구였다. 예를 들면, 1963년에 발행된 《랜싯》 제2호의 454~456쪽에 실린 영, 벤저민, 월리스의 연구. 영국에서 최근 아내를 잃은 사람 4,486명을 5년 동안 추적 조사해서 '배우자가 있는 사람보다 사별한 지 6개월 이내인 사람의 사망률이 현저히 높다'는 것을 보였다. 1967년 발행된 《브리티시 메디컬 저널》 제4호 13~16쪽에 실린 리스와 러킨스의 논문도 유명하다. 사별한 사람 903명과 그렇지 않은 사람 878명을 짝지은 대조군을 비교하고 6년 동안 관찰했더니, '배우자와 사별한 후 첫해 동안의 사망률이 유의미하게 높았다'고 했다. 1984년에 발간된 의학협회 논문 모음집에는 사망률이 높아지는 까닭을 기능적 관점에서 설명한 글이 있다. '현재까지의 연구에 따르면, 다른 스트레스 요인과 마찬가지로 사별은 내분비계, 면역계, 자율신경계, 심혈관계에 변화를 일으킨다. 전

부 기본적으로 뇌 기능과 신경 전달 물질로부터 영향을 받는 것들이다.'

또 이 문헌에 따르면, 비애에는 두 가지 유형이 있다고 한다. 바람직한 쪽은 '성장', '발전'과 관련이 있는 '단순한 비애', 혹은 '정상적 사별'이다. 『머크 매뉴얼』 16판에 따르면, 단순한 비애도 흔히 '초기에는 불면증, 불안감, 자율신경계 과활성 등의 불안 증상'을 동반할 수 있지만, '기분 장애가 있는 사람을 제외하면, 일반적으로 병적 우울증을 일으키지는 않는다.' 두 번째 유형의 비애는 '복잡한 비애'로 '병적 사별'이라고도 지칭하며, 다양한 상황에서 발생할 수 있다. 병적 사별이 일어나는 한 가지 상황은 '죽은 사람과 남은 사람이 서로 특별하게 의존적인 관계였을 때'라는 말이 되풀이해서 나왔다. "상을 당한 사람이 즐거움, 지지, 자존감 등을 얻기 위해 고인에게 크게 의존했나요?" 이 질문은 컬럼비아대학교 정신의학과 데이비드 페레츠 박사가 제시한 진단 범주 가운데 하나이다. "상을 당한 사람이 고인과 강제로 분리되었을 때 무력감을 느꼈나요?"

나는 이 질문들을 생각해 봤다.

1968년에 내가 갑자기 샌프란시스코에서 하룻밤을 보내게 된 일이 있었는데(글 하나를 맡았는데, 비가 오는 바람에 오후에 잡아났던 인터뷰를 다음 날 아침으로 미뤄야 했다), 존이 나하고 같이 저녁을 먹으려고 로스앤젤레스에서 비행기를 타고 왔다. 우리는 어니스에서 저녁을 먹었다. 저녁을 먹은 뒤에 존은 PSA*의 13달러짜리 '자정 비행기' 편을 이용해 로스앤젤레스로 돌아갔다. 캘리포니아에 사는 사람들이 로스앤젤레스에서 샌프란시스코로, 새크라멘토에서 새너제이로, 왕복 26달러에 오갈 수 있던 시대였다.

나는 PSA를 생각했다. PSA 비행기는 전부 비행기 코에 웃는 얼굴이 그려져 있었다. 승무원들은 루디 게른라이히(Rudy Gernreich)** 스타일의 핫핑크색과 오렌지색이 어우러진 미니스커트를 입었다. PSA는 우리가 뭐든 별 고민 없이 될 대로 되라는 식으로 살던 시대, 저녁 먹으러 700마일을 날아가는 것도 별거 아니라는 분위기였던 시대를 상징한다. 이런 분위기는 1978년에 PSA 보잉 727기가 샌디에이고 상공에서 세스나 172기와 충돌하여 144명의 사망자를 내면서 끝이 났다.

---

* 퍼시픽 사우스웨스트 항공사(Pacific Southwest Airlines)를 말하며, 미국 1세대 저가 항공사로서 1988년에 합병되어 사라졌다.

** 오스트리아 출신의 패션 디자이너로, 1960년대 스포츠 의류계에 혁신을 일으켰다.

그 사고가 일어났을 때 내가 PSA에 관해서 확률을 전혀 고려하지 않았다는 자각이 들었다.

지금 보니 그런 오류가 PSA에만 국한된 것이 아니었다.

퀸타나가 두세 살쯤 되었을 때 우리 부모님을 뵈러 PSA를 타고 새크라멘토에 가곤 했는데, 그럴 때 퀸타나는 "스마일을 타고 간다"라고 말했다. 존은 퀸타나가 하는 말들을 종이쪽지에 적어 자기 어머니한테 받은 검은 칠 상자에 넣어 두곤 했다. 그 상자는 지금도 종이쪽지가 담긴 채로 거실 책상 위에 놓여있다. 미국을 상징하는 독수리와 '에 플루리부스 우눔(E Pluribus Unum)'***이라는 글자가 써 있는 상자다. 존은 나중에 퀸타나가 했던 말 몇 가지를 『더치 시어 주니어(Dutch Shea, Jr)』라는 소설을 쓸 때 이용했다. 더치 시어의 딸 캣한테 그 대사를 줬는데, 캣은 런던 샬럿 스트리트에 있는 식당에서 엄마와 밥을 먹다가 IRA 폭탄 테러로 죽었다. 존의 글이다.

"어디써써?"라고 아이는 말하곤 했다. "아침이 어디 갔어?" 그는 그런 말을 모두 적어서 배리 스러킨

*** '여럿으로 이루어진 하나'라는 뜻으로, 미국의 모토였다.

이 결혼 선물로 준 단풍나무 책상 안쪽 작은 비밀 서랍에 쑤셔 넣었다. … 체크무늬 유치원복을 입은 캣. 목욕을 '모욕'이라고 하고, 유치원 실험 시간에 본 나비를 '바니'라고 하던 캣. 일곱 살 때 처음으로 시를 지은 캣. "나는 결혼할 거야 / 해리라는 아이하고 / 해리는 말을 타고 / 이혼을 처리해."

그 서랍 안에 망가진 남자가 있었다. 캣은 두려움과 죽음과 알 수 없는 것을 합해서 망가진 남자라고 불렀다. 망가진 남자가 나오는 악몽 꿨어, 캣이 말하곤 했다. 망가진 남자가 날 잡아가게 하지 마. 망가진 남자가 오면 나는 울타리에 꼭 매달려서 날 데리고 가지 못하게 할 거야. … 그는 캣이 죽기 전에 망가진 남자가 캣을 겁줄 시간이 있었을까, 하는 생각을 했다.

지금에야 나는 1982년에, 『더치 시어 주니어』가 출간되었을 때는 알아차리지 못했던 걸 깨닫는다. 이 소설은 사별의 비애에 관한 소설이었다. 의학 문헌에서 하는 말로는 더치 시어가 병리적 비애를 겪고 있다고 할 것이다. 이런 진단 증상이 있었다. 더치 시어는 캣이 죽은 순간에 집착한다. 그 장면을 복기하고 또 복기해 본다. 반복하다 보면 다른 결말이 나올 수도 있으리라는 듯이. 샬럿 스트리트에 있는 음식점, 엔다이브 샐러드, 캣의 라벤더색 에스파드리유 신발, 폭탄, 디저트 카트 위에 놓인 캣의 머리. 같은 질문을 하고 또 하며 캣의 엄마인 전처를 괴롭힌다. 폭탄이 터졌을 때 당신은 왜 화장실에 있었어? 마침내 전처가 말을 쏟아낸다.

당신은 내가 엄마 노릇을 제대로 못 했다고 생각하지. 하지만 걔 내가 키웠어. 첫 생리 하던 날에도 내가 돌봤지. 나 걔가 어릴 때 내 방을 자기 두 번째 방이라고 불렀던 거나 스파게티를 버즈게티라고 했던 것, 우리 집에 오는 사람들을 안녕이들이라고 했던 거 다 기억해. 어디써라고 했고, 아침이 어디 갔어라고 했고. 그런데 당신이 세이어한테 그랬다며 이 나쁜 새끼야, 누군가가 걔를 기억했으면 좋겠다고. 그래, 걔가 나한테 임신했다고, 실수였다고, 어떻게 해야 할지 모르겠다고 그랬어. 나는 울음이 날 것 같아서 화장실로 갔어. 걔 앞에서는 울고 싶지 않았고 눈물을 다 쏟아내 버려야 분별 있게 행동할 수 있을 것 같아서. 그런데 폭발음이 들렸고 내가 나왔을 때 그 애 몸의 일부는 셔벗 통에 들어가 있고 일부는 길

거리에서 나뒹구는데 당신, 개새끼 같은 당신은 누
군가가 걔를 기억하기를 바란다고.

존은 『더치 시어 주니어』가 믿음에 관한 책이라
고 말했을 것이다.

이 소설을 쓰기 시작했을 때, 이미 존은 마지막
말이 뭐가 될지 알았다. 소설의 마지막 말이면서 더
치 시어가 총으로 자살하기 직전에 떠올린 마지막 말.
"나는 캣을 믿는다. 나는 신을 믿는다." **크레도 인 데
움(Credo in Deum).*** 가톨릭 교리서의 첫 문장이다.

이 책은 믿음에 관한 책인가, 비애에 관한 책인가?

믿음과 비애는 같은 것인가?

우리가 같이 수영하고 〈덴코〉를 보고 모턴스에
저녁 먹으러 가던 그 여름에, 우리는 서로에게 특별
히 의존했을까?

아니면 우리는 특별히 운이 좋았던 걸까?

내가 혼자 있었다면, 그가 스마일을 타고 나에게
돌아올 수 있었을까?

그가 어니스에서 저녁을 먹자고 했을까?

PSA와 스마일은 이제 존재하지 않는다. US 에어

---

*　'나는 신을 믿습니다'라는 뜻의 라틴어 문구이다.

웨이즈가 매입해 비행기를 새로 칠했다.

어니스도 지금은 존재하지 않지만, 앨프리드 히치콕이 〈현기증〉에서 재현한 모습은 볼 수 있다. 제임스 스튜어트가 킴 노백을 처음 본 곳이 어니스이다. 나중에 킴 노백은 산후안 바우티스타 수도원에 있는 종탑(이것도 진짜가 아니라 세트다)에서 떨어진다.

우리는 산후안 바우티스타에서 결혼식을 올렸다.

1월 어느 날 오후, 101번 도로변에 있는 과수원에 꽃송이가 피기 시작할 때.

101번 도로변에 과수원이 아직 있을 때.

아니다. 돌이키다 보면 다른 길로 빠지게 된다. 101번 도로변 과수원의 꽃송이는 잘못된 경로다.

그 일이 있고 몇 주 동안, 나는 바른 경로(좁은 길, 되돌아갈 수 없는 길)에서 벗어나지 않으려고 애를 쓰면서 「로즈 에일머(Rose Aylmer)」의 마지막 두 행을 반복해서 외웠다. 월터 새비지 랜더가 캘커타에서 스무 살의 나이로 세상을 등진 로드 에일머의 딸을 기리며 1806년에 쓴 애가이다. 버클리에서 대학에 다닐 때 이후로는 「로즈 에일머」를 잊고 지냈는데, 문득 그 시가 떠올랐을 뿐만 아니라 그 시를 분석한 수업 시간에 들은 이야기도 꽤 많이 생각났다. 누군지는 기억이 안 나지만 그 수업을 맡았던 강사는 이렇게 말했다. 「로즈 에일머」가 주는 감동은 첫 네 행에서 죽은 사람을 터무니없이 과장된 말로 칭찬하다가 ('아, 왕국이 무슨 소용 있나! / 아, 신성한 존재여! / 모든 미덕, 모든 기품! / 로즈 에일머, 전부가 그대의 것이었는데') 마지막 두 행에서 '혹독하고 달콤한 지혜'가 다가오자 갑자기, 심지어 충격적일 정도로 놓아버리는 데에서 온다. 애도해야 할 때가 있지만, 애도에도 한계가 있음을 암시하는 것이다. '기억과 한숨의 밤을 / 그대에게 바치노니.'

강사가 이런 말을 강조하던 것이 기억난다. "'기억과 한숨의 **밤**(a night).' 하룻밤이라는 거죠. 그 밤 내내일 수도 있겠지만, 'all night'이라고 하지 않고, 그냥 'a night'이라고 말합니다. 평생의 일이 아니라, 단 몇 시간 동안의 일이라는 거죠."

혹독하고 달콤한 지혜. 「로즈 에일머」가 내 기억 속에 뚜렷이 남은 것을 보면, 대학생 때 나는 그 시가 살아남는 데 필요한 가르침을 준다고 생각했던 모양이다.

2003년 12월 30일.

우리는 베스 이즈리얼 노스 6층 집중 치료실에서 퀸타나를 면회했다.

퀸타나는 그날부터 24일 더 그곳에 있게 된다.

특별한 의존성(그게 결국 '결혼'의 다른 말이 아닌가? '남편과 아내?' '엄마와 아이?' '핵가족?')만 병리적 비애를 유발하는 것은 아니다. 논문에서 읽은 바로는 애도 과정이 '상황적 요인'에 의해 방해되었을 때, 이를테 면 '장례식 지연'이나 '가족의 병이나, 또 다른 죽음' 등 때문에 애도가 제대로 이루어지지 않았을 때도 그럴 수 있다. 나는 샬러츠빌 버지니아 주립대학교 정 신의학과 교수 바믹 D. 볼컨이 쓴 '재비애(Re-grief) 요법' 설명을 읽었다. 이 학교에서 '만성 병리적 비애' 상태에 있는 사람들을 치료하기 위해 개발한 요법이 다. 볼컨 박사에 따르면, 치료는 이렇게 이루어진다.

환자가 죽음을 둘러싼 정황을 돌이켜 보게 한다— 그 일이 어떻게 일어났는지, 소식을 들었을 때나 시 신을 대면했을 때 환자에게 어떤 반응이 일어났는 지, 장례식은 어땠는지 등. 치료가 잘 진행되고 있으 면, 이 시점에서 환자는 대개 분노를 드러낸다. 분노 가 처음에는 애매하게 흩어져 있다가 다른 사람을 향하기 시작하고 최종적으로는 죽은 사람을 원망하게 된다. 해제 반응—비브링이 '정서적 재체험'이라고 부른 것[E. 비브링, 1954「정신분석과 역동적 정신 치료」,《미국 정신의학회 저널》제2호, 745쪽부터]—이 일어나서 환자가 억눌린 충동의 실체를 보게 되기도 한다. 그러면 떠나보낸 사람을 살리고 싶은 환자의 욕구와 관련된 정신 역학적 지식을 바탕으로, 환자와 망자 사이에 존재하던 관계를 설명하고 해석할 수 있다.

그런데 볼컨 박사와 샬러츠빌의 연구팀은 정확히 어디에서 '떠나보낸 사람을 살리고 싶은 환자의 욕구와 관련된 정신 역학적 지식'이나 '환자와 망자 사이에 존재하던 관계를 설명하고 해석'하는 특별한 능력을 얻었을까? 당신들이 나와 '망자'와 함께 브렌트우드 파크에서 〈덴코〉를 봤나, 우리와 같이 모턴스에 저녁을 먹으러 갔나? 그 일이 있기 넉 달 전에 나와 '망자'와 함께 호놀룰루 펀치볼에 갔나? 우리와 함께 플루메리아꽃을 모아 진주만 무명용사 묘비에 놓았나? 그 일이 있기 한 달 전에 파리 라늘라그(Ranelagh) 공원에서 비를 맞고 감기에 걸렸나? 모네 미술관에 가는 대신 점심 먹으러 콩티(Conti)에 갔나? 우리가 콩티에서 나와 체온계를 샀을 때 같이 있었나, 브리스톨 호텔에서 우리 둘 다 체온계의 섭씨 온도를 화씨로 변환할 줄을 몰라 쩔쩔맬 때, 같이 침대에 앉아 있었나?

당신들 거기에 있었나?

없었다.

있었다면 체온계를 읽는 데 도움을 줬을지 모르지만, 없었다.

나는 '죽음을 둘러싼 정황을 돌이켜 볼' 필요가 없다. 나는 거기에 있었다.

나는 '소식'을 들었던 게 아니고, 시신을 '대면'하지도 않았다. 나는 거기에 있었다.

나는 정신을 차리고 생각을 멈춘다.

내가 누군지도 모르는 샬러츠빌의 볼컨 박사에게 비이성적인 분노를 쏟아붓고 있었음을 깨닫는다.

극심히 고통스러운 충격을 받은 사람은 정신적으로 불안정할 뿐 아니라 신체적 균형도 잃는다. 겉보기에는 차분하고 침착해 보일 수 있으나, 이런 상황에 있는 사람은 결코 정상을 유지할 수가 없다. 혈액순환이 나빠져서 추위를 느끼고, 고통 때문에 신경이 예민해지고 잠을 자지 못한다. 평소에 좋아하던 사람한테도 등을 돌린다. 비애에 잠긴 사람한테는 억지로 다가가려고 하면 안 되고, 지나치게 감정적인 사람은 아무리 가깝고 절친한 사이라고 하더라도 접근하지 못하게 해야 한다. 친구들이 자신을 사랑하고 슬퍼한다는 것을 알면 큰 위안이 되긴 하나, 망자와 가장 가까웠던 사람은 신경이 이미 위험한 상태일 것이므로, 신경을 과도하게 자극할 만한 사람이나 상황으로부터 보호해 주어야 한다. 그 누구든 설령 '필요 없다'라거나 '만나고 싶지 않다'라는 말을 들었더라도 상처를 받아서는 안 된다. 이런 시기에 어떤 사람은 누가 곁에 있어 주면 위안을 받는 한편, 어떤 사람은 가장 가까운 친구라도 멀리한다.

이 구절은 에밀리 포스트(Emily Post)가 1922년 출간한 에티켓 책의 24장 '장례'에서 인용한 것이다. 이 장에서는 사망 순간에 해야 할 일부터('죽음이 일어난 순간에 누군가, 대개 간호사는 환자 방의 블라인드를 내리고 하인에게 집안 블라인드를 모두 치라고 말한다') 장례식에 참석한 조문객의 착석 예절까지 안내한다. '최대한 조용히 교회 안으로 들어간다. 장례식에는 좌석 안내원이 없으니 대략 자기에게 맞는 자리에 앉는다. 아주 가까운 친구만 중앙 통로를 따라 안쪽으로 들

어가서 앉을 수 있다. 그냥 지인 정도라면, 뒤쪽 어딘
가 눈에 뜨이지 않게 앉는다. 교회가 아주 큰데 장례
식이 소규모로 진행될 때는 교회 뒤쪽 중앙 통로 주
변에 앉아도 된다.'

변함없이 세세한 이런 어조가 흔들림 없이 이어
진다. 이 책에서는 실용적인 면을 계속 강조한다. 유
족이 '해가 잘 드는 방'에 앉도록 유도해야 한다. 불
을 피운 방이면 더 좋다. 쟁반에 음식을 담아서 내
가도 좋지만 '아주 적은 양'만 낸다. 차, 커피, 부용
(Bouillon), 작고 얇은 토스트 한쪽, 수란 등. 우유도
좋은데 따뜻하게 데워야 한다. '몸이 찬 사람에게 찬
우유는 좋지 않다.' 영양을 더 공급하려면 '요리사가
입맛에 맞는 것을 권할 수 있다. 그렇지만 한 번에 조
금씩만 줘야 하는데, 뱃속이 비어 있더라도 입맛이
없으므로 입에서 음식을 거부하고 소화를 잘 못 시
키기 때문이다.' 유족이 상복을 입을 때도 돈을 절약
하도록 권한다. 원래 입던 옷 대부분, 가죽 구두나
밀짚모자까지도, '완벽하게 염색'이 된다. 장례 비용
도 미리 확인해야 한다. 장례식 동안에 집은 친구에
게 맡긴다. 친구는 집 안을 환기하거나 옮겨진 가구
를 제자리에 놓고, 가족이 돌아올 때를 대비해 불을
지펴 놓는 등의 일을 해줘야 한다. '따뜻한 차나 브

로스(Broth)를 준비하는 것도 좋다.' 포스트 여사는 이렇게 조언한다. '유족이 돌아오면 먹겠느냐고 물을 것도 없이 바로 음식을 가져다준다. 극심한 고통 상태에 있는 사람은 먹고 싶은 생각이 없더라도 음식이 앞에 놓이면 기계적으로 먹을 것이다. 이들에게는 소화를 촉진하고 혈액순환이 잘되도록 북돋울 수 있는 따뜻한 음식이 가장 필요하다.'

이런 대목에서 느껴지는 실용적인 지혜가 마음을 끌어당겼다. 후대에 나온 의학협회 논문에 열거된 생리적 장애('내분비계, 면역계, 자율신경계, 심혈관계의 변화')를 본능적으로 이해하고 있다. 내가 어쩌다가 에밀리 포스트가 1922년에 쓴 에티켓 책을 찾아보게 되었는지는 잘 모르겠는데(어쩌면, 2차 세계 대전 동안에 콜로라도 스프링스에 있는 방 네 개짜리 셋집에 폭설로 갇혀 있을 때, 엄마가 이 책을 읽으라고 주셨던 기억 때문이었을지도 모르겠다), 인터넷에서 찾아 읽어 보니 마음에 깊이 와닿았다. 이 글을 읽다가 존이 죽은 날 밤 뉴욕 병원에서 내가 얼마나 추워했는지 떠올랐다. 12월 30일이고 병원에 맨다리로, 저녁 준비하려고 갈아입은 리넨 스커트와 스웨터에 슬리퍼만 신고 병원에 갔기 때문에 추워한 거라고만 생각했다. 물론 그 탓도 있겠지만, 내 몸이 제 기능을 하지 않고 있었던 탓도 있다.

포스트 여사는 나를 이해했을 것이다. 포스트는 애도를 인정하고 허락하던 시대, 감추려 하지 않던 시대에 글을 썼다. 필리프 아리에스(Philippe Ariès)가 1973년 존스홉킨스대학교에서 한 연속 강의를 나중에 『죽음의 역사(Western Attitudes toward Death: From the Middle Ages to the Present)』라는 책으로 펴냈는데, 이 책에서는 1930년 무렵부터 대부분 서구 국가, 특히 미국에서 죽음을 대하는 태도에 혁명적 변화가 일어났음에 주목한다. 아리에스는 이렇게 썼다. '과거에는 어디에나 있었기 때문에 익숙했던 죽음이 숨겨지고 감추어졌다. 수치스러운 것, 금지된 것이 되었다.' 영국 사회인류학자 제프리 고러는 1965년에 출간한 『죽음, 비애, 애도(Death, Grief, and Mourning)』에서 '즐겁게 살아야 한다는 새로운 윤리적 의무'가 가하는 압박이 날로 강해지다 보니, 이렇듯 사람들이 공공연히 애도하기를 거부하게 되었다고 설명한다. '다른 이들의 즐거움을 방해할 만한 행동은 절대 하지 말아야 한다는 새로운 당위'가 생겨났다는 것이다. 영국과 미국 양국에서 '죽음을 슬퍼하는 것을 병적인 자기 몰두로 취급하고, 상을 당했더라도 무슨 일이 있었는지 아무도 모를 정도로 슬픔을 완벽히 감추는 사람을 사회적으로 존경하는 것'이 요즘 추세라고 한다.

오늘날에는 죽음이 대체로 보이지 않는 곳에서 이루어지므로, 사별 후의 비애도 감추어진다. 포스트 여사가 글을 쓰던 시대에는 죽음이 아직 전문화되지 않았을 때다. 죽음이 병원에서 일어나지 않았다. 여자들은 아이를 낳다가 죽었다. 아이들은 열병에 걸려 죽었다. 암은 고칠 수 없는 병이었다. 포스트 여사가 에티켓 책을 쓸 때 미국에는 1918년 인플루엔자 유행에 타격을 받지 않은 가정이 거의 없었다. 죽음은 아주 가까이에, 집 안에 있었다. 어른이라면 죽음 이후의 일을 능숙하면서도 세심하게 처리해야 했다. 캘리포니아에 살던 어린 시절에, 나는 누군가가 죽으면 햄을 구우라고 배웠다. 햄을 그 집에 가져다준다. 장례식에 참석한다. 그 집안이 가톨릭이면 묵주 기도회에도 참석하는데, 소리 내어 울거나 곡을 하는 등 유족의 신경을 건드리는 행동을 하면 안 된다. 생각해 보면, 에밀리 포스트가 1922년에 쓴 에티켓 책이 내가 읽은 그 어느 글보다도 격리되지 않은 죽음이 어떤 것인지 예리하게 포착했고 슬픔을 달래는 데도 도움이 되었다. 처음 몇 주 동안 날마다 차이나타운에서 파와 생강이 든 죽을 쿼트 용기로 한 통씩 사다 준 친구, 그 친구의 직감적 지혜는 영영 잊지 못

할 것이다. 죽은 먹을 수 있었다. 내가 먹을 수 있는
건 죽뿐이었다.

5

캘리포니아에서 자라며, 또 이런 것도 배웠다. 누군가가 죽은 것처럼 보이면 입과 코에 손거울을 대고 확인해 보라는 것이다. 거울에 습기가 맺히지 않으면 죽은 것이다. 어머니한테 배웠다. 존이 죽은 날에는 그걸 잊고 있었다. **숨을 쉬고 있나요**, 배차 담당자가 물었다. **그냥 빨리 와주세요**, 내가 말했다.

2003년 12월 30일.

우리는 베스 이즈리얼 노스 6층 집중 치료실에서 퀸타나를 면회했다.

우리는 인공호흡기의 숫자를 확인했다.

퉁퉁 부은 퀸타나의 손을 잡았다.

어느 쪽으로 갈지 알 수 없는 상태입니다, 집중 치료실 의사 중 한 명이 말했다.

우리는 집으로 왔다. 저녁 회진 후 일곱 시부터가 집중 치료실 면회 시간이니까 우리가 집에 왔을 때는 여덟 시가 넘었을 것이다.

우리는 저녁을 밖에 나가서 먹을까, 집에서 먹을까 의논했다.

나는 난로에 불을 때고 안에서 먹자고 했다.

뭘 먹을 생각이었는지 기억이 안 난다. 뉴욕 병원에서 집으로 돌아와서는 접시와 부엌에 있던 음식을 모두 버린 기억이 난다.

저녁을 먹으러 자리에 앉는 순간, 내가 알던 삶이 끝난다.

심장 한 번 뛸 동안에.

혹은, 심장 한 번이 뛰지 않는 동안에.

지난 몇 달 동안 나는 그 일 직전과 직후에 있었던 일의 정확한 순서를 되짚어 보았는데, 그게 잘 안 되자 재구성해 보려고 했다. 이런 식으로 시작했다. "2003년 12월 18일 목요일에서 2003년 12월 22일 월요일 사이 어느 시점에, Q가 '몸이 너무 안 좋다'며 독감 증상이 있고 패혈성 인두염에 걸린 것 같다고 했다." 먼저, 내가 이야기를 나눠본 의사들의—베스 이즈리얼뿐만 아니라 뉴욕이나 다른 도시 병원에 근무하는 의사들까지— 이름과 전화번호를 적어놓은 다음에 이런 식으로 그때 있었던 일들을 재구성해 나갔다. 요약하면 이런 것이다. 12월 22일 월요일에 퀸타나가 39.4도의 고열이 나서 베스 이즈리얼 노스 응급실에 갔다. 맨해튼 어퍼 이스트 사이드에서 가장 한산하다고 알려진 응급실이다. 퀸타나는 그곳에서 독감 진단을 받았다. 집에서 누워 쉬며 물을 많이 마시라는 지시를 받았다. 가슴 엑스레이는 찍지 않았다. 12월 23일, 24일에도 열이 계속 38도에서 39도를 오갔다. 너무 아파서 크리스마스이브 만찬에 오지 못했다. 크리스마스 날부터 며칠을 매사추세츠에 있는 제리의 가족과 보내기로 했던 계획도 취소했다.

크리스마스 날이었던 목요일 아침에 퀸타나가 전화를 걸어 숨을 쉬기 힘들다고 했다. 숨소리가 얕고 힘겹게 들렸다. 제리가 다시 퀸타나를 베스 이즈리얼 노스로 데려갔고, 엑스레이를 찍어 보니 폐 오른아래엽에 침투한 고름과 세균이 짙게 나타났다. 맥박이 분당 150을 넘었다. 탈수 상태가 심했다. 백혈구 수가 거의 0에 가까웠다. 아티반과 이어서 데메롤을 투여했다. 응급실에서 제리에게 말하길, 폐렴의 정도가 "1부터 10까지 중에서 5에 해당하는, '통원 폐렴'이라고 부르는 것"이라고 말했다고 한다. '심각한 것은 아니지만'(그게 내가 듣고 싶은 말이었을지도 모르겠다), 그

래도 일단 6층 집중 치료실에 입원하고 지켜보자고
했다.

그날 저녁 집중 치료실로 옮겨졌을 때, 퀸타나는
상태가 좋지 않았다. 진정제를 더 투여했고 관을 꽂
았다. 이제 체온이 40도가 넘었다. 퀸타나는 100퍼
센트 인공호흡기를 통해 공급받는 산소로만 호흡했
다. 이 시점에는 자기 힘으로 호흡할 수가 없었다. 다
음 날인 12월 26일 금요일 오전 늦은 시간이 되자 폐
렴이 양쪽 폐로 번졌으며, 아지트로마이신, 겐타마이
신, 클린다마이신, 반코마이신을 정맥 주사로 다량으
로 투여했음에도 불구하고 점점 악화하고 있다고 했
다. 또 혈압이 떨어지는 것으로 보아 퀸타나가 패혈
성 쇼크를 일으켰거나 일으키기 직전임을 알았다. 제
리에게 침습적 처치 두 가지에 추가로 동의를 받아갔
다. 첫 번째는 동맥에 관을 삽입하려는 것이고, 또 하
나는 심장 가까운 곳에 관을 하나 더 넣어 혈압 문제
에 대처하려는 것이었다. 네오시네프린을 투여해 혈
압을 90 이상/60 이상으로 유지했다.

12월 27일 토요일, 패혈증을 잡으려고 일라이 릴
리 사의 신약 시그리스를 투약하고 있다는 말을 들
었다. 96시간, 즉 4일 동안 투약할 것이라고 했다.
"가격이 2만 달러예요." 간호사가 수액 봉지를 갈면

서 말했다. 나는 수액이 똑똑 떨어져, 퀸타나의 생명을 부지하고 있는 여러 관 가운데 하나로 들어가는 것을 보았다. 인터넷에서 시그리스를 검색해 보았다. 어떤 사이트에서는 시그리스로 치료한 패혈증 환자의 생존율이 69퍼센트인 반면, 시그리스를 쓰지 않으면 56퍼센트라고 했다. 다른 사이트는 경제 뉴스레터였는데 시그리스가 일라이 릴리의 '잠자는 거인'이라면서 '패혈증 시장에서 문제점들을 극복하려고 분투 중'이라고 평가했다. 이런 말이 어떤 면에서는 상황을 긍정적으로 바라보는 프리즘 같기도 했다. 이제 퀸타나는 다섯 달 전 행복에 흠뻑 젖었던 신부가 아니었고 내일, 혹은 다음 날까지 살아있을 확률이 56퍼센트부터 69퍼센트 사이에서 조정되고 있는 '패혈증 시장'이었다. 패혈증 시장이라니. 소비자가 선택할 수 있다는 듯이. 12월 28일 일요일에는 패혈증 시장의 '잠자는 거인'이 효과를 내기 시작하는 것 같았다. 폐렴 부위가 줄지는 않았지만, 네오시네프린 투약을 중단했는데도 혈압이 95/40으로 유지되었다. 12월 29일 월요일, 의사 보조원이 주말에 쉬고 그날 아침에 와서 퀸타나 상태를 확인했는데, '고무적'이라고 나에게 말했다. 나는 그날 아침에 봤을 때 정확히 어떤 점이 고무적이라고 생각했냐고 물었다. "아직 살아 있으니까요." 의사 보조원이 말했다.

12월 30일 화요일 오후 1시 2분(컴퓨터에 남은 기록에 따르면), 나는 또 다른 의사와 전화 통화하려고 준비하면서 이런 메모를 적었다.

뇌에 영향이 있을까? 산소 부족 때문에? 고열 때문에? 뇌막염 가능성 때문에?

의사 몇몇이 "어떤 기저 구조나 폐색이 있더라도 알 수 없다"라고 했다. 악성 종양 같은 걸 말하는 걸까?

병원에서는 세균으로 인한 감염이라고 하는데—배양 검사에서는 아무것도 나오지 않았지만— 혹시 바이러스 감염이 아닌지 알 방법이 있나?

어떻게 '독감'이 온몸에 퍼지는 감염으로 발전할 수 있나?

마지막 질문—**어떻게 '독감'이 온몸에 퍼지는 감염으로 발전할 수 있나?**—은 존이 추가한 것이다. 12월 30일까지 존은 이 질문에 매달리는 것처럼 보였다. 존은 사나흘 동안 의사, 의사 보조원, 간호사에게 이 질문을 반복했고 마침내는 절박하게 나를 붙잡고 물었지만, 누구한테서도 만족스러운 답을 얻지 못했다. 어딘가 도저히 이해되지 않는 지점이 있는 것 같았다. 나도 도저히 이해할 수가 없었지만, 나는 받아들이는 척하고 있었다.

이런 상황이었다.

퀸타나는 크리스마스 밤 집중 치료실에 입원했다.

그 애가 병원에 있다는 걸, 크리스마스 밤에 우리는 계속 서로 상기시켜 주었다. 잘 치료받고 있어. 병원에 있으니까 안전할 거야.

모든 게 평소와 다르지 않아 보였다.

우리는 불을 피웠다. 퀸타나는 안전할 것이다.

닷새 뒤, 베스 이즈리얼 노스 6층 집중 치료실 바깥쪽의 풍경도 평소와 다를 바 없었다. 바로 그게 우리 둘 다 받아들일 수가 없는 사실이었다(그렇다는 사실을 입 밖에 낸 것은 존뿐이긴 했지만). 비행기가 추락했을 때, 하늘이 맑고 푸르렀다는 것에 집중하는 것처럼. 우리 집 거실에는 존과 내가 크리스마스 밤에 개봉한 선물이 아직 널려 있었다. 퀸타나가 전에 쓰던 방 테이블 위아래에는 퀸타나가 크리스마스 날 집중 치료실에 있었기 때문에 뜯어볼 수 없었던 선물이 놓여 있었다. 식탁 위에는 크리스마스이브에 쓴 접시와 포크, 나이프가 아직 쌓여 있었다. 그날 온 아메리칸 익스프레스 카드 청구서에는 우리가 11월 파리 여행 때 쓴 비용이 여전히 기재되어 있었다. 우리가 파리로 떠날 때, 퀸타나와 제리는 두 사람이 결혼하고 처음 맞는 추수감사절 만찬을 준비하고 있었다. 제리의 어머니와 누나 부부를 초대했다. 혼수로 장만한 식기 세트를 사용할 계획이었다. 퀸타나가 우리 집에 들러서 우리 어머니한테 물려받은 루비 크리스털 글라스를 빌려 갔다. 추수감사절에 우리가 파리에서 전화를 걸었다. 퀸타나와 제리는 칠면조를 굽고 순무 퓨레를 만들고 있었다.

"그런데— 떠나 버렸다."

어떻게 '독감'이 온몸에 퍼지는 감염으로 발전할 수 있나?

이 질문이 지금은 무력한 분노의 외침으로 느껴진다. **모든 일이 평소와 다름없었는데 어떻게 이런 일이 일어날 수 있나.** 집중 치료실에서, 퀸타나의 손가락과 얼굴은 수액 때문에 퉁퉁 붓고 호흡관을 물고 있는 입술은 열로 갈라졌으며, 머리카락은 엉킨 데다가 땀에 젖었다. 그날 밤 호흡기 수치는 퀸타나가 산소의 45퍼센트만을 호흡기로 공급받고 있음을 표시하고 있었다. 존이 퉁퉁 부은 퀸타나의 얼굴에 입을 맞췄다. "하루 더 사는 것보다 더." 존이 속삭였다. 이 것도 우리 식구끼리만 통하는 말이었다. 이 말은 리 처드 레스터의 영화 〈로빈과 마리안〉에 나오는 대사 다. "하루 더 사는 것보다 더 당신을 사랑해요." 마리 안으로 분한 오드리 헵번이 로빈 후드 역의 숀 코너 리에게, 함께 독약을 마신 후 하는 말이다. 존은 집 중 치료실에서 나갈 때마다 이 말을 속삭였다. 집중 치료실에서 나오면서 겨우 의사 한 명을 붙들고 말을 걸 수 있었다. 산소 공급을 줄였던데, 퀸타나가 좋아 지고 있는 거냐고 물었다.

의사는 잠시 말이 없었다.

그때 의사가 이런 말을 했다. "어느 쪽으로 갈지 알 수 없는 상태입니다."

좋은 쪽으로 향하고 있잖아요, 나는 생각했다.

의사의 말이 끝난 게 아니었다. "지금 아주 심각 한 상태입니다." 그가 이렇게 말했다.

이 말이 퀸타나가 죽으리라는 말을 돌려서 하는 것임을 알았지만, 나는 계속 고집을 부렸다. **좋은 쪽 으로 가고 있어. 그래야만 하니까.**

나는 캣을 믿는다.

나는 신을 믿는다.

"하루 더 사는 것보다 더 사랑해요." 석 달 뒤에

퀸타나가 세인트 존 더 디바인 대성당에서 검은 상복을 입고 서서 이렇게 말했다. "아빠가 나한테 했던 말처럼."

우리는 1964년 1월 30일 목요일 오후에 캘리포니아 산베니토 카운티에 있는 산후안 바우티스타 가톨릭 수도원에서 결혼식을 치렀다. 존은 칩에서 산 남색 수트를 입었다. 나는 존 F. 케네디가 암살당한 날 샌 프란시스코에 있는 랜소호프에서 산 흰색 실크 미니 드레스를 입었다. 댈러스에서 낮 12시 30분에 그 일이 일어났을 때 캘리포니아는 아직 오전이었다. 어머니와 내가 점심때가 되어 랜소호프에서 나가다가 새크라멘토에서 온 누군가를 우연히 만나면서 그 소식을 알게 되었다. 산후안 바우티스타에서의 결혼식은 하객이 서른에서 마흔 명 정도밖에 안 되는 소규모였기 때문에(존의 어머니, 동생 스티븐, 형 닉과 닉의 아내 레니와 네 살 된 딸, 우리 어머니, 아버지, 남동생과 올케와 할아버지와 이모와 사촌들과 새크라멘토에 사는 집안 친구들, 존의 프린스턴대학교 다닐 때의 룸메이트, 그밖에 추가로 한두 명) 나는 신부 입장이나 '행진' 같은 건 생략하고 그냥 제대(祭臺) 앞에 서서 식을 올릴 생각이었다. "주인공은 짜잔, 하고 나오는 법이지." 닉이 이런 말로 편들어 줬던 기억이 난다. 닉은 내 계획을 알아들었지만, 오르간 주자는 못 알아들어서, 어쩌다 보니 나는 어느새 아버지 팔짱을 끼고 복도를 따라 걸으며 선글라스 안에서 눈물을 흘리고 있었다. 예식이 끝나고 존과 나는 차로 페블 비치에 있는 오두막으로 갔다. 먹을 것은 별로 없었으나 샴페인이 있었고, 태평양이 내다보이는 테라스가 있는 소박한 오두막이었다. 신혼여행 삼아 몬테시토 산이시드로 랜치의 방갈로에서 몇 박을 한 다음 좀 지루해져서 베벌리 힐스 호텔로 갔다.

퀸타나의 결혼식 날, 나는 우리 결혼식을 생각했다.

퀸타나도 소박한 결혼식을 올렸다. 하얀 롱드레스를 입고 베일을 썼으며, 구두는 비싼 것이었지만 머리카락은 어릴 때처럼 그냥 땋아서 뒤로 늘어뜨렸다.

우리는 세인트 존 더 디바인 성당 성가대석에 앉았다. 존과 퀸타나가 함께 제대를 향해 걸어갔다. 제대 앞에는 캘리포니아에 살던 세 살 때부터 단짝인 수전이 서 있었다. 뉴욕에서 가장 친한 친구도 있었다. 퀸타나의 사촌 해너도 있었다. 캘리포니아에 사는 사촌 켈리도 거기 서서 기도문 일부를 낭송했다. 제리의 의붓딸의 자녀들도 일부를 읽었다. 아주 어린

아이들, 레이(lei)*를 목에 건 조그만 여자아이들이 맨발로 돌아다녔다. 물냉이 샌드위치, 샴페인, 레모네이드, 케이크와 함께 나온 소르베와 색을 맞춘 복숭아색 냅킨이 있었으며, 잔디밭에는 공작새가 있었다. 퀸타나는 비싼 구두를 벗고 베일을 머리에서 뗐다. "정말 완벽하지 않았어요?" 퀸타나가 그날 저녁에 전화를 걸어 이렇게 말했다. 존과 나는 그렇다고 맞장구쳤다. 퀸타나와 제리는 비행기를 타고 생바르텔레미섬으로 갔다. 존과 나는 호놀룰루로 갔다.

2003년 7월 26일.

퀸타나가 베스 이즈리얼 노스 집중 치료실에 입원하기 넉 달 하고 29일 전.

그 애의 아빠가 죽기 다섯 달 하고 4일 전.

존이 죽고 처음 한두 주 동안, 보호 기제처럼 밤에 느닷없이 피로가 덮쳐와서 내가 친척들과 친구들을 우리 집 거실, 식당, 부엌에 두고 복도 건너편 침실로 갈 때면, 나는 복도 벽에 걸려 있는 우리 결혼 초기의 추억을 상기시키는 물건들을 보지 않으려고 애썼다. 사실 볼 필요도 없었고 보지 않는다고 피할 수

---

* 하와이에서 자주 볼 수 있는 것으로, 꽃이나 조개 등을 엮어 만든 일종의 화환이다.

도 없었다. 전부 외우고 있었으니까. 〈백색 공포〉 촬영장에서 존과 내가 같이 찍은 사진이 있었다. 그게 우리의 첫 영화였다. 그 영화로 칸 영화제에도 갔다. 나는 유럽에 처음 가는 거였는데, 20세기 폭스사에서 돈을 대주어서 일등석으로 여행했다. 나는 맨발로 비행기에 올라탔다. 1971년은 그런 시대였다. 존과 나와 네 살이었던 퀸타나가 1970년에 센트럴파크에 있는 베세스다 분수에서 아이스크림을 먹으며 찍은 사진이 있었다. 그해 가을, 우리는 뉴욕에서 오토 프레민저(Otto Preminger)**와 영화 작업을 하고 있었다. "엄마는 머리카락이 없는 프레민저 아저씨 사무실에 있어요." 소아과 의사가 퀸타나에게 엄마는 어디 있냐고 물었을 때, 퀸타나가 이렇게 대답했단다. 또 1970년대 우리 집이었던 말리부 집 데크에서 우리 셋이 찍은 사진이 있었다. 그 사진은 《피플》지에 실렸다. 나는 사진을 보고는 퀸타나가 그날 촬영 중 잠시 쉬는 시간을 틈타 생애 처음으로 아이라이너를 눈에 발랐다는 사실을 알았다. 또 배리 패럴이 찍은 자기 아내 마샤 사진이 있었다. 그때, 마샤는 말리부

** 오스트리아 출신으로 미국에는 1930년대에 건너왔으며, 1950년대 가장 대중적인 감독 중 하나로 손꼽힌다. 대표작으로, 〈로라(Laura)〉, 〈황금 팔을 가진 사나이(The Man with the Golden Arm)〉 등이 있다.

우리 집에서 아기였던 조앤 디디온 패럴을 안고 라탄 의자에 앉아 있었다.

배리 패럴은 이제 세상에 없다.

캐서린 로스의 사진도 있었다. 말리부 시절에 콘래드 홀(Conrad Hall)*이 찍은 사진이다. 캐서린 로스는 퀸타나에게 수영을 가르친다면서, 이웃집 풀에 타히티에서 가져온 조개껍데기를 던지고는 퀸타나에게 그걸 찾아오면 선물로 주겠다고 했다. 이때는 1970년대 초, 캐서린과 콘래드, 진과 브라이언 무어, 그리고 존과 내가 서로 식물과 강아지와 도움과 요리법을 주고받고 일주일에 두어 번 이 집 저 집 돌아가며 저녁 식사를 함께하던 시기였다.

우리 모두 수플레를 만들었던 게 기억난다. 타히티 파페에테에 사는 콘래드의 누이 낸시가 캐서린에게 수플레를 아주 쉽게 만드는 법을 가르쳐 주었고 캐서린이 나와 진에게도 알려주었다. 비결은 일반적인 방법보다 덜 엄격한 접근법을 택하는 것이었다. 캐서린은 타히티에서 바닐라 빈도 콩꼬투리를 라피

---

* 자연주의적이고 인상주의적인 성향의 촬영을 선호했던 미국의 영화 촬영감독이다. 〈내일을 향해 쏴라(Butch Cassidy and the Sundance Kid)〉(1969), 〈아메리칸 뷰티(American Beauty)〉(1999), 〈로드 투 퍼디션(Road to Perdition)〉(2002) 등이 그의 손을 거친 작품이다.

아야자잎 끈으로 묶어 굵은 다발로 가져왔다.

그 바닐라를 가지고 크렘 카라멜도 만들었는데, 다들 설탕을 캐러멜화하는 과정을 귀찮아했다.

우리는 주마 비치에 있는 리 그랜트의 집을 빌려 식당을 열자고 이야기했다. 식당 이름은 '리 그랜트의 집'이라고 하고. 캐서린과 진과 내가 돌아가며 요리하고 존과 브라이언과 콘래드가 돌아가며 계산대를 맡고. 그런데 캐서린과 콘래드가 헤어지고 브라이언은 소설 마무리 작업에 들어간 데다가, 존과 나는 영화 대본을 고쳐 쓰러 호놀룰루로 가게 되어 말리부에서 살아보려는 계획은 접었다. 우리는 호놀룰루에서 일할 때가 많았다. 뉴욕에 있는 사람들이 호놀룰루와 시차가 얼마나 나는지 잘 몰랐기 때문에, 울려대는 전화에 방해받지 않고 종일 일할 수 있었다. 1970년대 어느 시점에는 아예 호놀룰루에 있는 집을 살까, 하고 존과 같이 집을 보러 다니기도 했지만, 존은 호놀룰루에 집을 구해 실제로 사는 게 카할라 호텔에 사는 것만큼 좋을 수는 없다고 생각하는 것 같았다.

콘래드 홀은 이제 세상에 없다.

브라이언 무어도 이제 세상에 없다.

우리가 전에 살던 집, 할리우드 프랭클린 애비뉴

에 있던 무너져 가는 집, 침실이 많고 선 포치가 있고 아보카도 나무와 풀로 덮인 테니스 코트가 있고 월세 450달러에 빌려 살았던 집에서 가져온 액자가 있었다. 액자에는 우리 결혼 5주년을 축하하며 얼 맥그래스(Earl McGrath)[*]가 써서 선물한 시가 들어있었다.

이것은 존 그레고리 던의 이야기

아내 디디온 두와 함께

법적으로 가정을 이루어 자식 하나를 두고

프랭클린 애비뉴에 살았지.

어여쁜 아이 퀸타나와 함께

디디온 디라고도 불리는 아이

디디온 던

그리고 디디온 두.

그리고 퀸타나, 혹은 디디온 디.

하나로 어우러진 아름다운 던 던 던 가족이

(그러니까 셋으로 이루어진 가족이)

왕년이라는 말이 가장 어울릴 만한 스타일로

프랭클린 애비뉴에 살았지.

---

[*] 2016년 초 84세로 사망하기 전까지 레코드 회사의 경영자, 영화 회사의 임원, 각본가, 미술품 딜러 등 문화 예술 분야에서 다양하게 활동했던 인물이다. 그리고 그는 조앤 디디온의 오랜 친구였다.

최근에 누군가를 잃은 사람은 특유의 표정이 있다. 아마 자기 얼굴에서 같은 표정을 본 사람만 알아볼 수 있을 것이다. 나는 내 얼굴에서 봤고 지금 다른 사람한테서도 알아본다. 극도로 나약하고 헐벗은 무방비 상태의 표정이다. 안과에 갔다가 동공이 확장된 상태로 환한 한낮의 햇빛 속으로 걸어 나간 사람의 표정, 혹은 안경을 쓰는데 갑자기 안경을 억지로 벗어야 하게 된 사람의 표정이다. 누군가를 잃은 사람은 자신이 다른 사람에게 보이지 않는다고 생각하기 때문에 무방비로 보인다. 나도 한동안 내가 보이지 않는다고, 형체가 없다고 느꼈다. 산 자와 죽은 자를 갈라놓는 전설 속의 강을 건너, 최근 상을 당한 사람만 나를 볼 수 있는 공간에 들어선 것 같았다. 처음으로 그 강, 스틱스강과 레테강과 장대를 쥐고 망토를 두른 뱃사공의 이미지가 강력하게 다가왔다. 처음으로 순장이라는 관습의 의미를 이해할 수 있었다. 과부들이 슬퍼서 불타는 뗏목에 몸을 던진 게 아니었다. 불타는 뗏목이란 그들이 느끼는 비애가(가족이나 사회나 관습이 아니라, 비애가) 그들을 데려간 장소를 가리키는 정확한 비유다. 존이 죽은 날 우리는 마흔 번째 결혼기념일을 31일 앞두고 있었다. 이제 「로즈 에일머」의 마지막 두 행에 담긴 '혹독하고 달콤한 지혜'가 나에게는 이해할 수 없는 것이었음이 짐작 갈 것이다.

나는 하룻밤의 기억과 한숨 이상을 원했다.

나는 소리를 지르고 싶었다.

나는 존을 되찾고 싶었다.

6

몇 해 전 눈부신 가을날에, 57번 스트리트를 따라 6
번 애비뉴와 5번 애비뉴 사이를 동쪽으로 걷다가 죽
음의 예감 같은 것을 느꼈다. 빛의 효과였을 것이다.
어른거리는 햇빛, 떨어지는 노란 낙엽(그런데 어디에서
떨어진 걸까? 서 57번 스트리트에 가로수가 있던가?), 흩뿌
리는 금빛, 반짝임, 순간의 움직임, 빛의 쏟아짐. 나
중에 비슷하게 눈부신 날에 같은 효과가 나타나는
지 주의 깊게 보았으나, 그런 경험이 다시 찾아오지는
않았다. 어떤 발작이나, 혹은 일종의 풍 같은 게 왔던
건 아닌가, 싶기도 했다. 그로부터 몇 해 전 캘리포니
아에 있을 때 꿈에서 어떤 이미지를 봤는데, 깨고 난
다음에 그게 죽음이었음을 깨달았다. 얼음으로 덮
인 섬의 이미지였다. 채널 제도에서 뻗어 나온 울퉁

불퉁한 바위섬을 공중에서 내려다본 듯한 모습이었다. 다만, 그 섬은 온통 투명한 얼음으로 이루어져서 햇빛 속에서 푸르스름한 흰색으로 빛났다. 사람이 죽음을 예상할 때, 곧 죽음을 선고받았으나 아직 죽음에 이르지 않았을 때 꾸는 꿈과는 달리 그 꿈에는 공포가 없었다. 얼음 섬이나 서 57번 스트리트에 쏟아지는 빛을 보고는 오히려 초월적인 기분이 들었다. 차마 말로 표현할 수 없을 만큼 아름다웠지만, 그래도 내가 본 것이 죽음임에는 의문의 여지가 없었다.

이런 것이 내가 느끼는 죽음의 이미지라면, 왜 나는 존이 죽었다는 사실을 그토록 받아들이지 못했을까? 죽음이 존에게 일어났음을 받아들이지 못했기 때문일까? 아직도 그게 나에게 일어난 일로 생각하고 있었기 때문일까?

삶은 빠르게 변한다.

삶은 순간에 변한다.

저녁을 먹으러 자리에 앉는 순간, 내가 알던 삶이 끝난다.

자기 연민이라는 문제.

이 글을 적은 시점을 생각해 보면, 자기 연민이라는 문제가 얼마나 빨리 제기되었는지 알 수 있다.

그 일이 있고 난 후 어느 봄날, 나는 아침에 배달

된 《뉴욕 타임스》를 집어서, 1면에서 바로 크로스 워드 퍼즐이 있는 면으로 신문을 넘겼다. 그 무렵에 하루를 시작하는 방법으로 굳어진 패턴이었다. 내가 신문을 읽는, 더 정확히 말하면 신문을 안 읽는 방법이었다. 전에는 워낙 인내심이 없어서 크로스 워드 퍼즐을 못 풀었지만, 이제는 퍼즐을 풀면 건설적인 인지 활동을 다시 시작하는 데 도움이 될 것 같았다. 그날 아침 처음 내 관심을 끈 힌트는 세로 6번이었다. "당신은 가끔 … 같은 기분이 듭니다." 나는 바로 확실한 답을 떠올렸다. 상당히 길어서 빈칸을 많이 메우고 그날 나의 지적 능력을 입증해 줄 정답, '엄마 없는 아이.'

엄마 없는 아이는 정말 힘들지—
엄마 없는 아이는 정말 그렇게 힘들어—[*]
근데 아니었다.
세로 6번의 빈칸은 네 칸밖에 안 됐다.
나는 퍼즐을 포기하고(인내심 부족은 어디 안 간다) 다음 날 정답을 찾아보았다. 세로 6번의 정답은 'anut' 였다. Anut? A nut(바보)? 당신은 가끔 바보 같은 기

---

[*] 흑인 영가(靈歌)인 〈때때로 나는 엄마 없는 아이처럼 느끼지(Sometimes I Feel Like A Motherless Child)〉의 가사 일부이다.

분이 든다고? 내가 정상적인 반응의 세계에서 그렇게 멀리 떨어져 있나?

주의: 가장 먼저 떠오른 답('엄마 없는 아이')은 자기 연민의 울부짖음이었다.

이런 인지적 오류를 수정하기는 쉽지 않을 터였다.

열렬한 쇄도, 그 어지러운 불길!

아버지는, 그리고 엘리너는 어디에?

지금 있는 곳이 아니라, 일곱 해 전에 죽었으니

그때 그들의 모습으로

더는, 더는 없나?

—델모어 슈워츠,
「우리는 4월의 이 날을 평온히 걷는다」

존은 자기가 곧 죽으리라고 생각했다. 나한테 여러 차례 말했다. 나는 무시했다. 존은 우울해했다. 『잃은 것은 없다』라는 소설을 탈고했는데, 늘 그렇듯 원고는 납품과 출간 사이 길고 긴 림보에 빠져 있었고, 또이제 막 시작하려는 책을 두고 마찬가지로 늘 그렇듯 자신감의 위기를 겪고 있었다. 애국심의 의미를 고찰

하는 책인데, 아직 탄력을 받아 속도가 붙지 않은 상태였다. 게다가 존은 그해 내내 건강 문제로 힘든 일이 많았다. 심장이 심방세동을 일으키는 빈도가 점점 잦아졌다. 심장 율동 전환 치료를 받으면 정상 율동을 회복할 수 있는데, 외래로 몇 분간 전신마취를 하고 심장에 전기충격을 가하는 치료이다. 그러나 감기에 걸린다거나 장시간 비행을 한다든가 하는 사소한 신체 변화만 있어도 다시 리듬이 흐트러질 수 있었다. 존이 마지막으로 이 처치를 받았던 게 2003년 4월이었는데 그때는 한 번이 아니라 두 번 충격을 가해야 했다. 심장 율동 전환 처치를 해야 하는 일이 점점 잦아진다는 건, 이제는 이 방법이 유용한 선택지가 아니라는 말이었다. 6월에 병원에서 여러 차례 상담을 받고 더 근본적으로 심장 문제에 대처하는 수술을 받았다. 고주파로 방실결절을 제거하고 메드트로닉 카파 900 SR 페이스메이커를 몸에 이식한 것이다.

여름 동안에는 퀸타나의 결혼식이 있어서 기쁘고 들뜬 데다가, 페이스메이커가 잘 작동해서 존의 기분이 좋아진 듯했다. 가을이 되자 다시 가라앉았다. 11월에 파리에 가니 마니, 하는 문제를 두고 다퉜던 기억이 난다. 나는 가고 싶지 않았다. 할 일은 너무 많은데, 돈은 없지 않냐고 했다. 존은 이번에 파리에 가지 않으면, 다시는 파리를 못 볼 것 같은 기분이 든다고 말했다. 나는 존이 나를 협박한다고 느꼈다. 그렇다면 할 수 없지, 가는 수밖에, 내가 말했다. 존은 식탁에서 일어났다. 그 뒤로 이틀 동안 우리는 꼭 필요한 말 말고는 서로 아무 말도 하지 않았다.

결국, 11월에 파리에 갔다.

이틀을 넘기지 못할 걸세, 가웨인이 말했다.

몇 주 전, 68번 스트리트와 파크 애비뉴 교차로에 있는 외교협회에 갔다가 건너편에 앉은 누군가가 《인터내셔널 헤럴드 트리뷴》을 읽는 게 눈에 들어왔다. 이때도 나는 엉뚱한 길로 빠져들었다. 나는 어느새 외교협회가 아니라 2003년 11월, 파리에 있는 브리스톨 호텔 식당에서 존과 마주 앉아 아침을 먹고 있었다. 우리는 호텔에서 제공하는 《인터내셔널 헤럴드 트리뷴》을 각자 읽었다. 그날 날씨가 인쇄된 작은 카드가 신문에 스테이플로 붙어 있었다. 파리에서 보낸 그 11월의 아침에는 줄곧 그 카드에 우산 그림이 그려져 있었다. 우리는 빗속에서 뤽상부르 공원을 걸었다. 비를 피해 생 쉴피스 성당으로 들어갔다. 미사가 진행 중이었다. 존은 영성체를 했다. 우리는 라늘라그 공원에서 비를 맞고 감기에 걸렸다. 뉴욕으로 돌아오는 비행기에서, 존의 목도리와 내 저지 드레스가 젖은 양털 냄새를 풍겼다. 이륙할 때 존은 내 손을 잡았는데, 비행기가 수평비행을 하기 시작할 때까지 잡고 있었다.

존은 늘 그랬다.

그건 어디로 갔나?

잡지에 마이크로소프트 광고가 있는데, 광고 배경이 파리에 있는 포르트 데 릴라 지하철역 플랫폼이다.

어제 한동안 안 입은 재킷 주머니에서 11월에 파리 여행을 갔을 때 끊은 지하철표가 나왔다. "성공회교도만 영성체를 '해.'" 생 쉴피스 성당에서 나오는 길에 존이 마지막으로, 또 그걸 지적했다. 존은 그 점을 지난 40년 동안 지적해 왔다. 성공회교도는 영성체를 '하고', 가톨릭교도는 영성체를 '받는다'고. 존은 태도의 차이라고 매번 설명했다.

지금 있는 곳이 아니라, 일곱해 전에 죽었으니
그때 그들의 모습으로

마지막 심장 율동 전환: 2003년 4월. 두 번의 충격이 필요했던 때. 의사가 왜 전신마취를 하고 실시하는지 설명했던 기억이 난다. "그러지 않으면 펄쩍 뛰어서 침대에서 떨어지거든요." 의사가 말했다. 2003년 12월 30일, 구급대원이 거실 바닥에서 자동 심장 충격기를 사용했을 때 갑자기 움찔하던 것. 한 번이라도 심박이 되돌아왔던 걸까, 아니면 그저 전기 때문이었던 걸까?

존이 죽은 날인지, 혹은 그 전날인지 베스 이즈리얼 노스에서 택시를 타고 집으로 돌아오던 길에 존이 한 말은 나도 그냥 우울감 때문이라고, 작가의 삶에는 늘 그런 게 찾아오는 법이라고 무시해 버릴 수가 없었다. 그런 일은 처음이었다.

존은 자기가 한 일은 전부 아무 가치가 없다고 말했다.

나는 그래도 계속 무시하려고 애썼다.

이런 상태가 정상은 아니겠지만, 병원에 두고 온 퀸타나의 상태도 정상은 아니라고, 나는 속으로 되뇌었다.

존은 자기가 쓴 소설이 무가치하다고 했다.

이런 상태가 정상은 아니겠지만, 아버지가 자식에게 아무것도 해줄 수 없는 이 상황도 정상은 아니라고, 나는 속으로 되뇌었다.

존은 그때 작업 중인 《뉴욕 리뷰》에 실을 글, 개빈 램버트가 쓴 나탈리 우드 전기 서평이 무가치하다고 했다.

이런 상태가 정상은 아니겠지만, 지난 며칠 동안 정상인 것이 있었나?

존은 자기가 뉴욕에서 뭘 하고 있는지 모르겠다고 했다. "왜 나탈리 우드 책을 붙들고 시간을 낭비하고 있지." 존이 말했다.

질문이 아니었다.

"하와이 말이야, 당신 말이 맞았어." 그때 존이 말했다.

하루 이틀 전에, 내가 퀸타나가 나아지면(이 말은 '퀸타나가 살아나면'을 뜻하는 우리끼리의 암호였다) 카일루아 해변에 있는 집을 빌려서 퀸타나가 건강을 되찾을 때까지 지내자고 했던 걸 두고 한 말일 수도 있다. 아니면, 내가 1970년대에 호놀룰루에 있는 집을 사고 싶어 했을 때를 두고 한 말일 수도 있다. 그때는 첫 번째 뜻이라고 생각하고 싶었지만, 과거 시제를 쓴 걸 보면 후자인 듯했다. 존이 베스 이즈리얼 노스에서 우리 집으로 오는 택시 안에서 그 말을 했다. 존이 죽기 3시간 전이었을 수도 있고, 아니면 죽기 27시간 전이었을 수도 있는데, 어느 쪽인지 기억을 되살려 보려 하지만 알 수가 없다.

7

왜 나는 정상적인 것이 하나도 없었는데도, 무엇이 정상이고 무엇이 아닌지를 계속 따지고 있었던 걸까?

시간 순서대로 다시 나열해 보자.

퀸타나는 2003년 12월 25일, 베스 이즈리얼 노스 집중 치료실에 입원했다.

존은 2003년 12월 30일에 죽었다.

나는 퀸타나에게 아버지가 죽었다는 사실을 뒤늦게, 2004년 1월 15일 아침에 말했다. 베스 이즈리얼 노스 집중 치료실에서 호흡기를 제거하고 진정제 투여량을 낮춰서, 퀸타나가 서서히 깨어날 수 있게 한 뒤의 일이었다. 그날 퀸타나에게 알리는 건 원래 계획에 없었다. 의사들 말이 퀸타나가 잠깐 잠깐씩 의식의 일부만 깨어날 터라 며칠 동안은 정보를 부분적으로밖에 못 받아들일 거라고 했다. 하지만 퀸타나가 깨어나서 나를 보면, 아빠는 어디에 있는지 궁금해할 거였다. 제리와 토니와 함께 이 문제를 한참 의논했다. 우리는 퀸타나가 처음 깨어났을 때 제리만 곁에 있게 하자고 결론을 내렸다. 그러면 퀸타나는 제리에게, 두 사람의 삶에 집중할 것이다. 아빠에 관한 질문은 나오지 않을 것이다. 나는 나중에, 며칠 뒤에 퀸타나를 보면 된다. 그때는 말할 수 있을 것이다. 그때는 퀸타나도 더 튼튼해져 있을 테니까.

계획대로 퀸타나가 처음 눈을 떴을 때, 제리가 옆에 있었다. 계획과 다르게, 간호사가 퀸타나에게 엄마가 복도에 있다고 이야기했다.

그럼 엄마는 언제 들어와요, 퀸타나가 물었다.

나는 병실 안으로 들어갔다.

"아빠는 어디 있어요"라고, 퀸타나는 나를 보더니 속삭이듯 말했다.

3주 동안 호흡기를 끼고 있느라 성대에 염증이 생겨서 목소리가 들릴 듯 말 듯 나왔다. 나는 퀸타나에게 무슨 일이 있었는지 이야기했다. 내내 심장에 문제가 있었다는 사실을 강조하면서 그동안 운이 좋았으나 마침내 이렇게 되고 말았다고, 급작스럽게 보이지만 사실은 피할 수 없는 일이었다고 했다. 퀸타나가 울음을 터뜨렸다. 제리와 내가 안아주었다. 퀸타나는 다시 잠에 빠져들었다.

"아빠는 어때요." 그날 저녁 퀸타나를 보러 갔을 때, 내게 이렇게 속삭이듯 말했다.

나는 다시 말하기 시작했다. 심장마비. 병력. 갑작스러운 일처럼 보이지만 실은 아니라는 것.

"그래서, 지금은 어떠세요"라고, 퀸타나는 자기 말이 들리게 하려고 소리를 쥐어짜며 속삭이듯 말했다.

퀸타나는 급작스러운 일이 일어났다는 부분은 받아들였지만, 그 결과는 받아들이지 못한 거였다.

나는 다시 이야기했다. 결국에는 세 번째로 다시 이야기해야 했다. 다른 집중 치료실에서. 이번에는 UCLA 병원에서.

시간 순서대로.

2004년 1월 19일, 퀸타나는 베스 이즈리얼 노스 6층 집중 치료실에서 12층에 있는 병실로 옮겨졌다. 2004년 1월 22일, 아직 너무 힘이 없어서 부축하지 않으면 일어서지도 앉지도 못하는 데다, 집중 치료실에서 병원 감염을 일으켜 아직 열이 나는 상태로 베스 이즈리얼 노스에서 퇴원했다. 제리와 내가 퀸타나를 우리 집으로 데려와 퀸타나가 전에 쓰던 방 침대에 뉘었다. 제리는 처방 약을 사러 나갔다. 그 사이 퀸타나가 벽장에서 퀼트 이불을 한 장 더 꺼내겠다며 침대에서 일어나다가 바닥에 쓰러졌다. 내 힘으로는 퀸타나를 들어 올릴 수가 없어서 건물에 있는 누군가를 불러와 퀸타나를 다시 침대에 눕혔다.

2004년 1월 25일 아침, 우리 아파트에서 눈을 뜬 퀸타나는 가슴에 통증을 느꼈고, 열이 계속 올랐다. 그날 퀸타나는 컬럼비아-프레즈비티리언 응급실에서 폐색전 진단을 받고 밀스타인 병원에 입원했다. 그때는 몰랐지만 지금은 알겠다. 베스 이즈리얼에서 움직이지 못하고 있었던 기간이 그렇게 길었으니 예측할 수 있는 전개였다. 베스 이즈리얼에서 퇴원하기 전에, 사흘 뒤 프레즈비티리언 응급실에서 했던 것처럼 영상 촬영을 했더라면 그때 알았을 것이다. 밀스타인에 입원한 다음, 혈전이 더 생겼는지 확인하려고 양쪽 다리를 촬영했다. 혈전이 더 생기지 않게 하고 이미 생긴 혈전은 녹이기 위해 항혈전제를 투여했다.

2004년 2월 3일, 퀸타나는 프레즈비티리언에서 퇴원했다. 아직 항혈전제를 투약하고 있었다. 퀸타나는 체력과 운동 능력을 회복하기 위해 물리치료를 받

기 시작했다. 다 같이, 토니와 닉과 퀸타나와 내가 존
의 장례식 계획을 세웠다. 2004년 3월 23일 화요일
오후 네 시에 세인트 존 더 디바인 대성당에서 장례
식을 치렀다. 그에 앞서 세 시에 가족이 지켜보는 가
운데 존의 유해를 대제단 뒤쪽 부속 예배실에 안치했
다. 닉은 장례식이 끝난 다음에 유니언 클럽에서 조문
객을 접대할 수 있게 준비해 놓았다. 나중에 서른 명
에서 마흔 명 정도의 친지들이 우리 아파트로 왔다.
나는 불을 피웠다. 우리는 술을 마셨다. 저녁을 먹었
다. 퀸타나는 아직 허약한 상태였지만 대성당에서 상
복을 입고 서서 장례식을 치렀고, 저녁때는 사촌들과
웃으며 이야기를 나눴다. 하루하고 절반이 지나 3월
25일 아침이 되면, 퀸타나와 제리는 캘리포니아로 가
서 며칠 동안 말리부 해변을 거닐며 새 삶을 다시 시
작할 계획이었다. 내가 그러라고 부추겼다. 퀸타나의
얼굴과 머리카락이 다시 말리부 빛깔로 물들기를 바
랐다.

다음 날인 3월 24일, 나는 혼자 아파트에 있었
다. 남편의 장례를 치러냈고 딸이 위기를 이겨내는
걸 보았으니 공식적으로 나의 할 일은 다 한 셈이라
서, 접시를 치우고 나서 내 삶을 다시 시작하려면 어
떻게 해야 할지를 처음으로 생각해 보았다. 퀸타나

에게 전화를 걸어 여행 잘 다녀오라고 했다. 퀸타나는 다음 날 아침 일찍 비행기를 탈 예정이었다. 퀸타나의 목소리가 불안하게 들렸다. 퀸타나는 늘 여행 전에 안절부절못하는 성격이었다. 어릴 때부터 뭘 챙겨야 할지 정하다 보면 엉망진창이 되어버릴 것 같은 불안감이 솟는 듯했다. 캘리포니아에서 저 괜찮을까요, 퀸타나가 말했다. 나는 그럴 거라고 했다. 당연히 좋을 거라고. 캘리포니아로 가면서 새로운 삶의 첫날이 시작되는 거라고. 나는 전화를 끊으면서 내 작업실을 청소하는 게 내 새로운 삶의 첫날로 나아가는 첫걸음이 될 수 있겠다고 생각했다. 다음 날인 3월 25일 목요일, 거의 종일 청소했다. 그 조용한 날 문득문득, 어쩌면 내가 새로운 계절에 접어들었을지 모른다는 생각이 들었다. 1월에는 베스 이즈리얼 노스의 창가에서 이스트 리버에 얼음덩어리가 생기는 것을 보았다. 2월에는 컬럼비아-프레즈비티리언의 창가에서 허드슨강 위의 얼음덩어리가 갈라지는 것을 보았다. 이제 3월이 되어 얼음은 사라졌고 나는 존을 위해 내가 해야 할 일을 해냈으며, 퀸타나는 캘리포니아에서 건강해져서 돌아올 것이었다. 오후 시간이 흘러가면서(퀸타나가 탄 비행기가 착륙했겠다. 차를 빌려서 퍼시픽 코스트 고속도로를 따라 달리고 있겠다), 퀸타나가 벌써 제리와 함께 3월 말리부의 엷은 햇살 속에서 바닷가를 걷는 모습을 상상할 수 있었다. 나는 애큐웨더 서비스에 말리부 우편번호인 90265를 넣어 보았다. 해 그림이 나왔고, 최고 최저 기온은 기억이 안 나지만 말리부 날씨가 좋다고 생각했던 게 기억이 난다.

언덕 위에 노란색 야생 겨자꽃이 피어 있을 터였다.

퀸타나가 제리를 데리고 주마 캐니언에 난꽃을 보러 갈 수도 있겠다.

벤투라 카운티 열차를 타고 생선튀김을 먹으러 갈 수도 있겠고.

퀸타나는 제리와 함께 진 무어의 집에서 점심을 먹기로 약속을 잡아놓았다. 어릴 때 살았던 동네에 가게 되는 거다. 우리가 부활절 점심때 먹은 홍합을 땄던 장소를 제리에게 보여줄 수도 있을 것이었다. 나비가 많던 곳, 테니스를 배웠던 곳, 주마 비치 안전요원한테 격랑에서 빠져나오는 법을 배웠던 곳도 보여줄 수 있을 테고. 내 작업실 책상 위에는 퀸타나가 일곱 살인가 여덟 살 때 찍은 사진이 있다. 퀸타나의 머리카락이 길고 말리부 햇볕에 바래 금빛이다. 액자 뒤쪽에는 말리부에서 어느 날엔가 부엌 조리대 위에 놓여 있던 크레용으로 쓴 쪽지가 붙어 있다. **엄마, 엄마가 문 열었을 때 달려 나간 거 나야 XXXXXX**[*]**—Q.**

그날 저녁 7시 10분에 나는 같은 건물에 사는 친구들과 저녁 식사를 하러 내려가려고 옷을 갈아입고 있었다. 바로 그때 '7시 10분'에 전화가 울렸다. 토니였다. 토니가 지금 우리 집으로 오겠다고 했다. 나는 시계를 봤다. 7시 반에 아래층에서 약속이 있었지만, 토니의 말투가 너무 다급하게 들려서 아무 말도 하지 않았다. 토니의 아내 로즈메리 브레슬린은 15년째 원인불명의 혈액 질환에 시달려 왔다. 존이 죽고 얼마 안 되었을 때 로즈메리가 실험적인 치료를 받았는데, 그러고 나서 몸이 점점 약해졌고, 툭하면 슬론 케터링 병원에 입원해야 했다. 그 몸으로 장례식에 참석한다고 대성당에 종일 있었던 데다가, 또 우리 집으로 와서 친지들과 어울리기까지 했으니 로즈메리에게는 무리였을 것이다. 토니가 막 전화를 끊으려는데 내가 물었다. 로즈메리가 또 입원했냐고. 토니는 로즈메리 때문이 아니라고 했다. 퀸타나 일이라고. 우리가 통화하던 그때, 뉴욕 시각으로 7시 10분, 캘리포니아 시간으로는 4시 10분에 퀸타나는 로스앤젤

---

[*]   X는 입맞춤을 뜻하는 표시이다.

레스에 있는 UCLA 병원에서 응급 신경 수술을 받고
있었다.

8

퀸타나와 제리는 비행기에서 내렸다.

짐을 찾았다.

제리가 가방을 끌고 렌터카 업체 셔틀 정거장으로 가려고, 앞장서서 도착 터미널 앞 도로를 건너고 있었다. 제리가 뒤를 돌아보았다. 지금도 제리가 왜 돌아봤는지는 모른다. 물어볼 생각을 안 했다. 그때도 누군가가 말하는 게 들리다가 갑자기 들리지 않아 돌아본 경우가 아니었을까, 싶다. **삶은 순간에 변한다. 평범한 순간에.** 퀸타나는 아스팔트 위에 쓰러져 있었다. 구급차를 불렀다. UCLA 병원으로 이송되었다. 제리의 말에 따르면, 구급차 안에서는 퀸타나의 의식이 또렷했다고 한다. 응급실에 도착한 다음에 경련을 일으켰고 헛소리를 하기 시작했다. 수술팀을 호출했다. CT 촬영을 했다. 수술 준비를 하러 데려갔을 무렵에는 퀸타나의 한쪽 동공이 반응하지 않았다. 수술실에 들어갈 즈음에는 다른 쪽 동공도 움직임이 없었다. 나는 그 말을 여러 번 들었다. 상황이 매우 심각하며, 아주 중대한 수술이 될 것이라는 근거처럼 매번 거론했다. "한쪽 동공에 반응이 없었고 수술실로 이동하는 동안에 다른 쪽도 그렇게 되었습니다."

처음 이 말을 들었을 때는 그 말이 어떤 의미인지 몰랐다. 두 번째 들었을 때는 알았다. 셔윈 B. 눌랜드는 『사람은 어떻게 죽음을 맞이하는가』에서 의대 3학년 때 심장 환자의 '동공이 크고 검게 확장된 채로 고정된 것'을 본 경험을 들려준다. '뇌사 상태라는 뜻이었고 다시는 빛에 반응하지 않을 것이 분명했다.' 같은 책에서 눌랜드 박사는 병원에서 심장마비를 일으킨 환자를 CPR 팀이 소생시키려고 애썼으나 실패했던 때를 이렇게 묘사한다. '남녀 요원들이 끈질기게 매달렸으나 환자의 동공이 빛에 반응하지 않고 점점 커지더니 들여다볼 수 없는 암흑이 확장된 원 모양으로 고정되었다. 마지못해 시도를 중단했다. … 방에는 실패한 작전의 잔해가 흩어져 있었다.' 2003년 12월 30일 뉴욕-프레즈비티리언 구급요원들이 우리 집 거실 바닥에 누운 존의 눈에서 보았던 것도 그것일까? UCLA 신경외과의사가 2004년 3월 25일 퀸타나의 눈에서 본 것도 그것일까? '들여다볼 수 없는 암흑?' '뇌사?' 그렇게 생각했을까? 그날 UCLA에서 나온 CT 결과지를 읽으면, 지금도 아찔하다.

스캔에 우뇌 경막하 혈종이 보이고 급성 출혈 흔적이 있음. 활동성 출혈 가능성도 배제할 수 없음. 혈종이 우뇌에 현저한 종괴 효과를 일으켜 대뇌낫밑 탈출, 초기 갈고리이랑 탈출을 일으키고 제3 뇌실 수준에서 정중선이 오른쪽에서 왼쪽으로 19mm 이동함. 우측 뇌실은 부분적으로 손상되었고 좌측 뇌실은 조기 포착을 보임. 보통에서 심한 정도의 중뇌 압박이 있고 중뇌 주변부 뇌조가 손상됨. 앞 대되낫 동맥과 왼쪽 천막 경막하 혈종이 관찰됨. 타박상이 원인일 수 있는 실질 출혈이 작게 우측 아래 가쪽 면 전두엽에서 관찰됨. 소뇌편도가 대후두공 높이에 있음. 두개골 골절은 없음. 우측 두정부 두피 혈종이 크게 나타남.

2004년 3월 25일. 뉴욕 시간으로 저녁 7시 10분.

퀸타나는 '어느 쪽으로 갈지 알 수 없는 상태'라고 했던 것에서 회복됐었는데, 다시 그곳으로 돌아가 있었다.

이미 잘못된 쪽으로 갔을지도 모르는 일이었다.

제리는 그렇단 이야기를 이미 들었고, 받아들이기 힘든 상태라서 나한테 전화를 하지 않은 것일 수도 있었다.

퀸타나는 이미 병원 영안실로 옮겨지고 있는지도 몰랐다.

혼자. 이동식 침대에 누워. 이송 담당자와 함께.

존이 쓰러졌을 때 이미 상상해 본 장면이었다.

토니가 도착했다.

전화로 한 말을 다시 반복했다. UCLA 병원에서 제리가 전화했다고 한다. 퀸타나는 수술 중이었다. 제리는 수술 환자 보호자 대기실도 겸하는 병원 로비에 있어서 휴대전화를 받을 수 있었다(UCLA 병원은 과밀하고 시설이 낙후해서 새 병원을 짓는 중이었다).

제리에게 전화를 걸었다.

수술 의사 중 한 명이 밖으로 나와 제리에게 경과를 알려주었다고 했다. 퀸타나가 '수술대를 떠날' 거라고 '상당히 확신'하지만, 어떤 상태로 나올지는 예측하기 어렵다고 했다.

그 말이 상황이 더 나아졌다고 판단한다는 뜻임을 알았다. 그전에, 수술실에서 나온 보고는 '수술대를 떠날 수 있을지 확신할 수 없다'였다.

　'수술대를 떠난다'라는 말이 무슨 말인지 이해하려고 애써 봤지만, 알 수 없었던 기억이 난다. '살아서'라는 말이었을까? 그 사람들이 '살아서'라고 말했는데, 제리가 차마 옮기지 못한 걸까? 나는 이런 생각을 했었다. **무슨 일이 일어나건 간에 당연히 퀸타나는 '수술대를 떠날' 텐데.**

　그때 아마 로스앤젤레스는 네 시 반쯤이고 뉴욕은 일곱 시 반쯤이었을 것이다. 그때가 수술에 들어간 지 얼마나 지난 시각이었는지 나는 몰랐다. 지금 보니 CT 보고서에 따르면, 촬영 시각이 '15:06', 그러니까 로스앤젤레스 시간으로 3시 6분에 촬영했으니 수술을 시작한 지는 반 시간 정도밖에 안 되었을 듯하다. 나는 항공 시각표 책자를 꺼내, 그날 밤에 로스앤젤레스로 가는 항공편이 있는지 알아보려 했다. 케네디 공항에서 출발하는 델타 항공 오후 9시 40분편이 있었다. 델타 항공사에 전화를 걸려고 하는데, 토니가 수술이 진행되는 동안에 비행 중인 건 좋은 생각이 아닌 것 같다고 했다.

　침묵이 흘렀던 기억이 난다.

내가 항공 시각표를 내려놓은 기억이 난다.

《로스앤젤레스 타임스》에서 일하는 친구 팀 러튼에게 전화를 걸어 병원에 가서 제리와 같이 있어 달라고 부탁했다. 로스앤젤레스에 사는 우리 회계사 길 프랭크한테도 전화를 걸었다. 길 프랭크의 딸도 몇 달 전에 UCLA에서 응급 신경외과 수술을 받았었다. 길 프랭크도 병원에 가보겠다고 했다.

그게 내가 직접 가는 대신 할 수 있는 최선이었다.

나는 부엌에 상을 차렸고 세인트 존 더 디바인에서 장례식을 마친 뒤 저녁에 가족끼리 먹고 남은 코코뱅*을 토니와 같이 깨작거렸다. 로즈메리가 왔다. 우리는 부엌 식탁에 앉아 '계획'이라는 것을 세워보려고 애썼다. '만일의 사태' 같은 단어를 마치 우리 중 누군가 그 말뜻을 모르는 사람이 있기라도 한 듯이 아주 조심스럽게 입에 올렸다. 얼 맥그래스에게 전화를 걸어 로스앤젤레스에 있는 그의 집을 좀 써도 되겠냐고 물었던 기억이 난다. 나는 '만약 그래야만 한다면'이라는 문구를 썼다. 그것 역시 조심스레 돌려 말하는 방식이었다. 얼 맥그래스가 다짜고짜 내일 친구 비행기를 타고 로스앤젤레스에 갈 거라며,

---

* 닭과 채소 등을 포도주에 넣고 푹 삶아 요리하는 프랑스 전통 음식이다.

나더러 자기하고 같이 가자고 했다. 자정쯤 제리가 전화를 걸어 수술이 끝났다고 알려줬다. 이제 다시 CT 촬영을 해서, 혹시 다른 데 놓친 출혈이 없는지 확인할 거라고 했다. 출혈이 있으면 다시 수술하고, 출혈이 없으면 다음 단계로, 혈전이 심장으로 들어가지 못하게 대정맥에 필터를 삽입하는 시술을 할 거였다. 뉴욕 시각으로 새벽 네 시에 제리가 다시 전화를 걸어, CT 결과에 출혈이 없는 것으로 나왔고 필터도 삽입했다고 했다. 제리는 의사들한테서 수술이 어땠는지도 들었다고 했다. 나는 들으면서 메모했다.

"동맥 출혈, 동맥에서 혈액이 간헐천처럼 분출, 수술실 사방에 피, 응혈 인자 없음."

"뇌가 왼쪽으로 밀림."

로스앤젤레스에 갔다가 4월 30일 밤늦게 뉴욕에 돌아왔을 때 부엌 전화기 옆 장보기 목록에 이런 메모가 적혀 있는 걸 봤다. 지금은 '뇌가 왼쪽으로 밀림'을 전문 용어로 '정중선 이동'이라고 하며 결과가 좋지 않으리라고 예고하는 중요한 지표라는 걸 알지만, 몰랐던 그때도 좋지 않은 것인 줄은 알았다. 그날 내가 무슨 생각을 했냐면, 지금으로부터 5주 전인 3월 어느 날에는 나한테 필요한 게 작은 크기의 에비앙 생수, 당밀, 닭고기 브로스, 아마 씨 가루였구나, 하는 생각이었다.

책을 읽고, 알아보고, 공부하고, 문헌을 찾아보고.

　정보가 통제력이다.

　수술 다음 날 아침, 비행기를 타러 테터보로 비행장에 가기 전에 인터넷에서 '고정되고 확장된 동공'을 검색해 보았다. 줄여서 FDP(fixed and dilated pupils)라고 부른다는 걸 알게 됐다. 독일 본에 있는 대학병원 신경외과에서 나온 연구 논문 초록을 읽었다. 그곳 연구자들이 눈 한쪽이나 양쪽에 FDP 증상이 나타난 환자 99명을 추적 조사했다. 사망률은 75퍼센트였다. 24개월 이후까지 생존한 환자가 25퍼센트인데, 글래스고 결과 척도에 '부정적 결과'라고 정의된 상태에 도달한 15퍼센트의 환자와 '긍정적 결과'에 도달한 10퍼센트로 나뉜다. 이 비율을 숫자로 환산하면, 99명 가운데 74명이 죽었다는 말이다. 나머지 25명의 2년 뒤 상태를 보면, 다섯 명은 식물인간, 열 명은 중증 장애였고, 여덟 명은 독립이 가능한 상태였으며, 두 명은 완전히 회복했다. 나는 또 동공이 고정되고 확장되는 증상이 제3 뇌신경과 뇌간 상부에 부상이나 압박이 일어났다는 의미임을 알게 됐다.

'제3 뇌신경'과 '뇌간'이라는 단어는 앞으로 몇 주 동
안 내가 원하든 원치 않든 자주 듣게 될 말이었다.

9

이제 안전해, 나는 UCLA 집중 치료실에서 퀸타나를 처음 봤을 때 이렇게 속삭였다. **엄마 왔어. 이제 괜찮을 거야.** 퀸타나의 머리 절반은 수술 때문에 짧게 깎여 있었다. 긴 절개 자국과 절개 부위를 봉합하는 금속 스테이플이 보였다. 퀸타나는 기관 내 튜브를 통해서 숨을 쉬고 있었다. **엄마 왔어. 이제 괜찮을 거야.**

"엄마, 언제 가야 해요." 퀸타나가 마침내 말할 수 있게 된 날, 나에게 이렇게 물었다. 이 말을 힘겹게, 굳은 얼굴로 했다.

너랑 같이 갈 수 있게 되기 전에는 안 갈 거야, 라고 말했다.

퀸타나의 표정이 편안해졌다. 퀸타나는 다시 잠들었다.

그 몇 주 동안 이런 생각을 했다. 우리가 퀸타나를 샌타모니카에 있는 세인트존스 병원에서 집으로 데려온 날부터 죽 내가 그 애에게 했던 기본적인 약속이 바로 그것이었다는 생각. 나는 떠나지 않을 것이다. 퀸타나를 돌볼 것이다. 퀸타나는 이제 괜찮을 것이다. 한편, 그게 내가 지킬 수 없는 약속이라는 생각도 들었다. 내가 영영 퀸타나를 돌볼 수는 없는 일이었다. 영원히 떠나지 않을 수도 없을 것이었다. 이제 퀸타나는 어린아이가 아니었다. 성인이었다. 살다 보면, 엄마가 막아줄 수도 해결해 줄 수도 없는 일들이 있다. 베스 이즈리얼에서 거의 그럴 뻔했고 지금 UCLA에서도 그럴 수 있듯이, 병 때문에 퀸타나가 젊은 나이에 세상을 뜨는 일이 일어나지 않는다면, 내가 퀸타나보다 먼저 죽을 것이다. 변호사 사무실에서 무언가를 논의하다가 '먼저 사망한다'는 말을 듣고 괴로웠던 기억이 난다. 도무지 받아들일 수가 없는 말이었다. 이런 대화를 나누고 나자 '동시 참사'라는 말을 새로운 관점에서, 상당히 긍정적으로 바라보게 되었다. 그런데 어느 날, 호놀룰루에서 로스앤젤레스로 오다가 비행기가 흔들릴 때 그런 동시적 참사를 상상해 보고는, 그냥 그 가능성은 거부하기로 했다. 비행기가 추락하더라도, 퀸타나와 나는 기적적으로 살아남아 잔해를 붙들고 태평양을 표류할 거로 생각했다. 그런데 문제는 이거였다. 그때 내가 생리를 하고 있어서 피 냄새 때문에 상어가 꼬일 수 있으니, 퀸타나를 두고 멀리 헤엄쳐 가야만 할 거였다. 퀸타나 혼자 남겨 두고.

내가 그렇게 할 수 있을까?

부모들은 다 이런 심정일까?

우리 어머니는 아흔의 나이에 죽음을 앞두고, 나에게 당신은 죽을 준비가 됐지만 죽을 수가 없다고 말했다. "너하고 짐한테 내가 필요한데." 어머니가 말했다. 그때 내 동생과 나 둘 다 나이가 60대였다.

이제 안전해.

엄마가 왔어.

UCLA에서 그 몇 주 동안 한 가지 알게 된 게 있는데, 뉴욕 사람이든 캘리포니아 사람이든 내가 아는 많은 사람이 흔히 성공의 요인이라고들 하는 사고 습관을 공통으로 지니고 있다는 거였다. 이들은 자신의 위기관리 능력을 철석같이 믿었다. 자기가 손에 쥐고 있는 유능한 의사, 힘 있는 후원자, 정부나 사법계에서 편의를 봐줄 수 있는 사람들 연락처의 힘을 절대적으로 믿었다. 이 사람들의 위기관리 능력은 실제로 비범했다. 그들이 아는 연락처의 힘은 실로 대단했다. 사실 나도 거의 평생 마음속 깊은 곳에 나에게 상황을 통제할 능력이 있다는 믿음을 지니고 살아왔다. 우리 어머니가 튀니스로 여행을 갔다가 갑자기 병원에 입원하게 된다면, 나는 미국 영사에게 부탁해 어머니에게 영자 신문을 갖다주고 어머니를 에어프랑스 비행기에 태워 파리에 있는 내 동생한테 보낼 수 있었을 것이다. 퀸타나가 니스 공항에서 오도가도 못하게 된다면, 브리티시 에어웨이스 항공사에 있는 누군가를 통해 퀸타나를 브리티시 에어웨이스 비행기에 태워 런던에 있는 사촌에게 보낼 수 있었을 것이다. 그렇지만, 나는 워낙 타고 나길 겁이 많아서 언제나 마음 한구석에는 살다 보면 내가 통제하거나 조종할 수 없는 일이 일어나리라는 불안이 있었다. 어떤 일들은 그냥 일어나고 말 것이다. 이 일이 그런 일이었다. **저녁을 먹으러 자리에 앉는 순간, 내가 알던 삶이 끝난다.**

퀸타나가 UCLA에서 의식불명이던 초기에 내가 연락했던 사람 대부분은 이런 불안을 모르는 사람들이었다. 사람들의 첫 번째 반응은 이 일도 통제 가능하다는 거였다. 필요한 정보만 있으면 통제할 수 있는 문제였다. 이 일이 어떻게 해서 일어났는지만 알면 됐다. 그 질문에 답을 달라고 했다. '예후'를 알려달라고 했다.

나한테는 답이 없었다.

나는 예후도 알 수 없었다.

나는 그 일이 어떻게 해서 일어났는지 몰랐다.

두 가지 가능성이 있었는데, 나중에는 어느 쪽이냐가 무의미하다고 생각하게 됐다. 첫 번째 가능성은 퀸타나가 쓰러지면서 그 충격으로 뇌출혈이 일어났다는 것이다. 색전이 일어나는 걸 예방하려고 먹은 항혈전제가 뇌출혈 위험을 높였을 수 있었다. 두 번째 가능성은 퀸타나가 쓰러지기 전에 뇌출혈이 일어났고, 그래서 쓰러졌다는 것이다. 항혈전제를 먹으면 출혈 위험이 있다. 건드리기만 해도 멍이 생긴다. 혈액 내 항혈전제 농도는 INR(국제표준화비율)이라는 단위로 측정하는데, 조절이 어렵다. 몇 주에 한 번씩, 때로는 며칠에 한 번씩 혈액 검사를 하며, 투여량을 아주 미세하고 정교하게 조절해야 한다. INR이 2.2에서 플러스마이너스 0.1 사이로 유지되는 게 이상적이다. 퀸타나가 로스앤젤레스로 비행기를 타고 온 날은 INR이 4를 넘었다. 저절로 출혈이 일어날 수 있는 수치였다. 내가 로스앤젤레스에 도착해 주치의를 만났을 때, 그는 충격 때문에 출혈이 일어났다고 '백 퍼센트 확신'한다고 말했다. 다른 의사들은 그만큼 확실히 말하지는 않았다. 비행만으로 압력 변화 때문에 출혈이 일어날 수 있다고 말하는 사람도 있었다.

수술 의사를 붙들고 나도 어떻게든 이 상황을 통제해 보겠다고, 그 질문에 답을 얻어내겠다고 매달렸던 기억이 난다. UCLA 병원 카페테리아 바깥쪽에 있는 안마당에서 휴대전화로 의사와 통화했다. 카페테리아 이름은 '카페 메드(Café Med)'였다. 내가 처음으로 카페 메드에 간 날이었는데, 그때 거기에서 가장 유명한 붙박이 환자를 처음 봤다. 키가 작고 머리가 벗겨진 남자인데(신경정신과 환자인데, 병원에서 돌아다닐 수 있게 허락된 사람인 듯했다), 카페테리아 안에 있는 아무 여자나 따라다니면서 침을 뱉고 화를 내며 역겹다, 더럽다, 아무짝에도 쓸모없는 쓰레기라고 반복해서 욕설했다. 이날 아침에는 그 키 작은 대머리 남자가 나를 쫓아 안마당까지 나와 욕을 퍼부어서 의사가 전화로 하는 말을 잘 알아들을 수 없었다. "충격 때문이에요. 터진 혈관이 있었어요. 우리가 봤어요." 이렇게 말했던 것 같다. 그 말이 내 질문에 확실한 답이 되지는 않는 것 같았다. 터진 혈관이 있었다고 해서 퀸타나가 쓰러지기 전에 혈관이 터졌을 가능성을 전적으로 배제할 수 있는 것은 아니니까. 그렇지만 그곳 카페 메드 안마당에서 그 조그만 대머리 남자가 내 신발에 침을 뱉었을 때, 나는 그 질문의 답이 무엇이든 다를 게 없다는 걸 깨달았다. 그 일은 이미 일어났다. 그게 새로운 중대한 사실이었다.

그날은 내가 로스앤젤레스에 도착한 다음 날이었는데, 의사와 통화하다가 몇 가지 이야기를 더 들었다.

퀸타나의 코마 상태가 며칠, 혹은 몇 주 동안 지속될 수 있다고 했다.

적어도 사흘이 지나야 퀸타나의 뇌가 어떤 상태인지 조금씩 알 수 있을 거라고 했다. 의사가 '낙관적'이긴 하나 예측은 불가능하다고 했다. 앞으로 사나흘, 혹은 그 이후에도 더욱 긴급한 문제가 발생할 수 있다고 했다.

감염이 일어날 수도 있었다.

폐렴이 생길 수도, 색전증이 생길 수도 있었다.

뇌가 계속 부을 수도 있는데, 그렇다면 재수술해야 했다.

전화를 끊고 나는 카페테리아로 돌아갔다. 제리가 수전 트레일러, 내 조카인 켈리, 그리고 로리와 커피를 마시고 있었다. 의사가 말한 더욱 긴급한 문제 이야기를 할까 말까 망설였다. 그들의 얼굴을 보고는 말 안 할 이유가 없다는 걸 알았다. 네 사람 다 내가 로스앤젤레스에 오기 전에 병원에 왔다. 네 사람 다 더욱 긴급한 문제에 대해 들었을 터였다.

퀸타나가 베스 이즈리얼 6층 집중 치료실에 있었던 12월에서 1월 사이 24일 동안, 나는 존 F. 머리가 쓴 『집중 치료: 의사의 기록』 페이퍼백을 내 침대 옆 테이블에 두고 있었다. 머리 박사는 1966년부터 1989년까지 샌프란시스코 캘리포니아 주립대학교 의과대학 호흡기와 중환자 치료학과 과장으로 있었다. 『집중 치료』는 머리 박사가 샌프란시스코 종합병원 집중 치료실에서 환자, 레지던트, 인턴, 의대생들 전부를 관할하는 담당의였을 때 4주간의 일을 하루 단위로 들려준다. 나는 그 기록을 읽고 또 읽었다. 그책에서 알게 된 것이 내가 베스 이즈리얼 노스의 집중 치료실 의사들을 대하는 데 도움이 됐다. 예를 들면, 그 책으로 언제 기관 삽관을 제거하면 좋을지 정확히 판단하기가 어려울 때가 많다는 걸 알게 됐다. 또 기관 삽관을 제거할 때 집중 치료실에서 흔히 발생하는 부종이 문제가 된다는 것도 알았다. 부종은 어떤 병리 때문에 일어난다기보다는 혈관 수액을 너무 많이 투여해서, 적절한 수분 공급과 수분 과잉 상태를 잘 구분하지 못해서, 다시 말해 우려가 지나쳐서 일어나는 일이라고 했다. 또 기관 삽관을 제거할 때도 비슷하게 젊은 레지던트가 너무 몸을 사리다가 실수를 하는 일이 잦다는 것도 알았다. 레지던트들은 결과가 불확실하다고 생각해서 기관 삽관 제거 시기를 필요 이상으로 늦추는 경향이 있다.

이렇게 알게 된 사실을 머리에 새겼다. 그리고 써먹었다. 여기에서 조심스럽게 질문하고, 저기에서 바라는 바를 말했다. '물이 꽉 찬' 건 아닌지 '궁금하다'고 했다. ("물론 저는 잘 모르지만, 그냥 그렇게 보여서요.") 나는 일부러 '물이 꽉 찼다'라는 말을 썼다. '부종'이라고 말했을 때 의사들 태도가 굳어지는 걸 봤기 때문이다. 나는 또 그렇게 물이 꽉 차 있지 않으면 숨쉬기가 더 편하지 않을까 '궁금하다'라고도 말했다. ("제가 의사는 아니지만 어쩐지 논리적으로 그럴 것 같네요.") 나는 또 이뇨제를 조절하면서 투여하면 기관 삽관을 제거할 수 있게 되지 않을까 '궁금해'했다. ("민간요법이긴 하지만요, 제가 제 딸 같은 상태라면 라식스 이뇨제를 먹을 것 같아요.") 『집중 치료』를 지침으로 삼으니 이런 방법이 간단하고 직관적으로 느껴졌다. 말이 먹혔는지는 곧 알 수 있었다. 의사한테 이런저런 제안을 하고 하루 정도 지난 다음에, 의사가 그 제안을 자기 생각인 양 제시하면 말이 먹힌 것이다.

지금은 상황이 달랐다. 베스 이즈리얼 노스에서 의사들과 부종을 두고 신경전을 벌일 때, 나는 머릿속으로 이런 비꼬는 말을 떠올리곤 했다. **뇌 수술도 아닌데 웬 고집이냐고.** 그런데 이번에는 정말 그거였다. UCLA 의사들이 '두정'이 어쩌고 '측두'가 어쩌고 할 때, 나는 뇌의 어느 부분을 말하는 건지, 그 부분에 어떤 중요성이 있는 건지 전혀 몰랐다. '우측 전두'는 대략 알아들었다. '후두(Occipital)'라는 단어는 '눈의'라는 뜻인 'Ocular'처럼 'Oc'로 시작해서 '눈'과 관련이 있는 부분이라고 생각했는데, 사실 잘못된 추론이었다. 나는 UCLA 병원 서점에 가서 표지에 '신경의 구조와 기능적·임상적 의미의 간략한 개관'이라는 말과 '미국 의사 면허시험 대비'라는 말이 적혀 있는 책을 샀다. 예일-뉴헤이븐 병원 신경과장인 스티븐 G. 왁스먼이 쓴 책이고, 제목은 『임상 신경 해부학』이었다. 책 뒤 부록 부분인 '부록 A: 신경학적 검사' 같은 부분은 그럭저럭 읽을 수 있었다. 그렇지만, 막상 본문을 읽으려고 하자 인도네시아로 여행

갔을 때 도로 표지판, 상점 간판, 광고판 등에 쓰이는 공용어인 인도네시아어(Bahasa Indonesia)의 문법을 도무지 파악할 수가 없어서 길 잃은 느낌이 들었던 때만 생각났다. 결국, 미국 대사관 직원한테 인도네시아어는 동사와 명사를 어떻게 구분하냐고 물어봤다. 그는 인도네시아어에서는 한 단어가 동사도 될 수 있고 명사도 될 수 있다고 말했다. 『임상 신경 해부학』도 도무지 문법을 파악할 수 없는 언어로 된 책 같았다. 나는 그 책을 베벌리 윌셔 호텔 내 방 침대 옆 테이블에 올려놓았는데, 그 자리에 5주 더 놓이게 될 터였다.

아침에 일찍 깼는데 《뉴욕 타임스》가 아직 오지 않아 마음을 가라앉혀 주는 크로스 워드 퍼즐을 풀 수 없을 때면 『임상 신경 해부학』을 다시 들여다보기도 했는데, 이제는 '부록 A: 신경학적 검사'마저도 모호하게 느껴졌다. 처음에는 빤하고 익숙한 지시 사항이 눈에 들어왔는데(환자에게 대통령 이름이 뭐냐고 물어보라, 환자에게 100부터 7씩 빼면서 거꾸로 세어보라고 해보라), 며칠이 지나자 부록 A에 담긴 '금박을 입힌 아이 이야기'라고 하는 신비로운 이야기에 자꾸 몰두하게 됐다.

환자의 기억력과 이해력을 검사하는 데 쓰는 이야기이다. 왁스먼 박사는 환자에게 이 이야기를 들려준 다음에 자기 입으로 다시 이야기하고 무슨 의미인지 설명해 보게 시키라고 한다. '300여 년 전, 교황 대관식이 열릴 때 천사 역할을 할 어린 남자아이가 선발되었다.'

'금박을 입힌 아이 이야기'의 첫머리이다.

여기까지는 좋다. 코마에서 막 깨어난 사람에게 들려주기에는 심란할 듯한 요소가 있긴 했지만(300여 년 전에? 천사 역할을 한다?).

이야기는 이렇게 이어진다. '아이의 모습이 가능한 한 장려하게 보여야 했으므로, 아이를 머리에서 발끝까지 금박으로 덮었다. 아이는 아파하며 쓰러졌다. 아이를 회복시키기 위해 치명적인 금박을 벗겨내는 것만 제외하고 할 수 있는 모든 조처를 했지만, 아이는 몇 시간 만에 죽고 말았다.'

이 '금박을 입힌 아이 이야기'의 '의미'는 대체 무엇인가? 이른바, '교황 무류성(教皇無謬性)*'을 부정하는 이야기인가? 아니면 권위를 지닌 누구든 한계가 있다는 의미인가? 아니면 의학의 한계를 딱 집어서

---

* 교황의 결정에는 절대 오류가 있을 수 없다는 로마 가톨릭 교리를 말한다.

말하는 건가('아이를 회복시키기 위해 할 수 있는 모든 조처를 했다'라는 대목을 보면)? 주요 의과대학 부속병원 신경과 집중 치료실에 누워있는 환자에게 이 이야기를 들려주는 것에 어떤 의미가 있을 수 있나? 어떤 교훈을 얻으라고? 그냥 '이야기'이기 때문에 아무 의미 없이 들려줄 수 있다고 생각했을까? 어떤 날 아침에는 '금박을 입힌 아이 이야기'를 읽다 보니, 이 이야기가 도무지 의미를 알 수 없는 데다 환자의 민감한 상태를 고려하지 않는다는 점에서 내가 지금 마주한 상황을 투영하는 것처럼 보였다. 나는 더 잘 알아보기 위해 UCLA 병원 서점에 다시 갔으나, 내가 펼쳐본 다른 교재들에서는 금박을 입힌 아이 이야기를 찾을 수가 없었다. 나는 책을 더 찾아보는 대신에 파란색 면직 수술복을 몇 벌 샀다. 그때 로스앤젤레스의 최고 기온이 27도를 웃돌았는데, 나는 뉴욕에서 늦겨울에 입던 옷차림 그대로 서부로 날아왔기 때문에 입을 옷이 필요했다. 그때 내 정신 상태가 현실과 얼마나 동떨어져 있었던지, 나는 환자의 엄마가 파란색 면직 수술복을 입고 병원에 나타난다는 것이 월권으로 의심될 수밖에 없으리란 생각은 하지도 못했다.

10

내가 '소용돌이 효과'라고 생각하게 된 현상을 처음
알아차린 때는 1월에 베스 이즈리얼 노스 창가에서
이스트 리버에 얼음덩어리가 생긴 걸 보고 있을 때였
다. 내가 얼음덩어리를 바라보던 방 벽과 천장이 만
나는 부분에는 도러시 드레이퍼(Dorothy Draper)* 스
타일 장미 무늬 띠벽지가 둘러 있었다. 아마도 베스
이즈리얼 노스가 닥터스 병원일 때의 유물인 듯싶었
다. 이곳이 닥터스 병원일 때 와본 적은 없지만, 내가
20대에 《보그》 잡지사에서 일할 때 이 병원이 자주
화제에 올랐다. 《보그》 편집자들이 선호하는 병원이

---

* 20세기, 미국에서 유명했던 인테리어 디자이너이다. 강렬한 색상과 대
담한 패턴 등 화려한 스타일의 디자인으로 잘 알려졌다.

었는데 수술이 필요 없는 출산이나 '휴식'에 최적화 된, 말하자면 의료계의 '메인 체인스'* 같은 곳이었다.

생각이 안전한 방향으로 흘러가는 것 같았다.

내가 왜 베스 이즈리얼 노스에 와 있는지를 생각하는 것보다는 훨씬 나아 보였다.

나는 생각을 더 이어갔다.

X라는 사람이 닥터스 병원에서 임신 중절 수술을 받았는데 지방 검찰청에서 수술을 주선하고 수술비도 댔었지. 'X'는《보그》에서 나와 같이 일했던 동료다. 그때 그레이바 빌딩에 있었던 콘데 내스트** 사무실에서 X가 오가는 곳마다 고혹적인 담배 연기와 샤넬 넘버 5의 향기, 그리고 재앙이 임박한 듯한 분위기가 감돌았다. 어느 날 아침, 내가 특히 까다로운 코너인 '세간의 화제'라는 꼭지를 써내느라 끙끙대고 있을 때, X는 자기가 중절 수술을 받아야 한다는 사실과 그때 지방 검찰청에서 수사 중인 파티 걸 공작 파일에 자기 이름이 올라갔다는 사실을 알게 됐다. X는 (내 생각에는) 엄청나게 충격적일 만한 사실 두 가지를 앞에 두고도 쾌활했다. 협상이 이루어졌다. X가

---

*   엘리자베스 아덴이 메인주에 설립한 온천 휴양지이다.

**   《보그》,《뉴요커》,《GQ》,《와이어드》등을 소유한 미디어 그룹이다.

법정에서 공작을 꾸민 이들이 자기에게 접근했다고 증언하는 대가로, 검찰청이 닥터스 병원에서 임신 중절 수술을 받을 수 있게 해주기로 했다. 당시는 임신 중절 수술을 받는 일이 여차하면 자기만 살자고 도망칠 누군가와 위태한 비밀 협정을 맺는 것과 비슷할 때였으니 대단히 큰 편의를 봐준 것이었다.

파티 걸 공작, 검찰청에서 주선해 준 임신 중절 수술, '세간의 화제'라는 꼭지를 쓰며 보낸 나날의 기억 모두 안전한 생각의 줄기 같았다.

내 두 번째 소설 『있는 그대로 대처하라(Play It As It Lays)』에 비슷한 사건을 집어넣은 기억이 났다. 소설의 주인공, 전직 모델인 마리아는 임신 중절 수술을 하고 괴로워한다.

아주 오래전에 마리아가 자메이카 오초 리오스에서 일주일 동안 촬영한 적이 있는데, 막 임신 중절 수술을 받은 모델하고 같이 일했다. 사진작가가 해가 더 높이 뜰 때까지 기다려야 한다고 해서 폭포 옆에 둘이 앉아 기다리는 동안 그 애가 이야기를 꺼냈던 기억이 났다. 뉴욕에서 임신 중절 수술을 받기는 무척 힘들었던 듯했다. 체포된 사례도 있었고, 어떤 의사도 선뜻 하겠다고 하지 않았다. 그래서 그 애는, 이름이 세시 딜레이노였는데, 검찰청에서 일하는 친구에게 수술받을 곳을 알아봐 줄 수 있냐고 물었다. "퀴드 프로 쿠오(quid pro quo)"*라고 그는 대답했다. 세시 딜레이노는 특별 배심원 앞에서 파티 걸 공작원이 자기에게 접근한 적이 있다고 증언했고, 그날 바로 닥터스 병원에 입원해 합법적인 임신 중절 수술을 받았다. 검찰청에서 힘을 써줬고 수술비도 댔다. 세시가 이야기할 때는 재미있는 이야기처럼 들렸다. 세시는 오전에 폭포 옆에서 한 얘기를 나중에 저녁 먹을 때 사진작가, 에이전시 직원, 패션 코디네이터 앞에서 또 했는데 그때도 그랬다. 마리아는 방금 엔시노에서 있었던 일을 마찬가지로 밝은 관점에서 보려고 했으나, 세시 딜레이노의 상황은 여기에는 들어맞지 않는 것 같았다. 사실 그건 하나의 뉴욕 스토리였으니까.

잘되고 있었다.

최소 2분 동안은 내가 왜 베스 이즈리얼 노스에 있는지 생각하지 않을 수 있었다.

생각을 다른 쪽으로 이어갔다. 내가 『있는 그대로 대처하라』를 쓰고 있던 시기로, 할리우드 프랭클린

---

* 라틴어로 '대가'라는 뜻이다.

애비뉴에 있던 다 무너져 가는 셋집. 거실 큰 창문 창턱 위에 놓여 있던 봉헌초. 부엌문 옆에서 자라던 레몬그라스와 알로에. 아보카도를 먹어 치우던 쥐. 내가 작업실로 쓰던 선 포치. 선 포치 밖 잔디밭 스프링클러 물줄기 사이로 뛰어다니던 퀸타나.

위험한 지점에 다다랐다는 사실을 알아차렸지만 거기서 돌아갈 수는 없었다.

내가 그 책을 쓰고 있을 때 퀸타나는 세 살이었다.

퀸타나가 세 살이었을 때.

거기에 그게 있었다. 소용돌이가.

세 살 때 퀸타나. 퀸타나가 마당에서 딴 씨 꼬투리를 자기 코에 집어넣어 한밤중에 아동 병원으로 차를 몰고 갔던 날. 씨 꼬투리 전문가라는 의사가 파티용 정장 차림으로 황급히 왔다. 다음 날 밤 퀸타나는 또 씨 꼬투리를 코에 집어넣었다. 어젯밤의 신나는 모험을 다시 하고 싶어서. 존과 퀸타나와 내가 매카서 공원에 있는 호수 둘레길을 걷고 있었다. 벤치에 앉아있던 노인이 비틀거리며 일어나서 큰 소리로 말했다. "얘는 진저 로저스(Ginger Rogers)** 판박이네." 나는 소설을 탈고했고, 《라이프》에서 칼럼을 하나 맡

** 1925년에 데뷔한 미국 여배우이자 가수이다.

기로 계약이 되어 있어서 존과 같이 퀸타나를 데리고 호놀룰루로 갔다.《라이프》에서 첫 번째 글에서는 나를 소개해서 '독자들이 필자가 어떤 사람인지 알게 하자'고 했다.

나는 그 글을 호놀룰루 로열 하와이언 호텔에서 쓸 생각이었다. 발코니가 있는 라나이 스위트룸을 언론인 할인을 받아 1박에 27달러에 빌릴 수 있었다. 호놀룰루에 있는 동안 미라이 학살 사건*이 폭로되었다. 나는 첫 번째 칼럼을 어떻게 쓸지 고민 중이었는데, 이 뉴스가 터진 마당이니 사이공에 가서 글을 쓰는 게 맞을 것 같았다. 그날은 일요일이었다.《라이프》에서 편집자들과 세계 각 도시에 있는 변호사들집 전화번호가 적힌 카드를 줬었다. 나는 그 카드를 꺼냈고 사이공으로 가겠다고 말하려고 담당 편집자인 라우든 웨인라이트에게 전화를 걸었다. 그의 아내가 전화를 받았다. 남편이 나중에 전화할 거라고 했다.

"NFL 경기 보고 있을걸." 내가 전화를 끊자 존이 말했다. "하프 타임이 되면 전화 올 거야."

---

* 1968년에 미군이 남베트남 미라이에서 일으킨 민간인 대량 학살 사건을 말한다.

그 말대로였다. 웨인라이트는 나에게 그냥 그곳에서 내 소개 글을 쓰라고 했다. 사이공에는 '남자들이 갈 거'라고 했다. 이 문제로 더 이야기해 봐야 소용없다는 생각이 들었다. "지금 세계에서는 혁명이 일어나고 있고, 당신이 그 현장에 갈 겁니다." 조지 헌트가 《라이프》의 편집주간일 때 나한테 이 일을 제안하며 한 말이다. 내가 『있는 그대로 대처하라』를 마무리하는 동안 헌트는 은퇴해 버렸고, 이제 남자들이 그 현장으로 간다는 말이었다.

"내가 그럴 거라고 했잖아." 존이 말했다. "《라이프》에서 일하는 게 어떨 거라고 내가 말하지 않았어? 오리한테 죽을 때까지 자근자근 씹히는 것하고 비슷할 거라고?"

나는 퀸타나의 머리를 빗질하고 있었다. 진저 로저스 판박이.

배신당한 느낌이었고 자존심이 상했다. 존 말을 들었어야 했다.

나는 독자들에게 내가 누군지 소개하는 칼럼을 썼다. 잡지가 나왔다. 그때는 그 글이 주어진 장르 안에서 별 특별한 것 없는 800 단어짜리 글 같았지만, 두 번째 문단 끝부분에 외계인에게 납치당했다는 주장만큼이나 《라이프》의 자기표현 방식과는 어울리지 않는 문장이 하나 있었다. '우리는 이곳 태평양 한 가운데 있는 섬에 이혼 소송을 대신해서 와 있다.' 일주일 뒤에 우리는 뉴욕에 가게 됐다. "부인이 그런 글 쓴 것 알고 있었어요?" 존에게 조심스레 묻는 사람이 많았다.

내가 그런 글을 썼다는 걸 알았냐고?

존이 검토해 줬는데.

내가 글을 다시 손볼 수 있게 존이 퀸타나를 데리고 호놀룰루 동물원에 갔는데.

내가 원고를 보낼 수 있게 존이 호놀룰루 시내에 있는 웨스턴 유니언 사무실까지 차로 데려다주었는데.

웨스턴 유니언 사무실에서 존이 끝부분에 **인사를 전하며, 디디온**이라고 적어주었다. 전보 끝에는 그걸 넣는 거야, 존이 말했다. 왜, 하고 내가 물었다. 그냥 그렇게들 해, 하고 존이 말했다.

이 소용돌이가 나를 어디로 끌고 들어가는지 보라.

베스 이즈리얼 노스에 있는 도러시 드레이퍼 띠벽지부터 퀸타나가 세 살일 때의 일까지, 존의 말을 들었어야 했는데, 하는 생각까지.

이틀을 넘기지 못할 걸세, 가웨인이 말했다.

돌이키다 보면, 다른 길로 빠지게 마련이다.

로스앤젤레스에 온 직후에 이 소용돌이에 빠질 위험

을 피하려면 퀸타나나 존과 관련 있는 장소를 피하는 수밖에 없음을 깨달았다. 그러려면 창의성을 발휘해야 했다. 존과 나는 1964년부터 1988년까지 로스앤젤레스에서 살았다. 1988년 이후에도 존이 죽기 전까지 로스앤젤레스 카운티에서 보낸 시간이 많았고, 특히 지금 내가 묵는 베벌리 윌셔에서 주로 지냈다. 퀸타나는 로스앤젤레스 카운티에 있는 샌타모니카 세인트존스 병원에서 태어났다. 학교도 거기에서 다녔는데, 처음에는 말리부에 있는 학교에 다니다가 나중에는 홈비 힐스에 있는 웨스트레이크 여학교에 다녔다(퀸타나가 그 학교를 나온 뒤에 남녀공학으로 전환해 이름이 하버드-웨스트레이크로 바뀌었다).

이유는 알 수 없지만, 베벌리 윌셔가 소용돌이 효과를 일으키는 일은 아주 드물었다. 호텔 복도 구석구석 내가 회피하려 애쓰는 연상작용을 일으킬 만한 기억이 어려 있는데도. 우리가 말리부에 살 때, 시내에서 회의가 있으면 퀸타나를 데리고 와서 베벌리 윌셔에 묵었다. 뉴욕으로 이사한 다음 영화 작업 때문에 로스앤젤레스에 와야 할 때도 베벌리 윌셔에서 며칠, 길게는 몇 주 동안 묵었다. 호텔 방에 컴퓨터와 프린터를 설치했다. 거기서 회의도 했다. **만약에,** 하고 회의 도중 누군가는 꼭 말하곤 했다. 우리는 저녁

여덟 시나 아홉 시까지 일하고, 그때 함께 작업하던 감독이나 제작자에게 대본을 전송한 후 멜로스 애비뉴에 있는, 예약이 필요 없는 중국 음식점에 저녁을 먹으러 갔다. 우리는 언제나 그 오래된 호텔을 숙소로 정했다. 그곳 종업원들을 훤히 알았다. 네일 케어 하는 사람들도 알았다. 존이 아침에 산책하고 돌아오면 생수 한 병을 건네곤 하던 도어맨도 알았다. 아무 생각 없이 반사적으로 키로 방문을 열거나 금고를 열거나 샤워 헤드를 조정할 수 있었다. 오랜 세월에 걸쳐 수십 군데 방에 묵었는데 지금 내가 묵는 방과 똑같은 구조의 방이었다. 가장 최근에 이런 방에 묵었던 때는 2003년 10월, 존이 죽기 두 달 전이었다. 혼자 홍보 행사를 하러 와 있었다. 그런데도, 퀸타나가 UCLA에 있는 동안 나에게는 베벌리 윌셔만이 안전한 곳으로 느껴졌다. 모든 게 변하지 않고 그대로인 곳, 최근 내 삶에 어떤 일이 있었는지 아무도 모르고 아무도 입에 올리지 않을 곳, 이 일이 일어나기 전의 나로 돌아갈 수 있는 곳이었다.

만약에.

베벌리 윌셔라는 예외 구역 밖으로 나가야 할 때면, 나는 경로를 미리 계획했고 경계를 늦추지 않았다.

우리가 1978년에서 1988년까지 살았던 브렌트

우드 지역에는 5주 동안 한 번도 들어가지 않았다. 샌타모니카에 있는 피부과 병원에 갈 일이 있었는데 도로 공사 때문에 브렌트우드의 우리 집에서 세 블록 떨어진 길을 지나갈 수밖에 없어서, 나는 어느 쪽도 쳐다보지 않으려고 애썼다. 5주 동안 단 한 번도 말리부로 가는 퍼시픽 코스트 고속도로는 타지 않았다. 진 무어가 퍼시픽 코스트 고속도로변에 있는 자기 집(우리가 1971년부터 1978년까지 살았던 집에서 600미터 떨어진 곳이다)에서 지내라고 했지만, 나는 베벌리 윌셔에 묵을 수밖에 없는 핑계를 만들어 냈다. UCLA로 갈 때는 선셋 대로를 피했다. 6년 동안 웨스트레이크 여학교에 퀸타나를 데려다줄 때 지나갔던 선셋과 베벌리 글렌 교차로를 피했다. 예측도 통제도 못 한 채 어떤 교차로를 통과하지 않도록 피했다. 전에 운전할 때 듣던 라디오 방송국 주파수를 피했다. 특히 '로큰롤의 심장이자 영혼'을 자처했고 1990년대 초에도 1962년 히트곡 방송을 편성했던 AM 방송국 KRLA를 피했다. 1962년 히트곡이 지겨워질 때 채널을 돌려 듣곤 했던 청취자 전화 참여 기독교 방송도 피했다.

대신 NPR의 〈아침은 다채롭게(Morning Becomes Eclectic)〉라는 조용한 아침 프로그램을 들었다. 베벌리 윌셔에서 매일 똑같은 음식을 아침으로 주문했다. 우에보스 란체로스*를, 달걀은 스크램블해서. 아침마다 베벌리 윌셔에서 UCLA까지 똑같은 길로 갔다. 윌셔 대로를 타고 가다가 글렌던에서 우회전했다가 좌회전해서 웨스트우드 대로로 들어가고, 르 콩트로 우회전했다가 티버턴 교차로에서 좌회전. 아침마다 윌셔 대로 옆 가로등 사이에서 펄럭이는 현수막을 봤다. **UCLA 메디컬 센터—서부 1위, 전국 3위**. 아침마다 무슨 순위인지 궁금해했다. 한 번도 물어본 적은 없었다. 아침마다 주차증을 주차장 출입구 차단기에 넣으면 똑같은 여자 목소리로 "U-C-L-A에 오신 걸 환영-합니다"라는 말이 나왔다. 아침마다 알맞은 시간에 오면, 플라자 4층 옥외 주차장 산울타리 옆에 차를 세울 수 있었다. 늦은 오후가 되면, 다시 차를 타고 베벌리 윌셔로 돌아가 들어온 메시지를 확인한 후 일부는 답해주었다. 두 번째 주부터는 제리가 일주일에 단 며칠이라도 일을 하려고 로스앤젤레스와 뉴욕을 비행기로 매주 왔다 갔다 해서, 제리가 뉴욕에 있을 때는 제리에게 전화를 걸어 오늘의 소식, 혹은 소식 없음을 전해주었다. 그러고는 드러누웠다. 텔

---

* 달걀, 토르티야, 살사 등으로 이루어진 멕시코식 아침 식사를 말한다.

레비전으로 지역 뉴스를 봤다. 샤워기 아래에 20분 동안 서 있다가 저녁을 먹으러 나갔다.

로스앤젤레스에 있었을 때는 매일 나가서 저녁을 먹었다. 동생 부부가 로스앤젤레스 시내에 올 때마다 같이 저녁을 먹었다. 베벌리 힐스에 있는 코니 월드(Connie Wald)**의 집에도 갔다. 존과 퀸타나와 내가 함께 자주 방문했던 때처럼, 장미꽃과 한련이 우리를 맞아 주었고 커다란 벽난로에는 불이 타오르고 있었다. 그때, 수전 트레일러가 거기에 있었다. 할리우드 힐스에 있는 수전의 집에도 갔다. 나는 수전을 세 살 때부터 알았고 수전의 남편 제시는 제시와 수전과 퀸타나가 포인트 둠 스쿨 4학년일 때부터 알았는데, 이제 그들이 나를 돌봐주고 있었다. 다양한 식당에서 다양한 친구들과 같이 밥을 먹었다. 얼 맥그래스하고 밥을 자주 먹었는데 얼은 친절하게도 아침마다 나에게 전화해서 저녁에 뭐 하냐고 물었고, 내가 조금이라도 모호하게 대답하면 오소나 모턴스 같은 식당이나 로버트슨 대로에 있는 자기 집에서 두서너 명 정도가

**   미국 영화 프로듀서였던 제리 월드(Jerry Wald)의 부인으로, 할리우드의 배우들과 깊은 우정을 나눈 인물이다. 그녀의 집은 유명 인사들이 자주 모이는 장소였고, 그들에게서 '환대의 여왕'이라고도 불렸다. 오드리 헵번, 그레고리 펙, 릴리안 헬먼 등이 그녀의 절친이었다.

함께하는 부담 없는 저녁 식사 자리를 만들곤 했다.

저녁 식사를 마치고 택시를 타고 호텔로 돌아와, 다음 날 아침에 먹을 우에보스 란체로스를 시켜놓았다. "스크램블드에그 한 개 맞으시죠." 전화를 받은 사람이 먼저 말하곤 했다. "맞아요." 내가 말했다.

나는 이동 경로를 신중하게 짰듯이 저녁 시간에도 계획을 짜 넣었다.

내가 지킬 수 없는 약속을 했다는 생각에 빠질 시간을 남기지 않으려 했다.

이제 안전해. 엄마가 왔어.

다음 날 아침이 되면, 〈아침은 다채롭게〉에서 흘러나오는 차분한 목소리를 들으며 나 자신을 칭찬할 것이다.

내가 클리블랜드에 있다고 생각할 수도 있었다.

하지만.

운전하다가 갑자기 눈물로 앞이 부예지던 날이 얼마나 많았는지 헤아릴 수도 없다.

산타아나*가 다시 불어왔다.

자카란다 나무가 다시 나타났다.

어느 날 오후 윌셔 대로에 있는 길 프랭크의 사

---

* 캘리포니아 남부에서 부는 뜨겁고 건조한 바람을 말한다.

무실에 갈 일이 있었다. 베벌리 윌셔에서 동쪽으로 몇 블록 거리였다. 검증되지 않은 지역에 들어섰다가 (내가 이미 탐험한 지역은 윌셔의 동쪽이 아니라 서쪽이었다) 무심코 존과 내가 1967년에 〈졸업〉을 보았던 영화관을 마주하고야 말았다. 1967년에 〈졸업〉을 보았던 때가 특별한 순간이라든가 그런 건 아니었다. 나는 새크라멘토에 다녀왔었고, 존이 LA 공항에서 나를 픽업했다. 저녁거리 장을 봐서 들어가기에는 너무 늦었고 바로 식당에 가서 밥을 먹기에는 너무 이른 듯해서, 〈졸업〉을 본 후 프래스카티스라는 음식점에 갔다. 프래스카티스는 사라졌지만, 영화관은 아직 그 자리에 있었다. 조심성 없는 사람을 함정에 빠뜨리려고 그랬는지.

그런 함정이 참 많았다. 어느 날 텔레비전 광고를 보는데 화면에 비친 해안 고속도로의 모습이 낯익길래 자세히 보았더니, 포추기스 벤드 보호지역에 있는 팔로스 버디스 반도 게이트 하우스** 앞 도로였다. 존과 내가 퀸타나를 세인트존스 병원에서 데리고 나와 간 집이 바로 그 집이었다.

퀸타나가 태어난 지 사흘 되었을 때다.

** 공원이나 넓은 사유지 입구에 있는 작은 집을 말한다.

우리는 상자 화단에서 자란 등나무 옆에 요람을
두었다.

이제 안전해. 엄마가 왔어.

광고에는 우리가 살던 집도 게이트도 나오지 않
았지만, 기억이 갑자기 몰려오는 걸 느꼈다. 그 고속
도로에서 내가 차에서 내려 게이트를 열었고 존이
차를 안으로 몰고 들어갔던 것. 밀물이 들면서 우리
집 앞 바닷가에 광고를 찍으려고 세워둔 차가 물에
둥둥 떴던 것. 퀸타나의 젖병을 살균하는 동안 거기
사는 쌈닭이 이 창문에서 저 창문으로 나를 쫓아오
며 동무가 되어주었던 것. 집주인이 '벽'이라고 이름
붙인 그 쌈닭은 고속도로에 버려져 있길래 데려왔다
고 했다. 집주인은 '도주 중인 멕시코인들'이 버리고
갔을 거라는 흥미로운 의견을 내놓았다. 벽은 개성
이 뚜렷하고 뜻밖에 붙임성이 있었다. 래브라도 리트
리버 못지않았다. 그 집에는 벽 말고 공작들도 있었
는데, 공작은 보기에는 아름다웠지만 붙임성이라곤
없었다. 공작들은 살이 쪄서 벽과 달리 어쩔 수 없을
때만 마지못해 움직였다. 땅거미가 지면 비명을 지르
며 올리브 나무 위 둥지로 날아오르려 했는데, 못 올
라가고 떨어질 때가 많아 참 보기 안타까웠다. 동트
기 직전에도 비명을 질러댔다. 어느 날 아침, 공작 울음소리를 듣고 잠에서 깼는데 존이 없었다. 존은 캄캄한 마당에 있었는데, 나무에 열린 덜 익은 복숭아를 따서 공작들에게 던지고 있었다. 성가신 일이 있을 때 단순하면서 성과는 없는 방식으로 대처하는, 참 존다운 행동이었다. 퀸타나가 생후 한 달이 되었을 때, 우리는 그 집에서 쫓겨났다. 임대 계약에 아이가 있으면 안 된다는 조항이 있긴 했으나, 집주인 부부도 아기 때문에 그러는 것은 아님을 시인했다. 이유는 우리가 아기를 돌볼 베이비시터로 제니퍼라는 예쁜 십 대 아이를 고용했기 때문이었다. 주인 부부는 자기네 땅에, 혹은 그들 말로 '게이트 뒤쪽에' 모르는 사람을 들이고 싶지 않았다. 특히 제니퍼처럼 예쁘고 젊은 여자는 남자들을 끌어들일 테니 안 된다는 거였다. 우리는 고(故) 허먼 맹키위츠(Herman Mankiewicz)*의 아내 세라가 여행을 하는 몇 달간 시내에 있는 세라의 집을 빌려 썼다. 세라는 집안 살림을 전부 그대로 놓아두고 갔는데 딱 한 가지, 허먼 맹키위츠가 〈시민 케인〉으로 받은 오스카 각본상 트로피만은 치웠다. "자기들 파티를 할 거잖아, 사람들

---

* 미국의 영화 각본가로, 영화 〈시민 케인〉, 〈오즈의 마법사〉 등의 각본을 쓴 것으로 유명하다.

이 취하면 이걸 가지고 놀 거야." 세라는 트로피를 치우며 이렇게 말했다. 우리 이삿날, 존은 《새터데이 이브닝 포스트》 의뢰로 윌리 메이스 선수를 취재하느라 샌프란시스코 자이언츠와 같이 이동하는 중이었다. 나는 올케의 스테이션 왜건을 빌려서 짐을 싣고 퀸타나와 제니퍼를 뒷자리에 태운 다음, 벽에게 작별 인사를 하고 차를 몰고 나왔다. 신성한 게이트가 내 뒤에서 마지막으로 닫혔다.

그 근처에조차 가지 않았는데, 이 모든 기억이 떠올랐다.

내가 한 일이라고는 병원에 가려고 옷을 입다가 우연히 텔레비전에 나온 광고를 봤을 뿐이었다.

하루는 캐넌 드라이브에 있는 라이트 에이드 약국에 생수를 사러 가려다가, 예전에 이 길에 '더 비스트로'가 있었다는 게 기억났다. 1964년과 1965년, 우리가 해변과 공작새가 딸린 게이트 하우스에 살면서 식당에서 밥을 사먹을 돈은 물론이고 주차 보조원에게 팁을 줄 돈도 없을 때, 캐넌 드라이브 옆길에 차를 세우고 더 비스트로에서 외상으로 식사하곤 했다. 퀸타나를 정식으로 입양한 날에도 더 비스트로에 갔다. 퀸타나가 생후 7개월이 조금 못 되었을 때였다. 더 비스트로에서 구석에 있는 시드니 코샤크(Sidney

Korshak) 전용 자리를 우리에게 주었고, 퀸타나가 누워 있는 베이비 캐리어를 테이블 가운데에 중앙 장식처럼 올려놓았다. 그날 아침 법원에, 아기는 퀸타나 하나뿐이었다. 어린아이조차 없었다. 그날 입양하러 온 다른 사람들은 전부 세금 문제 때문에 서로를 입양하는 성인들이었다. **"케 보니타, 케 에르모사(Qué bonita, qué hermosa)"*** 더 비스트로의 웨이터들이 우리가 퀸타나를 데리고 점심을 먹으러 오면, 이렇게 말하며 예뻐했다. 퀸타나가 여섯 살인가 일곱 살 되었을 때도 생일 기념으로 밥을 먹으러 갔다. 그날 퀸타나는 내가 보고타에서 사 온 라임색 루아나**를 입었다. 식사를 마치고 식당에서 나갈 때 웨이터가 루아나를 가지고 왔고, 퀸타나는 연극적인 동작으로 루아나를 휘릭 조그만 어깨 위에 걸쳤다.

케 보니타, 케 에르모사, 진저 로저스 판박이.

보고타에는 존과 같이 갔었다. 카르타헤나에서 열린 영화제에서 빠져나와 아비앙카 항공 비행기를 타고 보고타로 갔다. 영화제에 참석했던 배우 조지 몽고메리도 우리와 같이 보고타행 비행기를 탔다. 몽

---

*   스페인어로, '어찌나 귀여운지, 어찌나 예쁜지'라는 뜻이다.
**   판초와 비슷한 형태의 겉옷으로, 콜롬비아의 전통 의상이다.

고메리가 조종실로 갔다. 몽고메리가 승무원들과 이야기를 나누더니 조종석에 앉는 게 내가 앉은 자리에서 보였다.

나는 자고 있던 존을 깨웠다. "조지 몽고메리한테 조종간을 맡기고 안데스산맥을 넘을 모양이야." 내가 속삭였다.

"카르타헤나보다 더하군." 존이 말하더니 다시 잠들었다.

그날 나는 캐넌 드라이브에서 라이트 에이드 약국까지 가지도 못했다.

11

6월이 되어, 15주 동안의 입원 기간 중 6주째, UCLA
에서 퇴원하고 뉴욕대학교 메디컬 센터 러스크 재활
병원에 입원해 있을 때, 퀸타나가 UCLA 병원은 물
론 러스크 병원에 오기까지의 기억이 '모두 흐리하다'
라고 나한테 말했다. UCLA의 일 몇 가지는 기억이
나지만, 크리스마스 직전부터의 일도 기억 안 나고(이
를테면, 퀸타나는 세인트 존 더 디바인 성당 장례식에서 아버
지 추도사를 한 일을 기억 못 했고, UCLA에서 처음 눈을 떴
을 때 아버지가 죽었다는 사실을 기억 못 했다) UCLA 기억
도 여전히 '흐리하다'라고 했다. 나중에 퀸타나가 '흐
릿하다'라고 말을 고쳤지만 그럴 필요가 없었다. 나
는 퀸타나가 무슨 말을 하는지 정확히 알아들었다.
UCLA 신경외과 의사는 기억이 '부분적'이라고 말했

다. "지남력(指南力)이 회복되고 있지만, 아직 부분적입니다"라는 식으로. 사실 내가 UCLA에서 보낸 몇 주간을 되새기려 해보아도 내 기억도 흐리다. 아주 또렷하게 생각나는 순간이 있는가 하면, 흐릿하기만 한 부분도 있다. 병원에서 기관 절개를 해서 목 앞쪽 구멍으로 호흡하도록 하겠다고 결정한 날, 의사와 입씨름했던 일은 뚜렷이 기억난다. 의사는 그때 퀸타나가 기관 삽관한 지 일주일 정도 되었다고 하면서, UCLA에서는 기관 삽관 상태로 일주일을 넘기지 않는다고 했다. 나는 퀸타나가 뉴욕 베스 이즈리얼 노스에 있을 때 3주 동안 관을 끼고 있었다고 말했다. 의사가 고개를 돌렸다. "듀크에서도 1주가 원칙이었습니다." 의사가 말했다. 마치 듀크 대학병원의 권위로 그 문제를 일축할 수 있다는 듯이. 오히려 나의 분노를 돋웠을 뿐이었다. **듀크가 대체 뭐라고요,** 나는 그렇게 말하고 싶었지만 참았다. **듀크와 UCLA가 무슨 상관인데요. 듀크는 노스캐롤라이나잖아요. UCLA는 캘리포니아고. 내가 노스캐롤라이나에 사는 누군가의 의견을 듣고 싶었다면, 노스캐롤라이나에 있는 누군가에게 물었겠죠.**

사위가 뉴욕에서 비행기를 타고 오는 길이에요, 대신 나는 이렇게 말했다. 사위가 올 때까지는 기다릴 수 있겠죠.

그러긴 힘들어요, 의사가 말했다. 이미 일정이 잡혀 있어서.

병원에서 기관 절개술을 하기로 한 날은 뇌파 모니터를 끈 날이기도 했다.

"아주 좋아 보여요." 병원에서는 계속 이렇게 말했다. "기관 절개를 하고 나면, 곧 좋아질 거예요. 뇌파 모니터도 껐고요, 모르셨을 수도 있지만."

모르셨을 수도 있을 거라고?

내 하나뿐인 딸인데?

그 딸이 지금 의식이 없는데?

그날 아침에 내가 집중 치료실에 들어왔을 때 퀸타나의 뇌파가 사라졌다는 걸 몰랐을 수도 있을 거라고? 침대 위쪽에 있는 모니터가 깜깜하게 꺼져 있는 걸 몰랐을 거라고?

병원에서는 좋아졌다는 뜻이라고 했지만, 내가 처음 봤을 때는 그렇게 보이지 않았다. 『집중 치료』에서 샌프란시스코 종합병원 집중 치료실 간호사들은 환자의 죽음이 임박했을 때 모니터를 끈다는 글을 읽은 기억이 났다. 환자 가족들이 죽어가는 환자가 아니라 모니터만 바라보고 있기 일쑤라 그런다고 했다. 이때도 그래서 모니터를 끈 건 아닐까 생각했다. 전혀 아니라는 말을 듣고 난 다음에도 나는 깜깜한 뇌파 모니터를 보지 않으려고 일부러 눈을 돌렸다. 나는 퀸타나의 뇌파를 보는 데 익숙해져 있었다. 그걸 보고 있으면, 퀸타나가 하는 말을 듣는 것 같았다.

장비가 그 자리에서 그냥 놀고 있는데, 이왕이면 켜놓지 왜 안 그러는지 이해가 안 됐다.

혹시 모르지 않나.

나는 물어봤다.

대답을 들은 기억은 없다. 그 시기에 나는 질문을 많이 했지만, 대답은 듣지 못했다. 대답이 있더라도 만족스럽지 않은 대답이었다. "이미 일정이 잡혀 있어요"라는 말처럼.

신경외과 환자는 전부 기관 절개를 했어요, 그날 사람들이 계속 나에게 한 말이다. 신경외과 환자들은 근육이 약해서 나중에 기관 삽관을 제거할 때 힘들어질 수가 있다고 했다. 기관 절개를 하면, 기관이 상처 입을 위험이 줄어든다고. 폐렴 위험도 낮아진다고. 오른쪽을 보세요, 왼쪽을 보세요, 양쪽 환자 다 기관 절개를 했지요? 펜타닐과 근육이완제를 투여하고 시술할 거고 마취는 한 시간 정도만 하면 돼요. '작은 보조개 모양 흉터' 정도만 남을 테니 미용상 부작용도 없고, 그것도 '시간이 지나면 희미해질' 거라고 했다.

마지막 사항을 특히 강조했다. 내가 기관 절개에 반대하는 이유가 흉터 때문이기라도 하다는 듯이. 그 사람들은 경험이 많건 적건, 어쨌든 의사였다. 나는 아니고. 그러니, 내가 걱정하는 것은 분명 사소한 미용상의 문제겠거니, 하고 생각하는 것이었다.

사실 내가 왜 그렇게 기관 절개에 거부감을 느꼈는지는 나도 몰랐다.

지금 생각해 보니, 나의 저항감은 존이 죽은 뒤에 내가 매달리던 미신적 사고와 뿌리가 같았다. 퀸타나가 기관 절개를 하지 않으면, 내일 아침에는 다 나아서 먹고 말하고 집에 갈 수 있을 텐데. 퀸타나가 기관 절개를 하지 않으면, 주말에는 비행기를 탈 수 있을 텐데. 아직 비행기를 타기는 이르다고 하면, 퀸타나를 데리고 베벌리 윌셔 호텔로 가서 같이 손톱 손질을 받고 수영장 옆에 앉아 쉴 텐데. 그러고 나서도 아직 비행기를 타서는 안 된다고 하면, 차를 타고 말리부에 가서 진 무어 집에서 며칠 묵으며 요양할 텐데.

기관 절개만 하지 않으면.

미친 생각이지만, 그때는 그렇게 생각했다.

침대 사이 사이에 쳐진 파란색 날염 면직 커튼 너머 옆 침대에 면회 온 사람들이 아픈 남편, 아버지,

삼촌, 동료에게 말을 거는 소리를 들었다. 퀸타나 오른쪽 침대에는 건설 현장 사고로 다친 남자가 있었다. 사고 당시 현장에 있던 인부들이 면회를 왔다. 침대 주위에 둘러서서 무슨 일이 있었는지 설명하려 했다. 굴착기, 운전석, 기중기가 어떻고, 소음을 들었어, 비니를 불렀어. 각자 자기 버전의 이야기를 했다. 이야기들이 서로 조금씩 달랐다. 저마다 다른 관점에서 보았을 테니 그럴 만한 일이었는데도, 나는 끼어들어서 이야기들을 서로 짜 맞추게 하고 싶었다. 외상에 의한 뇌병변으로 누워 있는 사람에게 상충하는 정보를 너무 많이 쏟아붓는 것 같았다.

"모든 게 평소하고 똑같았는데, 갑자기 완전히 엉망진창이 돼버린 거야." 한 사람이 말했다.

다친 사람은 아무 대꾸도 하지 않았다. 기관 절개를 했기 때문에 대답할 수가 없었다.

퀸타나의 왼쪽에 있는 사람은 매사추세츠에서 온 남자인데 입원한 지 벌써 몇 달이 지났다. 아내와 함께 자식들을 만나러 로스앤젤레스에 왔다가 사다리에서 떨어지는 사고가 있었는데, 당시에는 멀쩡했다. 그저 완벽하게 평범한 하루였다. 그러다가 갑자기 말을 못 하게 됐다. **모든 게 평소하고 똑같았는데 갑자기 완전히 엉망진창이 돼버렸다.** 지금은 폐렴이 발병

했다. 자식들이 가끔 보러 왔다. 아내는 늘 옆을 지키면서 낮고 구슬픈 목소리로 남편에게 말을 걸었다. 남편은 대답하지 않았다. 그 사람도 기관 절개를 했다.

퀸타나는 4월의 첫 번째 날 목요일 오후에 기관 절개술을 받았다.

금요일 아침에는 호흡관을 넣기 위해 투여한 진정제 기운이 떨어지면서, 퀸타나가 눈을 뜨고 내 손을 잡을 수 있었다.

토요일에 다음 날이나 월요일이면 퀸타나가 집중 치료실에서 나가 7층에 있는 신경과 관찰 병실로 옮기게 될 거라는 말을 들었다. UCLA의 6층과 7층은 전부 신경과 병동이었다.

언제 옮겼는지 정확히는 기억 못 하는데, 아마 며칠 뒤였던 것 같다.

퀸타나가 관찰 병실로 옮긴 뒤 어느 날 오후에 병원 카페 앞마당에서 매사추세츠에서 온 환자의 아내를 만났다.

남편도 집중 치료실에서 나왔고, 이제는 '아급성 재활 시설'이라는 곳으로 옮긴다고 했다. 우리는 의료보험 회사와 퇴원 담당자들이 요양원을 아급성 재활 시설이라는 이름으로 부른다는 사실을 알았지만, 그런 말을 입 밖에 내지는 않았다. 여자는 남편이

UCLA 신경정신과 11인실 급성 재활실에 들어가기를 바랐지만, 병원에서 받아주지 않았다고 했다. 여자가 그런 표현을 썼다. "받아주지 않았어요." 여자는 운전할 줄 몰라서 아급성 재활 시설에 어떻게 오갈지가 걱정이었다. 빈 병상이 있는 곳은 두 군데인데, 하나는 로스앤젤레스 국제공항 근처이고 하나는 차이나타운이었다. 자식들은 다 직업이 있고 중요한 일을 하고 있어, 매번 기사 노릇을 할 수는 없었다.

우리는 햇볕 아래에 앉아 있었다.

나는 주로 이야기를 들었다. 여자가 딸은 어떠냐고 물었다.

우리 딸은 신경정신과 11인실 급성 재활실로 들어간다는 말은 하고 싶지 않았다.

병원에서 어느 순간에 내가 마치 양치기 개처럼 의사들을 몰아가려고 하고 있었구나, 하는 생각이 들었다. 인턴한테 부종이 생겼다고 말하고, 다른 인턴에게는 도뇨관에 피가 비친 원인을 알아보게 소변 배양 검사를 하자고 하고, 다리 통증이 색전 때문은 아닌지 도플러 초음파 검사를 받아보자고 하고, 초음파 검사에서 실제로 혈전이 생기고 있다는 결과가 나왔을 때 혈액 응고 전문가를 불러서 소견을 들어야 한다고 고집스럽게 우겼다. 내가 원하는 전문가의 이름을 적어 왔다. 내가 직접 전화를 하겠다고도 했다. 이런 나의 행동이 젊은 의사들에게 곱게 보였을 리가 없다. ("어머니 마음대로 하고 싶으시다면, 저는 이 케이스에서 손 뗄게요." 급기야 한 명은 이렇게 말하기도 했다.) 그래도 그 러는 동안은 무기력감에 시달리지 않을 수 있었다.

UCLA에 있는 동안 여러 검사와 척도를 알게 됐다. 기무라 상자 검사. 2점 식별 검사. 글래스고 혼수 척 도, 글래스고 결과 척도. 이 검사와 척도들이 무얼 의 미하는지는 명확히 이해하지 못했다. 또 UCLA에서 도 배웠지만, 그전 베스 이즈리얼과 컬럼비아-프레 즈비티리언에서도 병원 감염 항생제 내성균의 이름 을 알게 됐다. 베스 이즈리얼에서는 반코마이신에 내 성이 있는 아시네토박터 바우마니균이 있었다. "그래 서, 병원 감염이란 사실을 알 수 있죠." 컬럼비아-프 레즈비티리언에서 의사한테 물었을 때 이런 말을 들 었던 기억이 난다. "반코마이신에 내성이 있는 균이 라면 병원에서 비롯된 거예요. 반코마이신은 병원 안에서만 투여하거든요." UCLA에서는 MRSA(메티 실린 내성 황색포도알균)에 감염되었는데, 첫 배양 검사 에서 MRSE(메티실린 내성 표피포도알균)로 의심되어서 의료진이 기겁했다. 치료사 한 명이 다른 치료사에게 이렇게 말하는 것을 들었다. "아무래도 자기는 임신했으니까 다른 부서로 옮기는 게 좋지 않겠어." 내가 무슨 말인지 못 알아들을 거로 생각하는 듯, 나를 흘긋 보면서 말했다. 다른 내성균도 많았지만, 그 균이 특히 무서운 존재였다. 어떤 균이든 균 때문에 열이 나거나 요로 감염이 일어나면 다들 방호복, 장갑, 마스크를 써야 했다. 쓰레기통 하나를 비우러 병실에 들어가려 해도 옷을 다 갖춰 입어야 했기 때문에, 간호조무사들이 한숨을 푹 쉬었다. UCLA에서 퀸타나는 메티실린 내성 황색포도알균에 감염되어 혈관 내 감염, 곧 균혈증이 생겼다. 그 말을 듣고 나는 퀸타나를 진찰 중인 의사에게 혈관이 감염되었다면, 또 패혈증을 일으킬 수 있는 건 아니냐고 물었다.

"아, 음, 패혈증이요, 사실 그건 임상에서 쓰는 말입니다." 의사는 이렇게 말하고 진찰을 계속했다.

나는 다시 물었다.

"이미 패혈증 상태라고 말할 수 있어요." 의사는 쾌활한 목소리로 말했다. "하지만 반코마이신을 투여하고 있으니까요. 아직은 혈압이 받쳐주고 있고."

그러니까. 다시 퀸타나의 혈압이 떨어지지 않는지 지켜보는 상태로 돌아가 있는 거였다.

패혈성 쇼크가 일어나지 않는지 관찰하던 때로.

다음에는 이스트 리버에 얼음덩어리가 생기는 걸 보고 있을 거고.

사실, 나는 UCLA 창가에서 수영장을 내려다봤다. 수영장을 이용하는 사람은 한 번도 본 적이 없었다. 물이 가득 차 있고 정수 장치도 가동되고 있었고 (물이 정수 장치로 들어가는 곳에 작은 소용돌이가 생기고, 다시 나오는 곳에 보글보글 거품이 이는 게 보였다) 수면이 햇빛에 반짝거렸고 주위에 가든 테이블과 파라솔이 있었는데도. 어느 날 수영장을 보다가, 브렌트우드 파크에 있던 우리 집 뒤쪽 수영장에 양초와 치자꽃을 띄운다는 아이디어를 떠올렸던 기억이 번뜩 생각났다. 그날, 파티가 있었다. 파티 한 시간 전 내가 이미 옷을 차려입고 난 다음에 치자꽃 아이디어가 떠올랐다. 나는 갓돌 위에 쭈그리고 앉아 초에 불을 붙였고 뜰채를 이용해서 치자꽃과 양초를 물 위에 띄엄띄엄 띄웠다. 일어서서 보니 결과물이 꽤 마음에 들었다. 뜰채를 치웠다. 그러고나서 다시 수영장을 돌아보니 치자꽃은 사라졌고 촛불은 꺼졌으며, 정수 장치 입구에서 조그만 뭉텅이가 마구 들썩거리고 있었다. 정수 장치로 빨려 들어간 치자꽃이 필터를 막아서 더 빨려 들어가지 못하고 들썩이고 있었던 거다. 그 뒤 파티 시간까지 남은 45분 동안 뭉크러진 치자꽃을 필터에서 꺼내고 양초를 건져 냈으며, 헤어드라이어로 젖은 드레스를 말렸다.

여기까지는 괜찮았다.

브렌트우드 파크의 집에 관련된 기억이지만 존도 퀸타나도 등장하지 않는 기억이니까.

그런데 그만 다른 기억을 떠올리고 말았다. 나는 그 집 부엌에 혼자 있었다. 초저녁 어스름 무렵이었고, 그때 우리가 기르던 부비에 종 개에게 밥을 주고 있었다. 퀸타나는 바너드대학교에 있었다. 존은 뉴욕에 있는 우리 아파트에 며칠 가 있었다. 그때가 1987년 말이었을 것이다. 존이 뉴욕에서 주로 지내고 싶다고 이야기하던 때였다. 나는 그 생각에 반대했었다. 그때 갑자기 부엌이 붉은빛으로 가득 찼다. 나는 창가로 갔다. 말버러 스트리트 건너편에 있는 어떤 집 앞에 구급차가 서 있는 모습이 그 집 옆 마당에 있는 에리트리나 나무와 2코드* 분량의 장작 너머로 보였다. 이 동네에 있는 집들 가운데는 이 집처럼 옆 마당에 장작 2코드를 쌓아놓은 집이 많았다. 나는 구급차가 떠나고 마지막 불빛이 사라질 때까지 그 집

---

* 1코드(cord)는 약 3.6세제곱미터를 의미한다.

을 보고 있었다. 다음 날 아침, 부비에 종 개를 산책 시키다가 만난 이웃이 무슨 일이 있었는지 말해 주었다. 장작을 2코드나 쌓아놓았어도 말버러 스트리트 건너편에 사는 여자가 저녁을 먹다가 과부가 되는 일을 막을 수는 없었다.

나는 뉴욕에 있는 존에게 전화를 걸었다.

그때는 그 붉은빛이 다급한 경고처럼 느껴졌다.

존에게 당신 말이 맞는 것 같다고, 뉴욕에서 주로 지내는 게 좋겠다고 했다.

UCLA 병원 창가에서 텅 빈 수영장을 보고 있다가 소용돌이가 다가오는 걸 느꼈지만, 진행 방향을 바꿀 수가 없었다. 이때는 기억이 '사마라에서의 약속'**처럼 느껴지면서 나를 소용돌이처럼 집어삼켰다. 만약 내가 존에게 전화를 걸지 않았다면, 퀸타나가 바너드대학교를 졸업하고 로스앤젤레스로 왔을까? 퀸타나가 로스앤젤레스에 살았다면, 베스 이즈리얼 노스에 입원하는 일도, 프레즈비티리언에 입원하는 일도, 지금 UCLA에 있게 되는 일도 없지 않았을까? 내가 1987년 말 붉은 불빛의 의미를 잘못 해석

** 아라비아의 전설로, 어떤 사람이 죽음을 피하려고 사마라로 도망갔으나 실은 원래 사마라에서 죽을 운명이었다는 이야기이다. 아무리 발버둥 쳐도 운명은 피할 수 없다는 의미를 담고 있다.

하지 않았다면, 오늘 차에 올라타 산 비센테 대로를 따라 서쪽으로 가 브렌트우드 파크에 있는 집에서 존을 만날 수 있었을까? 수영장 안에 서 있는 그이를 볼 수 있었을까? 『소피의 선택』을 다시 읽고 있는?

내가 저지른 실수를 모두 되새겨봐야 하는 걸까? 우리가 프랑스에 갔을 때 언덕 위에 있는 토니 리처드슨 집에서 생트로페로 내려가서 길거리에서 커피를 마시고 저녁거리로 생선을 샀던 때가 불쑥 떠오르면, 존이 달빛 속에서 수영하자고 했지만 내가 지중해가 오염됐고 내 다리에 상처가 있다는 이유를 대며 거절했던 밤도 떠올려야만 하는 걸까? 포추기스 벤드의 집에 있던 쌈닭을 떠올리면, 저녁을 먹고 그 집으로 차를 타고 가는 긴 시간 동안, 샌디에이고 고속도로에서 정유공장 옆을 지나 달리다가 우리 둘 중 하나가 하지 말아야 할 말을 했던 밤이 얼마나 많았는지도 떠올려야 하는 걸까? 아예 서로 말을 안 하거나? 아니면, 상대가 입을 다물어버렸다고 생각하거나? '리비도가 투자된 대상과 관련된 기억과 기대가 전부 기억에서 끌어 올려지고 과잉 집중되며, 리비도의 분리도 그런 과정으로 이루어진다. ⋯ 이처럼 고통스러운 불쾌를 우리가 당연한 일로 받아들이다니 놀라운 일이다.' 프로이트는 애도의 '작용'을 이렇게 설명했다. 이런 묘사가 희한하게도 내가 경험하는 소용돌이와 비슷하게 느껴졌다.

내가 붉은 불빛을 보고, 그걸 피하려면 뉴욕으로 가야겠다고 결심했던 브렌트우드 파크의 집은 이제 존재하지 않는다. 우리가 그 집을 팔고 1년이 지난 뒤에 허물어지고 원래 집보다 살짝 큰 집이 그 자리에 들어섰다. 우리는 우연히 로스앤젤레스에 가서 채드번과 말버러 교차로를 지날 일이 있었는데, 우리가 살던 집은 세금 문제를 유리하게 하려고 굴뚝 하나만 남기고 싹 철거된 상태였다. 그 광경을 보자 부동산 중개업자가 우리가 그 집에서 쓴 책에 사인해서 구매자에게 주면, 구매자에게는 정말 뜻깊은 일이 될 거라고 말했던 기억이 났다. 그래서 그렇게 했다. 존은 『퀸타나와 친구들』, 『더치 시어 주니어』, 『붉은색, 흰색, 파란색』을, 나는 『살바도르』, 『민주주의』, 『마이 애미』를 선물했다. 차를 타고 지나가며 평지가 되어버린 집터를 보고 퀸타나는 뒷좌석에서 울음을 터뜨렸다. 내가 가장 먼저 느낀 감정은 분노였다. 우리 책들을 돌려받고 싶었다.

이러한 생각의 전환이 소용돌이를 멈추게 했던가?

그렇지는 않았다.

퀸타나가 아직 관찰 병실에 있던 어느날 아침이었다. 열이 계속 떨어지지 않아 심장내막염 감염 여부를 확인하기 위해 초음파 심전도를 받아야 해서, 그 병실에서 아직 나가지 못하고 있었다. 그날 퀸타나가 처음으로 오른손을 들었다. 외상에 영향을 받는 쪽이 몸의 오른쪽이기 때문에 중대한 일이었다. 손을 움직였다는 건 다친 신경이 아직 살아있다는 의미였다. 퀸타나는 그날 오후에 침대에서 나가려고 했고, 내가 도와주지 않겠다고 하자 어린아이처럼 삐쳤다. 그날의 기억은 전혀 흐리하지 않다.

4월 말에는 퀸타나가 수술을 받고 충분한 시간이 흘러서, 비행기로 뉴욕에 돌아가도 된다는 결정이 내려졌다. 그전까지는 비행기의 여압* 때문에 부종이 생길 가능성이 있다는 우려가 있었다. 여하튼 간에 전

---

* 기내에 공기의 압력을 높여서 지상에 가까운 기압 상태를 유지하는 일을 말한다.

문 인력이 동행해야 했다. 일반 여객기로는 불가능했다. 퀸타나를 공중 수송하기 위한 계획이 마련되었다. 구급차로 UCLA에서 공항까지 이동, 환자 수송기로 뉴저지 테터보로 공항까지 이동, 다시 구급차로 테터보로에서 러스크 신경 재활 병동이 있는 뉴욕대학교 병원까지 갈 계획이었다. UCLA와 러스크 병원 사이에 많은 소통이 오갔다. 기록을 팩스로 전송했다. CT 영상을 CD롬에 복사했다. 날짜가 정해졌고, 이제 나조차도 그 일을 '이송'이라고 부르고 있었다. 4월 29일 목요일이었다. 목요일 아침 일찍, 내가 베벌리 윌셔에서 체크 아웃을 하려는데 콜로라도 어딘가에서 전화가 왔다. 비행기가 지연되고 있다고 했다. 비행기가 '기계적 문제' 때문에 투산에 착륙했고 투산 정비공이 산지 표준시로 10시에 출근해서 문제를 살펴볼 것이라고 했다. 태평양 표준시로 이른 오후가 되었을 때 그날 비행이 불가능하다는 게 분명해졌다. 다음 날 아침에 탈 수 있는 다른 비행기가 있었다. 그런데 다음 날은 금요일이었고 UCLA는 금요일 전출을 달가워하지 않았다. 나는 금요일에 이송할 수 있게 동의를 받아내려고 퇴원 담당자를 다그쳤다.

이송을 다음 주로 늦추면 퀸타나가 낙심하고 혼란스러워할 거라고, 자신 있게 말했다.

러스크에서는 금요일 입원에 아무 문제 없다고 했다고, 솔직히 좀 자신 없었지만 그렇게 말했다.

나는 주말 동안 묵을 곳이 없다고, 거짓말했다.

마침내 퇴원 담당자가 금요일 이송에 동의했을 때, 퀸타나는 잠이 들어있었다. 나는 병원 밖 광장에서 햇볕을 쬐며 잠시 앉아있다가, 옥상에 착륙하려고 선회하는 헬리콥터를 보았다. UCLA에서는 시도 때도 없이 헬리콥터가 착륙했다. 그것은 남캘리포니아 곳곳에서 여러 충격적인 사고가 벌어지고 있음을 암시했다. 저 멀리 고속도로에서 대형 교통사고가 발생하고, 멀리에서 타워크레인이 쓰러지는 재난이 일어나는 것이었다. 드나드는 헬리콥터를 보고 있으니 아직(헬리콥터가 착륙하고 응급팀이 들것을 들고 응급실로 실어 가는 그때까지도) 연락받지 못한 남편, 아내, 어머니, 아버지에게 앞으로 펼쳐질 힘든 시간을 생각하게 됐다. 1970년 어느 여름날, 존과 같이 차를 타고 가다가 뉴올리언스 세인트찰스 애비뉴에서 빨간 신호에 멈췄는데, 뒤차 운전자가 갑자기 운전대 위로 푹 고꾸라졌던 때를 떠올렸다. 경적이 눌려 소리가 났다. 보행자 몇 명이 차로 다가갔다. 경찰이 나타났다. 신호가 바뀌어서, 우리는 가던 길을 계속 갔다. 존은 그 장면을 머릿속에서 떨쳐버리질 못했다. 그런 일이 있었지, 하고 나중에 존은 여러 차례 말했다. 살아있었는데 곧 죽었고, 우리는 그걸 지켜보고 있었지. 그 일이 일어난 순간에 봤어. 가족이 알기 전에 우리가 먼저 그 사람이 죽었다는 걸 알았어.

그저 평범한 날에.

"그런데— 떠나 버렸다."

비행기로 이동하기로 한 날이 되었고, 그날의 일은 마치 꿈처럼 뒤죽박죽 가차 없이 흘러갔다. 아침에 텔레비전을 틀었는데 고속도로에서 트럭 기사들이 유가 인상에 항의하는 기습 시위를 벌이고 있다는 뉴스가 나왔다. 대형 트레일러트럭을 V자로 꺾어 놓고 5번 주간 고속도로 위에 세워놓았다는 거다. 1차로에 멈춘 트레일러트럭 가운데 텔레비전 취재진이 탄 차가 있었다고 했다. SUV가 대기하고 있다가 고속도로를 가로막은 트럭 기사들을 태워갔다. 내가 보는 뉴스 영상이 마치 여기가 아니라 1968년 프랑스처럼 느껴졌다. "가능하면 5번 주간 고속도로를 피하십시오." 뉴스 진행자가 이렇게 말했고, '취재원'에 따르면(트럭 기사들과 같이 이동 중인 텔레비전 스태프를 가리키는 듯했다), 710번, 60번, 10번 등의 다른 고속도로도 봉쇄될 것이라고 경고했다. 이런 상황이니 당연히 UCLA에서 공항으로 가기가 불가능할 것 같았는데,

구급차가 병원에 도착했을 즈음에는 프랑스 같은 상황이 완전히 종료되어 있었다. 이렇게 꿈의 첫 단계는 없었던 일처럼 잊혔다.

그런데 다음 단계가 또 이어졌다. 나는 비행기가 샌타모니카 공항에 있다고 들었다. 구급요원들은 버뱅크 공항이라고 들었다고 했다. 누가 전화를 해보더니 밴나이스 공항에 있다는 걸 확인했다고 했다. 밴나이스 공항에 갔는데 비행기는 없고 헬리콥터밖에 보이지 않았다. 헬리콥터로 이송할 거라 그런가 보죠, 구급요원 한 사람이 말했다. 우리를 넘겨주고 빨리 돌아가고 싶은 기색이 역력했다. 그럴 리가요, 내가 말했다. 3천 마일을 가야 하는데요. 구급요원은 어깨를 으쓱하더니 가버렸다. 결국, 비행기를 찾았다. 세스나기였는데 조종사 두 명, 구급요원 두 명, 퀸타나가 묶여 있는 병상, 그리고 내가 산소통 위 벤치에 앉아 갈 생각이 있다면 나까지 여섯 명이 탈 수 있는 작은 비행기였다. 비행기가 이륙했다. 잠시 그렇게 비행하다가 구급요원 중 한 명이 그랜드캐니언이 보인다며 디지털카메라로 사진을 찍었다. 나는 미드 호수와 후버 댐일 거라고 말했다. 라스베이거스를 손으로 가리켜 보였다.

구급요원은 계속 사진을 찍었다.

그러면서 계속 그랜드캐니언이라고 불렀다.

왜 항상 당신이 옳아야 해, 존이 이렇게 말했던 기억이 났다.

못마땅해하면서, 쏘아붙이면서, 나와 싸우던 도중에 한 말이었다.

나 자신은 내가 옳다고 자신할 때가 전혀 없다는 걸 존은 몰랐다. 1971년에, 우리가 프랭클린 애비뉴의 집에서 말리부로 이사할 때, 벽에서 그림 하나를 떼어냈는데 액자 뒤에 쪽지가 있었다. 내가 존과 결혼하기 전에 가깝게 지내던 사람이 남겨 놓은 쪽지였다. 그 남자는 프랭클린 애비뉴의 집에서 우리와 몇 주간 함께 지낸 적이 있었다. 쪽지에는 이렇게 적혀 있었다. "당신이 틀렸어." 내가 뭘 틀렸는지는 알 수 없었고 내 오류의 가능성은 무한한 것 같았다. 나는 그 쪽지를 태워버렸다. 존에게는 말하지 않았다.

그래, 그랜드캐니언이라고 하지, 나는 이렇게 생각하며 산소통 위에서 자세를 바꾸어 창밖이 보이지 않게 앉았다.

얼마 뒤에 재급유를 하러 캔자스에 있는 옥수수 밭 한가운데에 착륙했다. 조종사들이 소형 비행장을 관리하는 십 대 아이들과 거래했다. 재급유하는 동안 트럭을 타고 맥도날드에 가서 햄버거를 사다 달라고 했다. 구급요원들이 기다리는 동안 돌아가면서 밖으로 나가 몸을 풀자고 했다. 내 차례가 되었을 때 나는 활주로 위에 잠시 얼어붙은 듯 서 있었다. 퀸타나는 그럴 수 없는데 혼자 밖으로 나와 자유롭게 있다는 게 부끄러웠다. 그러다가 활주로가 끝나고 옥수수밭이 시작되는 곳까지 걸어갔다. 부슬비가 내리고 대기가 불안정하길래 토네이도가 다가오는 상상을 했다. 퀸타나와 내가 도러시였다. 우리 둘 다 자유로웠다. 우리는 이곳을 벗어나 멀리 가 있었다. 존은 『잃은 것은 없다』에 토네이도 장면을 집어넣었었다. 내가 프레즈비티리언 병원 퀸타나의 병실에서 그 책의 최종 교정지를 읽다가 토네이도가 다가오는 대목에서 울음을 터뜨렸던 기억이 났다. 주인공인 J. J. 매클루어와 테레사 킨이 '저 멀리, 검은색이었다가 햇빛을 받으면 우윳빛이 되며, 꼿꼿이 선 거대한 그물 무늬 뱀처럼 움직이는' 토네이도를 보았다. J. J.는 테레사에게 걱정하지 말라고, 여기에 토네이도가 닥친 적이 있지 않냐고, 토네이도는 절대 같은 곳을 두 번 치지 않는다고 말한다.

마침내 토네이도가 와이오밍 경계를 넘자마자 피해 없이 소멸했다. 그날 밤 히긴슨과 히긴스 교차로에 있는 스텝 라이트 여관에 있을 때, 테레사는 토네이도가 같은 자리를 두 번 치지 않는다는 게 정말이냐고 물었다. "모르겠어." J. J.가 말했다. "그럴 것 같았어. 번개처럼. 당신이 걱정하길래. 당신이 걱정하는 게 싫었어." 그 말이 J. J.가 할 수 있는 최선의 애정 표현이었다.

다시 비행기로 돌아가서 퀸타나와 둘이 있었다. 젊은이들이 사 온 햄버거 하나를 받아서 작게 잘라 퀸타나와 나누어 먹었다. 퀸타나는 몇 입 먹더니 고개를 저었다. 퀸타나는 고형식을 시작한 지 일주일밖에 안 되어서 많이 먹지 못했다. 혹시라도 먹지 못할 때를 대비해 영양 공급 튜브가 아직 몸에 끼워진 상태였다.

"내가 할 수 있을까." 그때 퀸타나가 말했다.

나는 퀸타나가 뉴욕까지 잘 갈 수 있겠냐고 묻는 것이라고 생각하기로 했다.

"당연하지." 내가 말했다.

엄마가 있잖아. 이제 안전해.

캘리포니아에 가면 당연히 좋을 거라고 5주 전에 내가 말했던 기억이 났다.

그날 밤 러스크 병원에 도착했을 때, 제리와 토니

가 건물 밖에서 구급차를 기다리고 있었다. 제리가 비행이 어땠냐고 물었다. 내가 캔자스에 있는 옥수수 밭에서 빅맥을 나눠 먹었다고 말했다. "빅맥 아니었어." 퀸타나가 말했다. "쿼터 파운더였어."

프레즈비티리언 병원 퀸타나의 병실에서 『잃은 것은 없다』의 최종 교정지를 읽을 때 J. J. 매클루어와 테레사 킨과 토네이도가 나오는 대목 마지막 문장에 문법적 오류가 있는 것 같다는 생각이 들었다. 나는 문법을 제대로 배운 적은 없지만, 뭐가 맞게 들리는지 감에 의존해 판단했다. 그런데 그 문장이 맞게 들리는지 아닌지 아리송했다. 최종 교정지에 이렇게 적혀 있었다. '그 말이 J. J.가 할 수 있는 최선의 애정 표현이었다(It was as close a declaration of love as J. J. was capable of making).' 나라면, 전치사를 하나 추가했을 법 싶었다. 'It was as close **to** a declaration of love as J. J. was capable of making.'

나는 창가에 앉아 허드슨강의 얼음덩어리를 보면서 그 문장을 생각했다. **그 말이 J. J.가 할 수 있는 최선의 애정 표현이었다.** 이런 문장은 잘못 쓰고 싶지 않은 중요한 문장이면서, 동시에 일단 썼다면 그대로 두고 싶지 수정을 당하기는 싫을 만한 문장이었다. 존은 애초에 어떻게 썼을까? 무슨 생각을 했을까? 어떻게 하기를 바랐을까? 그 결정이 내 몫으로 남아 있었다. 내가 어떤 결정을 하든 그 사람의 뜻을 저버리는 일이, 심지어는 배신이 될 수도 있었다. 내가 퀸타나의 병실에서 운 데는 그런 까닭도 있었다. 그날 나는 집으로 돌아가 이전 교정지와 원고를 확인했다. 그 오류가(만약 그게 오류라면) 초고부터 있었다. 나는 그 문장을 그대로 두었다.

왜 항상 당신이 옳아야 해.

왜 항상 당신이 이겨야 해.

제발 한 번만 그냥 좀 내버려 둬.

12

퀸타나와 내가 세스나기를 타고 동쪽으로 날아가다가 캔자스 옥수수밭에서 재급유를 한 날은 2004년 4월 30일이었다. 퀸타나는 5월과 6월, 그리고 7월 절반을 러스크 병원에 입원해 있었는데, 그동안 내가 할 수 있는 일은 거의 없었다. 나는 거의 날마다 늦은 오후에 이스트 34번가에 있는 병원으로 퀸타나를 면회하러 갔다. 하지만 퀸타나는 아침 여덟 시부터 오후 네 시까지 재활 치료를 받아서 여섯 시 반이나 일곱 시쯤 되면 녹초가 되어 있었다. 의학적으로는 안정된 상태였다. 식사를 할 수 있었고, 영양 공급 튜브가 끼워져 있기는 했지만 쓸 일은 없었다. 오른 팔다리를 조금씩 움직이기 시작했다. 오른눈도 움직이기 시작해서 글을 읽을 수 있게 되었다. 재활 치료가 없는 주말에는 제리가 퀸타나를 데리고 나가 근처에서 점심을 먹고 영화를 봤다. 저녁도 종종 같이 먹었다. 친구들과 함께 점심때 소풍을 가기도 했다. 퀸타나가 러스크에 있는 동안 나는 병실 창턱에 있는 식물에 물을 줄 수 있었다. 재활 치료사가 사라고 한 미묘하게 다른 운동화들을 구하러 다니기도 했고, 병원 로비와 이어진 온실에 퀸타나와 같이 앉아 연못 속 잉어들을 구경할 수도 있었다. 그러나 퀸타나가 러스크에서 퇴원한 뒤에는 그런 것도 할 수가 없을 거였다. 이제 퀸타나는 다시 또, 회복하기 위해서 홀로 서야 하는 시점에 다다른 것이었다.

나도 그해 여름에 같은 목표에 도달하기로 결심했다.

아직 다시 집중해서 일할 상태는 아니었지만, 집을 정리하거나 해야 할 일을 해치우고 읽지 않은 우편물을 처리할 수 있었다.

이제야 비로소 애도의 과정을 시작하게 된 거로는 생각하지 못했다.

그전까지는 슬퍼하기만 했을 뿐 애도는 하지 못하고 있었다. **비애는 수동적이었다. 비애는 저절로 생겨났다. 그러나 비애를 다루는 행위인 애도는 주의를 집중해야 할 수 있었다.** 지금까지는 마땅히 주의를 기울여야 할 것에 관심을 끊거나 생각을 몰아내고 하루하루의 위기를 버텨낼 아드레날린을 새로 끌어 올려야만 할 시급한 이유가 있었다. 한 계절 동안 내가 제대로 들은 유일한 말은 녹음된 음성이었다. "U-C-L-A에 오신 걸 환영-합니다."

나는 시작했다.

내가 로스앤젤레스에 있는 동안 받은 편지, 책, 잡지 무더기 가운데 『54년 졸업 동기들의 삶』이라는 두꺼운 책이 있었다. 존이 다녔던 프린스턴대학교 54년 졸업 동기 50주년 총동창회를 기념해 만든 책이었다. 나는 존이 쓴 한마디를 찾아보았다. 이렇게 적혀 있었다. "윌리엄 포크너는 작가의 부고는 이래야 한다고 말한 적이 있다. '그는 책을 썼고, 그러고 나서 죽었다.' 이 글은 부고가 아니고(적어도 2002년 9월 19일 시점에는) 나는 아직도 책을 쓴다. 그러니 나는 포크너의 말을 따를 것이다."

나는 속으로 생각했다. 이 글은 부고가 아니다.

적어도 2002년 9월 19일에는.

나는 『54년도 졸업 동기들의 삶』을 덮었다. 몇 주 뒤에 다시 펼쳐서 다른 글들도 훑어보았다. 국방장관 도널드 럼스펠드['러미(Rummy)']가 쓴 글이 있었다. '프린스턴을 졸업한 이후, 한 해 한 해는 흐릿하지만 하루하루는 속사포처럼 지나간다.' 나는 이 말을 곰곰 생각해 보았다. 또 역사학자 랜슬롯 L.〔'론(Lon)'〕패러 주니어는 세 쪽에 달하는 단상을 이런 말로 시작했다. '아마도 우리의 프린스턴 시절에서 가장 기억할 만한 것은 졸업 파티에서 애들레이 스티븐슨(Adlai Stevenson)*이 한 연설일 것이다.'

나는 이것에 대해서도 생각해 봤다.

나는 54년 졸업생과 40년 동안 같이 살았지만, 애들레이 스티븐슨의 졸업 파티 연설 이야기는 한 번도 들어보지 못했다. 존이 프린스턴 재학시절에 대해 한 이야기 전부를 생각해 내려고 해봤다. 존이 '국가에 봉사하는 프린스턴'이라는, 우드로 윌슨의 연설에서 따온 슬로건이 마치 어떤 권리를 부여하는 것처럼 오해된다는 말을 여러 차례 했던 기억이 났다. 그것하고, 결혼식 며칠 뒤에 (왜 그런 말을 했을까? 어쩌다 그런 이야기가 나왔을까?) 프린스턴 아카펠라 그룹 내순스(Nassoons)가 우스꽝스럽다고 했던 말 말고는 아무것도 기억이 안 났다. 존은 내가 재미있어했기 때문에 내순스 공연을 흉내 내기도 했다. 한 손은 일부

---

*　미국의 민주당 소속 정치인으로, 1952년과 1956년에 대선에 도전했으나 모두 아이젠하워에게 패했다.

러 주머니에 꽂은 채 상상의 글라스에 담긴 얼음을 짤랑짤랑 흔들고, 턱을 치켜든 옆얼굴을 보여주며 살짝 만족스러운 미소를 띠면서.

내 기억 속에서—
당신은 바람 부는 높은 비탈에서 내 곁에 섰지—
얼굴은 바람을 맞으며 가슴은 희망에 벅차서—

40년 동안, 이 노래가 우리끼리 하는 농담에 곧잘 등장했는데, 나는 노래 제목도 몰랐고 나머지 가사도 몰랐다. 갑자기 가사를 찾아야 한다는 생각이 들었다. 인터넷에서 이 노래가 언급된 곳을 딱 한 군데 찾았다. '프린스턴 동문 주보' 부고란이었다.

존 맥페디언(학사 46년도, 석사 49년도 졸업): 존 맥페디언이 2000년 2월 18일 메인주 다마리스코타 헤드 타이드 마을 인근 아내 메리-에스터와 함께 살았던 자택에서 사망했다. 사인은 폐렴이었으나, 1977년에 아내가 사망한 이후로 수년에 걸쳐 건강이 악화했다. 존은 긴박했던 1942년 여름, 덜루스에서 프린스턴으로 왔다. 음악과 예술에 재능이 있어서 내순스의 애창곡인 〈내 기억 속에서〉를 비롯한 여러 곡을 작곡

해 트라이앵글 극단에 제공했다. 존은 피아노가 있는 파리에 늘 활기를 불어넣었다. 특히 〈빛나라, 작은 반딧불이〉를 피아노 아래에서 거꾸로 연주한 일이 유명하다. 일본에서 미 육군으로 복무한 뒤에 프린스턴에 돌아와 건축학 석사 학위를 받았다. 뉴욕 해리슨 앤드 아브러모위츠 건축 회사에서 일하며 유엔 빌딩 본관을 설계했다. 존은 로마 건축상을 받았고, 메리-에스터 에지와 결혼한 직후 1952~3년을 로마에 있는 아메리칸 아카데미에서 보냈다. 건축 사무소를 설립해서 워싱턴 외곽 울프 트랩 예술 센터 등을 설계했으며, 1960년대 넬슨 록펠러 주지사 밑에서 제1 주립예술위원회 사무총장을 역임하였다. 고인의 자녀 카밀라, 루크, 윌리엄, 존과 세 명의 손자 손녀와 동문들이 함께 잊지 못할 동문을 잃은 일을 애도했다.

〈내 기억 속에서〉, 내순스의 애창곡.

그런데 메리-에스터의 죽음은 어떻게 된 일이었을까?

파티에 활기를 불어넣던 그가 마지막으로 〈빛나라, 작은 반딧불이〉를 피아노 아래에서 거꾸로 연주한 것은 언제였을까?

이런 이야기들을 존과 같이 나눌 수 있다면 얼마나 좋을까?

무슨 이야기든 존과 같이 나눌 수 있다면 얼마나 좋을까? 존을 기쁘게 만들 아주 사소한 일이라도 말할 수 있다면 얼마나 좋을까? 그 사소한 일은 무엇이었을까? 내가 그 말을 늦기 전에 제때 했다면, 소용이 있었을까?

존이 죽기 하루 이틀 전 밤에 나에게 방금 원고를 출판사로 넘긴 소설 『잃은 것은 없다』에서 얼마나 많은 인물이 죽었는지 아느냐고 물었다. 존은 자기 작업실에 앉아 죽은 사람의 목록을 만들고 있었다. 한 사람을 빠뜨렸길래 내가 추가해 주었다. 존이 죽고 몇 달 뒤에, 내가 메모를 하려고 존의 책상 위에서 노트패드를 집어 들었다. 노트패드에, 아주 흐릿한 연필 글씨로 그 목록이 적혀 있었다.

테레사 킨

팔런스

에멧 매클루어

잭 브로더릭

모리스 도드

차에 타고 있던 사람 네 명

찰리 버클스

퍼시―전기의자(퍼시 대로)

월든 매클루어

왜 연필 글씨가 이렇게 희미하지, 나는 생각했다.

왜 흔적도 거의 안 남을 정도로 흐린 연필로 글씨를 썼을까.

언제부터 자기가 죽는다고 생각했을까?

"흑백으로 나눌 수는 없어요." 1982년에 로스앤젤레스 시더스-사이나이 병원에서 만난 젊은 의사가 삶과 죽음의 경계에 대해 이렇게 말했었다. 존과 나는 시더스 병원 집중 치료실에서 닉과 레니의 딸인 도미니크를 보고 있었다. 도미니크는 전날 밤 죽을 만큼 목이 졸렸다. 도미니크는 마치 잠든 것처럼 누워 있었지만, 회복 불가능한 상태였다. 생명 유지 장치에 의존해 숨을 쉬고 있었다.

존과 나의 결혼식에 참석한 그 네 살짜리 조카가 도미니크였다.

도미니크는 퀸타나가 파티를 할 때 도와주고 프롬에 갈 때 같이 드레스 쇼핑을 가주었으며, 우리가 집을 비울 때 퀸타나와 같이 있어 준 사촌 언니였다. 우리가 출장을 갔다가 돌아왔을 때, 퀸타나와 도미니크가 꽃병에 꽃을 꽂아 부엌 식탁에 놓고 이렇게 적힌 카드를 그 앞에 세워놓았다. **장미는 붉고 제비꽃은 파래요.*** **두 분이 집에 안 오셨으면 좋겠어요. 도미니크도 그럴대요. 어머니날 행복하게 보내세요. 사랑을 담아, D & Q.**

의사의 말이 틀렸다고 생각했던 기억이 난다. 도미니크가 집중 치료실에 누워 있는 한은 살아있는 거였다. 생명 유지 장치 없이 살아있을 수는 없었지만 그래도 살아있었다. 그게 백이다. 생명 유지 장치를 끄면 몇 분 안에 도미니크의 내부 장기들이 기능을 멈추고 도미니크는 죽을 것이다. 그게 흑이다.

죽은 사람은 흐릿한 흔적 같은 것, 연필 자국 같은 것을 남기지 않는다.

흐릿한 흔적이나 연필 자국 같은 것은 '그가 죽기 하루 이틀 전날 밤', 혹은 '1, 2주 전'에 남겨진 것이고, 여하튼 간에 명백하게 **그가 죽기 이전의** 일이었다.

거기에 경계가 있었다.

---

* 이 문구는 에드먼드 스펜서의 시 「요정의 여왕(The Faerie Queene)」(1590)에서 유래한 것인데, 현재까지 미국에서 특별한 날 애정을 표하는 문구를 시작할 때 관용적으로 자주 쓰인다.

이 경계의 급작스러움과 불가역성이 내가 UCLA에서 집으로 돌아온 늦봄과 여름 동안에 몰두하던 주제였다. 가까운 친구인 캐럴린 렐리벨드가 5월에 메모리얼 슬론 케터링 암 센터에서 죽었다. 토니 던의 아내 로즈메리 브레슬린은 6월에 컬럼비아-프레즈비티리언에서 죽었다. 두 사례 모두 '오랜 병고 끝에'라는 말을 붙일 수 있을 테고 그 말이 실제와 다르게 해방, 안도, 종결을 암시하는 듯 느껴질 수 있을 것이다. 두 사람 다 오래 아팠고 죽음의 가능성을 늘 예상했었다. 캐럴린은 몇 달 앓았고 로즈메리는 서른두 살이었던 1989년부터 아팠다. 그렇지만 예상했다고 해서 죽음이 닥쳤을 때 급작스럽고 공허한 상실감이 없는 것은 아니었다. 그때도 역시 흑백으로 나뉘었다. 두 사람 다 마지막 순간에는 살아있다가, 죽었다. 나는 내가 어릴 때 성공회교도로 인정받기 위해 외워야 했던 말들을 실제로는 믿지 않는다는 것을 깨달았다. **성령을 믿으며, 거룩한 공교회와 모든 성도의 상통을 믿으며, 죄의 용서와 몸의 부활을 믿으며, 영원한 생명을 믿나이다. 아멘.**

나는 육신의 부활을 믿지 않았다.

테레사 킨, 팔런스, 에멧 매클루어, 잭 브로더릭, 모리스 도드, 차에 타고 있던 사람 네 명, 찰리 버클스, 퍼시 대로, 월든 매클루어도 믿지 않았다.

가톨릭교도인 내 남편도 믿지 않았다.

이런 사고방식이 생각을 명료하게 해줄 것 같았는데, 실제로는 혼란이 너무 컸고 모순이 일어났다.

나는 육신의 부활을 믿지 않았지만, 적절한 상황이 되면 존이 되돌아올 거라고 여전히 믿었다.

죽기 전에 H연필로 흐릿한 흔적을 남기고 간 남편이.

어느 날에는 『알케스티스(Alcestis)』를 반드시 다시 읽어야겠다는 생각이 들었다. 열여섯 살인가 열일곱 살 때 학교 숙제로 에우리피데스에 관한 글을 쓰려고 읽었던 게 전부인데, 어쩐지 그 작품이 이 '경계'의 문제와 관련 있다는 생각이 들었다. 고대 그리스 작품이 대체로 그렇지만, 특히 『알케스티스』가 삶과 죽음 사이의 이동을 잘 그렸던 기억이 났다. 그리스인들은 죽음을 시각화하고 이야기로 만들었으며, 검은 강과 강을 오가는 나룻배를 하나의 미장센으로 만들었다. 나는 『알케스티스』를 다시 읽었다. 에우리피데스가 쓴 이 비극에서는 이런 일이 일어난다. 테살리아의 젊은 왕 아드메토스가 죽음에게 사형선고를 받는다.

아폴론이 개입하여 운명의 여신한테서 아드메토스가 자기 대신 죽을 사람을 구해 오기만 하면 지금 당장 죽지 않을 수 있게 해주겠다는 약속을 받아낸다. 아드메토스는 친구들과 부모님에게 사정하지만 부질없다. "우리가 명계에서 보내는 시간은 한없고 삶은 짧지만 달콤하다고 생각한다." 아버지는 대신 죽어달라는 청을 거절하며 이렇게 말한다.

오직 한 사람 아드메토스의 젊은 아내 알케스티스 왕비만이 대신 죽겠다고 한다. 알케스티스에게 죽음이 다가오자 많은 사람이 슬퍼하지만, 알케스티스를 살리겠다는 사람은 아무도 없다. 마침내 알케스티스는 죽는다. "노가 둘인 배가 보인다 / 호수 위의 배가 보인다! / 그리고 카론이 / 망자의 뱃사공이 / 나를 부른다, 노에 손을 얹고…" 아드메토스는 죄책감과 수치심과 자기 연민에 빠진다. "아아! 당신이 나룻배 이야기를 하니 얼마나 비통한지! 아 나의 불운한 이여, 우리는 얼마나 고통스러운가!" 아드메토스는 여러모로 못나게 군다. 부모를 원망한다. 알케스티스가 자기보다는 덜 괴로울 거라고 우긴다. 몇 페이지 뒤에(이런 어이없는 소리를 충분히 떠든 뒤에) 알케스티스가 (기원전 430년 기준으로 보아도) 상당히 투박한 데우스 엑스 마키나(Deus Ex Machina) 장치로 다시 돌아오게 된다. 돌아온 알케스티스는 말을 하지 않는데, 일시적인 현상이라며 그 까닭 역시 투박하게 변명조로 설명된다. "하계의 신들에게 바쳐진 몸이 정화되기 전까지는, 세 번째 동이 틀 때까지는 목소리를 들을 수 없을 것이다." 글만 보면 행복한 결말로 끝나는 극이다.

내가 기억하는 『알케스티스』는 그렇지 않았다. 나는 열여섯, 열일곱 살 때부터 벌써 글을 읽으면서 내 멋대로 수정하곤 했던 모양이다. 글과 내 기억이 가장 크게 갈리는 지점은 마지막 부분, 알케스티스가 망자들의 세계에서 돌아왔을 때다. 나는 알케스티스가 말하지 않은 이유가 스스로 말하기를 거부하기 때문이라고 기억했다. 내 기억에는 아드메토스가 말하라고 압박을 가하자 그제야 알케스티스가 입을 연다. 그렇지만 알케스티스가 이 일로 드러난 아드메토스의 못난 면모를 생각하고 있음을 알게 된 아드메토스는 괴롭다. 아드메토스는 더 듣고 싶지 않아서 축하연을 열자고 한다. 알케스티스는 남편의 말에 동의하지만, 거리를 두고 타자로 남는다. 알케스티스는 겉보기에는 남편과 아이들의 곁으로, 다시 테살리아의 젊은 왕비로 돌아왔지만, 이런 결말('나의' 결말)은 행복한 결말이라고 할 수 없는 것이었다.

어떤 면에서는 이 결말이 죽음이 죽은 사람을 '변화'시킨다는 사실을 인정하는 더 나은('한발 더 나아간') 이야기이다. 그렇지만 이 이야기는 그 경계에 관해 더 많은 질문을 열어놓기도 한다. 죽은 사람이 정말로 돌아온다면, 무얼 아는 상태로 돌아올까? 우리가 그들을 다시 마주할 수 있을까? 그들을 죽도록 내버려 두었던 우리가? 대낮의 환한 빛은 내가 존을 죽도록 내버려 둔 것은 아니라고, 나에게는 그럴 힘이 없다고 내게 말해주지만, 내가 정말 그렇다고 믿는 걸까? 존도 그렇게 믿을까?

남겨진 사람들은 지난날을 돌아보며 징조를, 놓친 메시지를 본다.

말라죽은 나무, 자동차 후드 위에 핏방울을 뿌리고 죽어있던 갈매기를 기억해 낸다.

남겨진 사람들은 상징에 매달린다. 오래 쓰지 않은 컴퓨터에 쌓여 있는 스팸메일에서, 작동이 안 되는 키보드 'Delete' 키에서 의미를 읽고, 키를 교체하는 게 떠난 사람을 저버리는 일이라고 상상한다. 내 자동응답기는 아직도 존의 목소리로 녹음된 그대로다. 애초에 자동응답기를 존이 녹음한 데는 특별한 이유가 있는 건 아니었고 자동응답기를 재설정해야 했던 날 누가 전화기 근처에 있었느냐에 따라 정해진 것일 테지만, 지금 만약 내가 다시 녹음해야 할일이 생긴다면 배신하는 듯한 기분이 들 것이다. 어느 날 존의 작업실에서 전화 통화를 하다가 무심코 존이 책상 옆 테이블에 늘 펼쳐 놓는 사전의 책장을 넘겼다. 내가 무슨 짓을 했는지 깨닫고는 충격에 휩싸였다. 존이 마지막으로 찾아본 단어가 뭐였을까? 그때 존은 무슨 생각을 했을까? 내가 책장을 넘기는 바람에 존의 메시지를 놓쳐 버린 걸까? 어쩌면 내가 사전에 손을 대기 전에도 메시지를 들을 가능성은 없었던 걸까? 내가 메시지 듣기를 거부했던 걸까?

이틀을 넘기지 못할 걸세, 가웨인이 말했다.

그해 여름에 프린스턴대학교에서 책을 또 한 권 보냈다. 『고백』의 초판이었는데, 중고 책 판매업자가 '상태 좋음, 책 커버가 살짝 해짐'이라고 했을 법한 상태였다. 원래 존이 갖고 있던 책이었다. 1954년 졸업 동기 50주년 총동창회를 기념해 동기들이 쓴 책 전시회를 기획한 동기에게 보냈다가 돌아온 거였다. "이 책이 전시에서 중심 위치를 차지했었습니다." 그 동기가 나에게 보낸 편지에 이렇게 적혀 있었다. "존은 명실상부 우리 동기 중에서 가장 유명한 작가였으니까요."

나는 『고백』의 살짝 해진 책 표지를 자세히 살펴보았다.

처음 이 표지를, 아니 표지 시안을 보았을 때가 떠올랐다. 며칠 동안 집에 놓아두었었다. 새 책 디자인 시안, 서체 샘플, 표지 등이 나오면 보통 그렇게 한다. 계속 보아도 보기 좋은지, 싫증 나지 않는지 알아보기 위해 시간을 두고 본다.

나는 책을 펼쳤다. 헌사가 보였다. '도러시 번스던, 조앤 디디온, 퀸타나 루 던,' 그리고 이렇게 덧붙여 있었다. '집안 3대를 위해.'

이런 헌사가 있었다는 걸 잊고 있었다. **충분히 알아주질 못했어.** 이 생각이 그때 내가 통과하고 있던 단계의 일관된 주제였다.

나는 『고백』을 다시 읽었다. 내 기억보다 암울한 작품이었다. 『하프』도 다시 읽었다. 우리가 같이 〈텐코〉를 보고 모턴스에 저녁을 먹으러 가곤 했던 여름을 조금 다르게, 더 어둡게 그리고 있었다.

그해 여름이 끝날 무렵 다른 일이 더 있었다.

8월에 우리가 아는 사람의 추도식이 있었다(내가

말하는 '다른 일'이 이 일은 아니다). 프랑스인 테니스 선수였는데, 60대 나이에 사고로 세상을 뜨고 말았다. 베벌리 힐스에 있는 어느 집 테니스 코트에서 추도식이 열렸다. '추도식장에서 아내를 만났다.' 존이 『하프』에 이렇게 썼다. '샌타모니카에 있는 병원에 갔다가 바로 추도식장으로 와서 뜨거운 8월 햇빛 아래에 앉아 죽음을 생각했다. 나는 안톤이 가능한 최선의 상황에서 죽었다고 생각했다. 피할 수 없는 결과를 깨닫는 순간의 공포, 그리고 그다음 순간의 영원한 어둠.'

추도식이 끝났고 주차요원이 차를 가져다주었다. 차를 타고 가는 길에 아내가 물었다. "의사가 뭐래?" 그전까지는 샌타모니카 병원에 다녀온 일을 이야기할 시간이 없었다. "엄청나게 겁을 주던데." "뭐라고 했는데?" "파국적 심장 사건을 일으킬 가능성이 있대."

이 책 몇 쪽 뒤에서, 서술자 존은 바로 이 서술(자기가 한 서술)의 진위를 검토한다. 이름 하나를 바꿨고, 이야기를 극적으로 재구성했고, 시간을 살짝 축약했다고 했다. 존은 자신에게 묻는다. '그것뿐인가?' 존의

답은 이랬다. '사실 아내에게 의사가 엄청 겁을 줬다고 말하면서 나는 울음을 터뜨렸다.'

그런 일이 있었는데 내가 잊었거나, 아니면 일부러 기억하지 않기로 마음을 먹었다는 말이었다.

나는 **충분히 알아주질 못했다.**

존이 죽을 때 경험한 것이 그런 것이었을까? '피할 수 없는 결과를 깨닫는 순간의 공포, 그리고 그다음 순간의 영원한 어둠.' 심장마비는 불시에 일어나기 때문에, 일반적 심장마비 발생 기제는 본질상 우연으로 이해될 수 있다. 급작스러운 경련 때문에 관상동맥 안에 쌓여 있던 플라크가 떨어져 나가면 허혈이 발생하고, 심장은 산소가 부족해 심실세동 상태가 된다.

존은 그 과정을 어떻게 경험했을까?

'순간의 공포', 그리고 '영원한 어둠'? 『하프』를 쓸 때 정확하게 직감했던 걸까? 우리가 무언가가 정확히 전달되었거나 파악되었는지 이야기할 때 잘 쓰던 표현대로, '제대로 잡아냈던' 걸까? '영원한 어둠'이라는 부분도? 임사체험을 했다가 살아난 사람들은 하나같이 '새하얀 빛'을 보았다고 하지 않던가? 이 글을 쓰는 지금 떠올랐는데 (내세나 신이 존재한다는 증거로) 어설프게 내세우곤 하는 '새하얀 빛'은 사실은 뇌에 혈액 공급이 줄어들면서 일어나는 산소 결핍의 증상 이다. '머릿속이 하얘졌다.' 저혈압으로 쓰러진 사람 들은 기절 직전 순간을 이렇게 묘사한다. '색채가 전 부 사라졌다.' 내출혈을 일으킨 사람들은 혈액 손실 이 위험한 지경에 도달한 순간을 이렇게 이야기한다.

그해 여름이 끝날 무렵에(아마 1987년이었을 것이다) 일 어난 '다른 일'은, 샌타모니카에서 의사를 만나고 베 벌리 힐스에 있는 테니스 코트에서 열린 추도식에 참석한 이후에 있었던 일들이다. 일주일쯤 지난 뒤 에 혈관 조영상을 찍었다. 혈관 조영상으로 좌전하행 동맥(LAD)에서 90퍼센트 폐색이 발견되었다. 또 휘 돌이모서리동맥에서는 90퍼센트 협착이 길게 나타 났다. 휘돌이모서리동맥이 폐색된 LAD와 심장 같 은 부위에 혈액을 공급하기 때문에 중대한 일이었다. "우리는 LAD를 과부 제조기라고 불러요." 존을 담당 했던 뉴욕의 심장 전문의가 이렇게 말했다. 혈관 영 상을 찍고 한두 주 뒤에(9월이 되었지만 로스앤젤레스는 아직 여름이었다) 혈관 성형술을 받았다. 2주 뒤에 운동 부하 심장 초음파 검사를 해서 시술 결과가 '훌륭하다'는 결론이 나왔다. 여섯 달 뒤에 다시 운동 심장 초음파 검사를 해서 시술이 잘되었음을 재확인했다. 그 뒤 몇 년 동안 여러 차례 받은 탈륨 스캔과 1991년 다시 찍은 혈관 조영상에서도 같은 결론이 나왔다. 그렇지만 1987년에 있었던 일을 존과 내가 다르게 받아들였다는 생각이 든다. 존은 자신이 이미 사형선고를 받았고 집행이 유예되었을 뿐이라고 생각했다. 1987년 혈관 성형술을 받은 이후에 존은 이제는 어떻게 죽을지 안다는 말을 종종 했다. 나는 타이밍이 시의적절했고 시술이 성공적이었으며, 문제가 해결됐고 원인이 제거되었다고 생각했다. 당신이 어떻게 죽을지는, 나나 다른 사람이나 마찬가지로 아무도 모르는 거야, 내가 이렇게 말했던 기억이 난다. 지금 생각해 보니 존의 생각이 더 현실적이었다.

13

나는 존에게 내 꿈 이야기를 하곤 했다. 꿈을 이해하기 위해서라기보다는 털어버리려고, 잊고 하루를 시작하려고 그렇게 했다. "당신 꿈 얘기하지 마." 내가 아침에 깨면 존이 말하곤 했다. 그래도 결국엔 들어주었다.

존이 죽은 뒤에는 꿈을 꾸지 않게 됐다.

초여름이 되어 그 일이 있고 난 후 처음으로 다시 꿈을 꾸기 시작했다. 이제는 존에게 꿈 이야기를 할 수 없으므로, 혼자 곰곰 생각해 본다. 내가 1990년대 중반에 쓴 소설 『그가 가장 원하지 않던 것』의 한 구절이 문득 떠오른다.

당연하지만 마지막 메모 여섯 개가 없었더라도 우리는 엘레나가 어떤 꿈을 꿨는지 알았을 것이다.

엘레나의 꿈은 죽음에 관한 것이었다.

엘레나의 꿈은 노화에 관한 것이었다.

여기 그 누구도 엘레나와 같은 꿈을 꾼 적은 없다(앞으로도 없을 것이다).

우리는 모두 알았다.

문제는 엘레나가 몰랐다는 거다.

문제는 엘레나가 자기 자신에게조차 거리를 두었다는 것, 비밀 요원으로서 자기가 맡은 작전을 완벽히 분리해서 자기가 뭘 차단했는지조차 모를 지경이었다는 것이다.

지금 내 상태가 엘레나와 같다.

어떤 꿈에서는 내가 옷장에 브레이드 벨트를 걸어놓으려는데 벨트가 끊어진다. 벨트의 3분의 1 정도가 툭 끊어져 내 손에 떨어진다. 두 조각이 된 벨트를 존에게 보여준다. 내가(어쩌면 존이 말한 것인지도 모른다. 꿈이라서 분명하지 않다) 이게 존이 가장 좋아하는 벨트라고 이야기한다. 나는 존에게 똑같은 브레이드 벨트를 사줘야겠다고 결심한다(내가 결심한다고, 혹은 결심했어야 한다고 생각한다는 말이다. 비몽사몽간에 나는 내가 마땅히 할 일을 하겠다고 다짐한다).

다른 말로 하면, 내가 망가뜨린 것을 고쳐야 한다고, 그를 다시 데려와야 한다고 다짐한다.

끊어진 브레이드 벨트와 뉴욕 병원에서 받은 비닐봉지 안에 들어있던 벨트가 비슷하다는 사실을 모른 척할 수가 없다. 내가 아직도, **내가 망가뜨렸어, 내가 그랬어, 내 잘못이야,** 라고 생각하고 있다는 사실도.

다른 꿈에서는 존과 내가 비행기를 타고 호놀룰루에 가게 됐다. 우리 말고 다른 사람도 여럿 같이 가게 되어 샌타모니카 공항에 모였다. 패러마운트 영화사에서 준비한 여행이다. 제작 보조원들이 탑승권을 나누어준다. 나는 비행기에 탄다. 그런데 문제가 있다. 다들 속속 비행기에 타는데 존이 보이지 않는다. 존의 탑승권에 무슨 문제라도 있는지 걱정이 된다. 나는 비행기에서 내려 차에서 존을 기다리기로 한다. 내가 차에서 기다리는데 비행기가 한 대씩 차례로 이륙한다. 마침내는 활주로 위에 나 혼자만 남는다. 꿈속에서 가장 먼저 떠오른 감정은 분노다. 존이 나를 두고 혼자 비행기를 타고 가버렸구나. 다음에는 그 분노를 다른 데로 옮긴다. 우리가 같은 비행기에 타도록 패러마운트 사에서 배려해 주지 않았다는 것에.

이 꿈에서 '패러마운트 사'가 뭘 의미하는지는 또 다른 논의가 필요할 텐데, 지금 내가 하는 이야기와 는 무관하다.

그 꿈을 기억에서 더듬다가 〈덴코〉가 떠오른다. 〈덴코〉 시리즈가 진행되면서 일본군 수용소에 붙잡 혀 있던 영국 여자들이 풀려나 싱가포르에서 남편들 과 다시 만나게 되지만, 모두 다 좋기만 한 것은 아니 다. 수용소에 갇혀서 고생한 것이 어느 정도는 남편 탓이라고 생각하는 사람들이 있다. 불합리한 생각일 수도 있지만, 버려졌다고 느끼는 사람도 있다. 나도 활주로 위에 남겨졌을 때 버려진 느낌이 들었나? 존 이 나를 두고 갔다고 화가 났나? 화가 나면서 동시에 내 잘못이라고 느끼는 게 가능한가?

정신의학자라면, 그 질문에 뭐라고 대답할지 알 것 같다.

분노가 죄책감을 유발하고, 또 반대로 죄책감이 분노를 유발하는 잘 알려진 방식에 대해 말하겠지.

그런 해석을 안 믿는 것은 아니지만 나는 그 장면, 샌타모니카 공항 활주로에 동그마니 남겨져 비행기가 한 대씩 이륙하는 모습을 바라보는 장면의 숨은 뜻 이 더욱 궁금하다.

우리는 모두 알았다.

문제는 엘레나가 몰랐다는 거다.

나는 새벽 세 시 반쯤 잠에서 깨어 텔레비전에 MSNBC 방송이 틀어져 있는 걸 본다. 조 스카버러인지 키스 올버맨인지가 어떤 부부를 인터뷰하고 있다. 디트로이트발 로스앤젤레스행 '노스웨스트 327편'(나는 존에게 이 이야기를 들려주려고 편명을 메모해 놓는다) 비행기 탑승객인데 이 비행기에서 '테러 연습'이 이루어졌다고 한다. 사건의 전말은 '아랍인' 남자 열네 명이 비행기가 디트로이트에서 이륙한 뒤에 비행기 화장실 근처에 모여서 한 명씩 안으로 들어갔다 나왔다는 거였다.

텔레비전에서 인터뷰하는 부부는 승무원들과 신호를 주고받았다고 말한다.

비행기는 로스앤젤레스에 착륙했다. 이른바 '아랍인'들은 모두 '비자 만료' 상태였고(그 점을 MSNBC에서는 내가 느끼는 것보다 훨씬 이례적으로 여기는 것 같았다), 억류되었다가 풀려났다. 화면에 나온 부부를 비롯해 모든 사람이 일상으로 돌아갔다. 그러니까 그 일은 '테러 공격'이 아니었던 셈이다. 그래서 '테러 연습'이라고 하는 모양이었다.

꿈속에서 나는 이 일에 대해 존과 이야기를 나눠

야겠다고 생각한다.

그런데 그게 정말 꿈이었을까?

꿈을 감독하는 사람은 누구일까?

꿈을 꾸거나 글을 쓰지 않고는 내가 무슨 생각을 하는지 알아낼 방법이 없는 걸까?

6월에 해가 길어지면, 나는 억지로 저녁 빛이 드는 거실에 나와 저녁을 먹었다. 존이 죽은 뒤에 부엌에서 혼자 밥을 먹는 습관이 들었다(식당은 너무 컸고 거실 테이블은 존이 죽은 자리였기 때문에). 그렇지만 해가 길어지자 존이 내가 저녁 빛을 보길 바랄 거라는 생각이 강하게 들었다. 날이 짧아지기 시작한 다음에는 다시 부엌으로 돌아갔다. 저녁 시간을 집에서 혼자 보낼 때가 많았다. 일해야 한다고 말하곤 했다. 8월에는 실제로 일을 했다. 아니면 일을 하려고 애쓰거나. 하지만 그래서라기보다는 밖에 나가 세상에 나를 노출하고 싶지가 않았다. 어느 날에는 늘 쓰던 접시 대신 금 가고 낡은 스포드 접시를 찬장에서 꺼냈다. 이제는 생산되지 않는 '위커 데일'이라는 세트인데, 대부분 깨지고 이가 나가 몇 개 안 남았다. 작은 빨간색과 파란색 꽃, 담갈색 잎이 가장자리에 그려진 크림색 접시 세트로, 결혼 전 존이 이스트 73번가에 아파트를 세 낼 때 존의 어머니가 주신 것이다. 존의 어머니는 돌아가셨다. 존도 죽었다. 그런데 나한테는 아직도 '위커 데일' 스포드 세트에서 디너 접시 네 개, 샐러드 접시 다섯 개, 버터 접시 세 개, 커피잔 한 개, 찻잔 받침 아홉 개가 있었다. 나는 이 접시들을 다른 어떤 것보다 좋아하게 됐다. 그해 여름 끝 무렵에는 접시를 쓸 일이 있을 때 위커 데일 디너 접시 네 장 가운데 깨끗한 접시가 한 장이라도 있어야 했으므로 식기세척기가 4분의 1밖에 차지 않았는데도 돌리기도 했다.

그 여름 어느 시점에 문득 존한테 받은 편지가 단한 장도 없다는 생각이 들었다. 우리는 떨어져 지낸 적이 거의 없었다. 가끔 우리 둘 중 하나가 기사를 쓰느라 한두 주, 혹은 세 주 정도 출장을 갈 때가 있었다. 1975년에는 한 달 동안 내가 주중에는 버클리에서 학생들을 가르치고 주말에는 PSA를 타고 로스앤젤레스에 있는 집에 오고 하면서 지낸 때가 있었다. 1988년에는 몇 주 동안 존이 『하프』를 쓰기 위해 자료를 수집하러 아일랜드에 가 있고, 나는 캘리포니아에서 대통령 예비 선거를 취재했던 때가 있었다. 이런 때면 우리는 하루에도 몇 통씩 전화 통화를 했다. 전화 요금이 엄청나게 나왔지만, 우리는 우리 생활 방식이 그런 거라고 받아들였다. 호텔비도 많이 들었지만 우리가 퀸타나를 데리고 어딘가로 가서 호텔 스위트룸에서 일하려면 그럴 수밖에 없다고 받아들인 것처럼. 편지는 없지만 이렇게 호텔에서 지낼 때의 기념물은 있었다. 작고 얇고 까만 알람 시계인데, 우리가 영화 대본을 급하게 다시 쓰느라(그 시나리오는 결국 영화화되지는 않았다) 호놀룰루에 있는 호텔에서 지낼 때, 존이 나에게 크리스마스 선물로 준 것이다. 우리는 크리스마스에 선물 대신 소박하고 실용적인 물건들을 사서 트리를 장식할 때가 많았는데, 이때도 그랬다. 이 알람 시계는 존이 죽기 전해에 작동을 멈췄는데 수리할 수가 없었다. 존이 죽은 뒤에는 차마 버릴 수가 없었다. 내 침대 옆 테이블에서 치울 수도 없었다. 같은 해 크리스마스에는 실용적인 선물로 버펄로 컬러 펜 세트도 받았다. 그해 겨울에 나는 펜으로 야자나무를 많이 그렸다. 바람에 흔들리는 야자나무, 잎을 떨구는 야자나무, 12월에 불어오는 코나* 폭풍에 구부러진 야자나무. 버펄로 펜은 오래전에 말라버렸지만, 그것 역시 버릴 수가 없었다.

호놀룰루에서 맞은 새해 전야에는 삶이 어찌나

---

* 하와이에서 겨울에 부는 남서풍을 말한다.

만족스럽게 느껴지는지 잠자리에 들고 싶지 않을 정도였던 기억이 난다. 룸서비스로 우리 셋이 먹을 만새기와 비네그레트 드레싱 마노아 양상추를 주문했다. 작업용으로 쓰던 프린터와 컴퓨터 위에 레이를 걸어 축제 분위기를 냈다. 양초를 구해서 불을 켜고 퀸타나가 포장해서 트리 아래 놓아두었던 테이프를 틀었다. 존은 침대에서 책을 읽다가 열한 시 반쯤에 잠이 들었다. 퀸타나는 구경하러 아래층에 내려갔다. 존이 자는 모습이 보였다. 퀸타나가 혼자 있다고 걱정하지는 않았다. 퀸타나는 이 호텔에서 여섯 살, 일곱 살 때부터 아래층에 놀러 가곤 했으니까(혼자 갈 때도 있고, 우리가 호놀룰루에서 일할 때 종종 퀸타나를 따라오곤 했던 수전 트레일러와 같이 갈 때도 있었다). 나는 와이알레 컨트리클럽 골프 코스가 보이는 발코니에 앉아 저녁때 먹고 남은 와인을 비우며, 호놀룰루 전역에서 사람들이 쏘아 올리는 불꽃을 구경했다.

존이 준 마지막 선물이 기억난다. 2003년 12월 5일 내 생일이었다. 그날 오전 열 시부터 뉴욕에 눈이 내리기 시작해서 저녁이 되자 18센티미터까지 쌓였고, 일기예보에서 앞으로 15센티미터가 더 내린다고 했다. 길 건너 세인트 제임스 교회 슬레이트 지붕에서 눈이 눈사태처럼 쏟아졌다. 퀸타나와 제리와 레스토랑에서 만나기로 약속이 되어있었지만 취소했다. 저녁 식사 전에 존이 거실 난롯가에 앉아서 나에게 책을 읽어주었다. 내가 쓴 소설, 『기도의 책』이었다. 존이 어떤 부분이 기법적으로 어떻게 작동하는지 본다며 그 책을 다시 읽고 있었기 때문에 마침 그 책이 거실에 있었다. 존이 읽은 부분은 샬럿 더글러스의 남편 레너드가 화자인 그레이스 스트래서-멘다나를 찾아와, 그레이스 가족이 다스리는 지역에서 일어나는 일의 끝이 좋지 않을 것이라고 말하는 대목이었다. 인물의 행위 때문에 장면이 중간에 끊어지기도 하고 독자는 레너드 더글러스와 그레이스 스트래서-멘다나가 나누는 대화 저변에 깔린 의미를 읽어야 하는 상당히 복잡한 부분이다(존이 기법적으로 어떻게 작동하는지 보겠다고 다시 읽으려 한 바로 그 부분이었다). "세상에." 존이 책을 덮으며 말했다. "다시는 당신이 글 못 쓴다는 말 하지 마. 이게 내가 당신한테 주는 생일 선물이야."

눈에 눈물이 핑 돌았던 기억이 난다.

지금도 마찬가지다.

돌이켜 보니, 그게 징조이자 나에게 보내는 메시지였다. 때 이른 폭설, 누구도 줄 수 없는 생일 선물.

존이 살날이 25일 남았을 때였다.

14

여름에 어느 순간, 내가 취약하고 불안정하게 느껴진 순간이 있었다. 샌들을 신고 걷다가 인도에서 발이 걸리면 넘어지지 않으려고 몇 발 앞으로 허우적대겠지. 만약 그 정도가 아니라면? 만약 내가 넘어진다면? 어디가 부러질까, 누가 내 다리에 피가 흐르는 걸 보고 택시를 잡아서 응급실에 데려가 줄까? 내가 퇴원하고 집에 돌아온 다음에 누가 곁에 있어 줄까?

나는 샌들을 신지 않기로 했다. 푸마 운동화를 두 켤레 사서 그것만 신었다.

밤새 불을 켜놓기 시작했다. 집이 캄캄하면 밤중에 일어나서 메모할 수도, 책을 찾을 수도, 레인지 불을 껐는지 확인할 수도 없었다. 집이 캄캄하면 나는 꼼짝 못 하고 누워 집 안에서 일어날 수 있는 온갖

위기 상황을 머리에 그려볼 것이다. 책꽂이에서 책이 쏟아져 내 머리 위로 떨어진다든가, 현관에 있는 러그를 밟고 넘어진다든가, 세탁기 호스에서 물이 새서 캄캄한 부엌이 물바다가 된다든가, 레인지 불이 꺼졌나 확인하러 부엌 불을 켰다가 바닥에 흥건한 물 때문에 감전된다든가. 이런 생각이 그저 조심성이라고 할 수 없다는 사실을, 어느 날 오후 아는 사이인 젊은 작가가 우리 집에 찾아와 나에 관한 인물 스케치를 써도 되겠냐고 물었을 때 알았다. 나는 너무 빨리 그건 안 된다고 대답했다. 나는 글로 쓸 만한 상태가 아니라고. 나는 허둥대며, 다시 균형을 잡으려고, 넘어지지 않으려고 하며 그 점을 계속 강조하고 있었다.

나중에 그 일에 대해 다시 생각해 봤다.

그때는 내가 세상에 일관성 있는 모습을 비칠 수 있을 것 같지 않다는 생각이 들었다.

며칠 뒤에 집에 널려 있는 잡지 《디덜러스》를 정리해서 쌓았다. 그때는 잡지를 쌓는 일이 내 주변을 정돈하기 위해 내가 할 수 있는 최대치로 느껴졌다. 내 한계를 넘지 않으려고 조심하면서 《디덜러스》 한 부를 펼쳤다. 록사나 로빈슨이 쓴 「눈먼 남자」라는 단편이 실려 있었다. 그 이야기에는 밤중에 빗속에서 차를 몰고 강의하러 가는 한 남자가 등장한다. 독자는 위험의 조짐을 감지한다. 남자는 자기가 무슨 주제로 강의하기로 되어있는지 순간 기억을 못 하고, 달려오는 SUV의 존재를 인지하지 못한 채 소형 렌터카를 추월 차선으로 몰고 들어간다. 무언가 좋지 않은 일이 일어난 듯한 '줄리엣'이라는 어떤 인물도 언급된다. 독자는 점차 줄리엣이 남자의 딸이며, 대학에서 정학당하고 재활시설에 들어갔다가 시골에서 부모와 여동생과 함께 몇 주 요양하면서 건강을 회복한 다음, 처음으로 혼자 있게 된 날 코카인을 과용해서 뇌 동맥이 터져 죽었다는 사실을 알게 된다.

이 이야기에 마음을 심란하게 하는 지점이 몇 가지 있었는데(특히 딸의 뇌에서 동맥이 터졌다는 부분), 아버지가 취약하고 불안정하게 그려졌다는 사실도 그랬다. 그 아버지는 나였다.

사실 나는 록사나 로빈슨을 조금 안다. 전화를 걸어볼까, 하는 생각을 해본다. 내가 이제 막 조금 알 것 같은 무언가를 록사나는 안다. 그렇지만 전화를 거는 건 너무 뜻밖이고 경우 없는 일이 될 거다. 록사나는 딱 한 번, 루프탑 칵테일파티에서 만난 사이일 뿐이다. 대신 내가 아는 사람 중에서 남편이나 아내나 아이를 잃은 사람을 생각해 본다. 특히 상을 당하고 한두 해 안에 예기치 않게—거리에서, 어떤 장소에 갔다가— 맞닥뜨렸을 때 어떻게 보였는지를 생각한다. 하나같이 헐벗은 상태로 노출된 것 같다는 느낌이었다.

얼마나 취약했을지, 이제 알 것 같다.

얼마나 불안정했을지.

《디덜러스》 다른 호를 펼친다. '행복'을 주제로 다룬 호였다. 오리건대학교 로버트 비스워스-디너와 어바나 샴페인 일리노이 주립대학교의 에드 디너, 마야 테이머가 같이 쓴 글이었는데, '조사 결과에 따르면 사람들은 살면서 마주하는 좋거나 나쁜 다양한 일에 두 달이면 적응할 수 있지만, 어떤 일에는 더디게 적응하거나 영영 적응하지 못하기도 한다'라고 쓰여 있었다. 실직이 그런 일 가운데 하나였다. 저자들은 이렇게 덧붙였다. '또한, 보통 과부는 남편이 죽고 난 다음 이전만큼의 삶의 만족도를 회복하려면 여러 해가 걸린다는 사실이 확인되었다.'

나는 '보통 과부'일까? 내 '이전만큼의 삶의 만족도'는 어떠했을까?

정기검진을 받으러 병원에 간다. 의사가 어떻게 지내느냐고 묻는다. 진료실에서 들으리라고 예상 못 했던 질문은 아닐 것이다. 그런데도 나는 느닷없이 눈물을 쏟는다. 이 의사는 친구다. 존과 내가 이 사람

결혼식에도 갔다. 우리가 브렌트우드 파크에 살 때 길 건너에 살던 친구의 딸과 결혼했다. 결혼식도 그 집 자카란다 나무 아래에서 했다. 의사 친구는 존이 죽고 난 직후에 우리 집에 들르곤 했다. 퀸타나가 베스 이즈리얼 노스에 있을 때는 일요일 오후에 나와 같이 병원에 가서 담당 의사들과 이야기를 나누었다. 그의 직장인 컬럼비아-프레즈비티리언에 퀸타나가 입원했을 때는 자기 담당 환자가 아닌데도 날마다 들러서 퀸타나를 살폈다. 퀸타나가 UCLA에 있을 때도 마침 캘리포니아에 온 김에 일부러 오후에 시간을 내, 신경과 병동에 와서 그곳 의사들과 이야기를 나누었다. 그 의사들에게 들은 이야기, 또 컬럼비아에 있는 신경과 의사들에게 들은 이야기를 전부 나에게 설명해 주었다. 친절하고, 든든하고, 기운을 북돋워 주는 진정한 친구였다. 그런데 그에 보답으로, 나는 어떻게 지내냐는 질문에 울음을 터뜨리고 말았다.

"이 일에 좋은 면이 보이질 않아." 내가 변명하듯 이렇게 말했다.

나중에 의사는 존이 그 자리에 있었다면 재미있는 말이라고 했을 거라며, 자기도 그때 그렇게 느꼈다고 했다. "물론 무슨 뜻으로 하신 말인지는 알았죠. 존도 알았을 거고요. 터널의 끝이 안 보인다는 뜻이었잖아요."

나는 그랬다고 했지만, 사실 그런 뜻은 아니었다.

내가 하려던 말은 그 말 그대로였다. 그 일에서 좋은 면이 보이지 않는다는 말.

두 문장의 차이를 생각해 보다가, 내가 자신을 어떤 상황에서든 좋은 면을 찾아낼 수 있는 사람으로 생각하고 있었음을 깨달았다. 나는 유행가의 논리를 믿었다. 나는 반짝이는 희망을 찾았다. 폭풍 속에서도 계속 걸었다. 이런 가사가 나오는 노래는 사실 우리 세대의 노래도 아니다. 우리 세대보다 한두 세대 전의 노래고 그때의 논리였다. 우리 세대의 노래는 레스 폴과 메리 포드의 〈하우 하이 더 문(How High the Moon)〉인데, 논리가 전혀 다르다. 나만의 독창적인 생각은 아니지만 나로서는 처음 하는 생각으로 또 이런 생각이 들었다. 나 이전 세대 노래의 논리는 자기 연민을 바탕으로 한다는 생각이었다. 반짝이는 희망을 찾았다는 노래의 가수는 가는 길에 구름이 드리워졌다고 믿는다. 폭풍 속에서도 계속 걸어 나갔다는 노래의 가수는 그러지 않으면 폭풍 때문에 쓰러지리라고 생각한다.

나는 평생 내가 운이 좋다고 스스로 생각해 왔다. 그러고 보니, 지금에 와서 내가 불운하다고 생각할 권리가 없다는 생각이 든다는 문제가 있었다.

그런 생각으로 내가 자기 연민에 빠지지 않고 통제하고 있다고 생각했다.

정말 그렇게 믿었다.

나중에야 이런 의문이 들었다. '운'이 대체 이 일과 무슨 상관이 있나? 내 삶의 이력을 돌이켜 보아도 '행운'이라고 할 만한 사례를 찾아낼 수가 없었다. ("운이 좋네요." 치료할 수 있는 이상이 정기 검진에서 발견되었을 때, 내가 의사에게 이렇게 말했다. 치료하지 않고 내버려 두었다면 해결하기 어려운 문제로 발전할 수도 있었다. 의사는 이렇게 말했다. "나라면 운 때문이라고는 안 하겠어요. 계획 덕분이라고 할까요.") 나는 또 존이 죽고 퀸타나가 아팠던 게 '불운' 때문이라고 생각하지도 않았다. 퀸타나가 웨스트레이크 여학교에 다닐 때, 나쁜 일이 불균등하게 분배된다는 이야기를 한 적이 있다. 9학년 때 퀸타나는 요세미티 국립공원 휴양지에 갔다가 돌아와서 스티븐 삼촌이 자살했다는 사실을 알게 되었다. 11학년 때는 수전네 집에서 자다가 새벽 여섯 시 반에 도미니크가 살해당했다는 사실을 알게 되었다. "우리 학교 애들은 주변에서 누가 죽었다는 애가 거의 없어." 퀸타나가 말했다. "그런데 나는 여기 다니는 동안 우리 집에서 살인과 자살이 일어났잖아."

"결국에는 다 균일해져." 존이 말했다. 나는 당혹스러웠지만(대체 무슨 뜻으로 하는 소리일까, 그런 말밖에는 할 수 없는 걸까?) 퀸타나는 그 대답에 만족하는 듯했다.

몇 해 뒤, 수전의 어머니와 아버지가 한두 해 안에 연달아 세상을 떴다. 수전이 나에게, 존이 퀸타나한테 결국은 다 균일해진다고 말했던 것 기억나냐고 물었다. 나는 기억한다고 했다.

"아저씨 말이 맞았어요." 수전이 말했다. "그렇게 됐어요."

나는 충격을 받았다. 나는 한 번도 존의 말을 마침내 우리 모두에게 나쁜 일이 일어날 것이라는 뜻으로 생각하지 않았다. 수전이나 퀸타나가 잘못 이해한 게 틀림없었다. 나는 수전에게, 존이 한 말은 전혀 그런 뜻이 아니었다고, 나쁜 일이 일어난 사람에게 나중에는 좋은 일도 일어날 거라는 뜻이었다고 설명했다.

"내 말은 그런 뜻이 아니었어." 존이 말했다.

"아저씨가 무슨 뜻으로 한 말인지 저도 알았어요." 수전이 말했다.

나는 아무것도 이해 못 했던 걸까?

'운'이라는 문제를 생각해 보자.

나는 '불운' 때문에 존이 죽고 퀸타나가 아팠던 건 아니라고 생각했을 뿐 아니라, 사실 그 반대로 생각했다. 나는 내가 그 일을 막을 수 있었어야 했다고 생각했다. 샌타모니카 활주로 위에 혼자 남겨지는 꿈을 꾼 뒤에야 내 의식 한편에 내 탓이 아니라는 생각도 있음을 깨달았다. 존과 퀸타나 탓이라는 생각이 있었던 거다. 생각의 큰 변화이긴 하나, 그런 생각이 나를 내가 가야 할 곳에 데려가 주지는 않았다. **제발 한 번만 그냥 좀 내버려 둬.**

15

존이 죽고 몇 달이 흐른 뒤 2004년 초 늦겨울, 퀸타나가 베스 이즈리얼과 프레즈비티리언을 거쳐 퇴원한 뒤에,《뉴욕 리뷰 오브 북스》의 로버트 실버스가 민주당과 공화당 여름 전당대회 취재단 명단에 이름을 올리겠느냐고 나에게 물었다. 나는 날짜를 봤다. 민주당 전당대회는 7월 말 보스턴에서 진행하고, 공화당 전당대회는 노동절* 전주 뉴욕에서 진행될 예정이었다. 나는 좋다고 했다. 그때는 그게 정상적인 생활로 돌아가겠다는 약속처럼 느껴졌다. 게다가 지금 당장 그럴 필요는 없고 한두 계절 뒤에, 봄을 맞고 여름을 지내고 가을이 가까워졌을 때 그러면 됐다.

---

* 미국의 노동절은 9월 첫 번째 월요일이다.

봄이 찾아왔다가 지나갔다. UCLA에서 대부분 시간을 보냈다.

7월 중순에 퀸타나가 러스크 병원에서 퇴원했다.

열흘 뒤에 나는 민주당 전당대회를 취재하러 보스턴으로 갔다. 그 무렵 느끼기 시작한 취약함이 보스턴까지 나를 따라오리라고는 예상하지 못했다. 보스턴은 위험한 연상작용을 일으킬 가능성이 없는 도시라고 생각했다. 퀸타나와 같이 보스턴에 온 것은 북 투어 때 딱 한 번뿐이었다. 리츠 호텔에 묵었다. 북 투어 여정에서 퀸타나가 가장 마음에 들어 한 도시는 댈러스였고, 보스턴은 '온통 하얗다'라고 평했다. 말리부 집으로 돌아와서 퀸타나가 여행 감상을 이렇게 이야기하자 수전 트레일러의 어머니가 물었다. "보스턴에서는 흑인을 별로 못 봤다는 말이니?" "아뇨." 퀸타나가 대답했다. "그냥 색이 별로 없다는 말이에요." 최근에 몇 번 보스턴에 갈 일이 있을 때는 나 혼자 갔고, 마지막 비행기를 타고 뉴욕에 돌아갈 수 있게 하루 일정을 짰다. 존하고 같이 갔던 적은 내 기억에 딱 한 번인데, 영화 〈고백〉 시사회 때였다. 그때 일 가운데 기억나는 것은 리츠에서 점심을 먹고 존과 같이 브룩스 브라더스까지 걸어가 셔츠를 찾았던 것과 시사회를 마친 후 반응을 종합한 결과 실망

스러운 상업적 전망이 나왔던 일뿐이다. 시장 조사 전문가가 〈고백〉은 16년 넘게 교육받은 성인들이나 좋아할 법한 영화라고 했다.

나는 리츠 호텔에는 묵지 않을 생각이었다.

브룩스 브라더스에 갈 일도 없었다.

시장 조사 전문가가 안 좋은 소리를 한 대도, 나하고는 상관없는 일이었다.

그런데도 위기가 닥칠 수 있다는 걸, 전당대회 개회에 맞춰 플리트 센터로 걸어가다가 갑자기 눈물이 솟기 전에는 미처 생각하지 못했다. 민주당 전당대회 첫날은 2004년 7월 26일이었다. 그런데 퀸타나의 결혼식날이 2003년 7월 26일이었다. 보안 검색대에서 줄을 설 때도, 프레스 센터에서 보도자료를 집어 들 때도, 내 자리를 찾아가서 국민의례를 할 때도, 플리트 센터 안에 있는 맥도날드에서 햄버거를 사서 바리케이드가 쳐진 계단 가장 아래 칸에 앉아 먹을 때도, 1년 전 기억이 불쑥불쑥 솟았다. '다른 세상에서'라는 문구가 계속 내 머릿속을 맴돌았다. 퀸타나가 거실 햇빛 속에 앉아 머리카락을 땋았다. 존이 타이 두 개를 보여주며 어떤 게 더 좋냐고 물었다. 대성당 밖 잔디밭에서 꽃 상자를 열고 레이에서 물기를 털었다. 존이 건배사를 하고 퀸타나가 케이크를 잘랐다. 좋은 날, 흥겨운 파티, 투명하게 보이는 퀸타나의 행복감에 존이 기뻐했다. "하루 더 사는 것보다 더." 존이 퀸타나의 손을 잡고 제단으로 걸어가기 전에 이렇게 속삭였다.

"하루 더 사는 것보다 더." 존은 베스 이즈리얼 노스 집중 치료실에서 퀸타나를 보았던 닷새 동안 밤낮으로 이렇게 속삭였다.

"하루 더 사는 것보다 더." 그 뒤 존이 없는 동안에는 내가 퀸타나에게 날마다 이렇게 속삭였다.

아빠가 나한테 했던 말처럼, 퀸타나는 장례식을 치르던 날 세인트 존 더 디바인 대성당에 검은 상복을 입고 서서 이렇게 말했다.

지금 당장 플리트 센터에서 나가야만 한다는 생각이 압도적으로 나를 사로잡았던 기억이 난다. 나는 공황을 경험한 적이 거의 없는데, 그때는 공황이 다가오는 걸 알 수 있었다. 이게 히치콕 영화의 한 장면이라고 생각하면서 마음을 가라앉히려고 했다. 한 장면 한 장면 공포를 불러일으키게끔 계획되었지만 실은 만들어진 것이고 게임에 지나지 않는 것이라고. 내 자리에서 가까운 곳에 풍선 쏟기 이벤트용으로 풍선을 담아놓은 그물이 있었다. 위쪽 통로에서 그림자 같은 형체가 움직였다. 귀빈석 위쪽 환기구에서 수증기인지 연기인지가 흘러나왔다. 내 자리에서 빠져나온 뒤에 보니 어디로도 이어지지 않는 듯한 텅 빈 복도가 펼쳐져 있었는데, 벽은 기울어지고 일그러져 보였다(내가 보고 있는 히치콕 영화가 〈스펠바운드〉인 모양이었다). 작동하지 않는 에스컬레이터가 있었다. 버튼을 눌러도 꿈쩍 않는 엘리베이터가 있었다. 아래층으로 어찌어찌 내려와 보니 노스 역 선로로 열리는 유리 벽(이것도 기울어지고 일그러져 보였다)은 잠겼고, 그 너머에 텅 빈 통근 열차가 멈춰 서 있었다.

나는 플리트 센터에서 빠져나왔다.

그날 전당대회 끝부분은 파커 하우스 호텔 내 방에서 텔레비전으로 봤다. 전날 이 방에 들어왔을 때 데자뷔 현상 같은 게 느껴졌는데 머리에서 지워버렸었다. 지금 C-SPAN*을 보면서 에어컨이 저절로 꺼졌다 켜졌다 하는 소리를 듣고 있자니 이제야 기억났다. 나는 버클리 캘리포니아 주립대학교 3학년에서 4학년으로 올라가기 전 방학에 파커 하우스에서 며칠 투숙한 적이 있었다. 《마드무아젤》 잡지에서 진행하는 대학생 대상 프로그램에 참여하러 뉴욕에 갔다가 (대학생들을 선발해서 뉴욕으로 초대하는 '초빙 편집자'라는

---

*   비영리 공공방송국으로, 상·하원 회의와 정부 청문회 등을 중계한다.

프로그램이 있었는데, 실비아 플라스의 『벨 자』에 그 경험이 묘사되어 유명해졌다), 보스턴과 퀘벡을 거쳐 캘리포니아로 돌아가는 '교육적' 여정을 따라가고 있었다. 우리 어머니가 꿈꾸듯이 짜놓은 일정이었다. 1955년에도 에어컨이 저절로 꺼졌다 켜졌다 했다. 오후까지 늦잠을 잤는데, 기분이 무척이나 끔찍했던 기억이다. 그러고는 지하철을 타고 케임브리지에 가서 정처 없이 돌아다니다가 다시 지하철을 타고 돌아왔던 기억이 났다.

1955년의 기억이 일부분만(들쭉날쭉하다거나 '흐리하다'라고도 할 수 있을 것이다) 파편처럼 생각나서(내가 케임브리지에 가서 무얼 했을까? 대체 거기에서 무얼 할 수 있었을까?) 기억을 붙들고 있기가 어려웠지만, 그래도 1955년 여름을 생각하는 동안은 존이나 퀸타나 생각을 하지 않을 수 있었기 때문에 계속 기억을 더듬었다.

1955년 여름에 나는 뉴욕에서 보스턴까지 기차를 타고 갔다.

1955년 여름에 보스턴에서, 또 기차를 타고 퀘벡까지 갔다. 샤토 프롱트나크 호텔에 묵었는데, 그 방에는 욕조가 없었다.

엄마들은 보통 자기가 꿈꾸던 여정을 딸에게 강

요하곤 하나?

나도 그랬나?

생각이 위험한 쪽으로 가려 했다.

나는 더 멀리, 1955년 이전으로 가려고 해보았다. 새크라멘토 시절로 가서 고등학교 때 크리스마스 댄스파티를 생각했다. 그 기억은 안전할 것 같았다. 우리가 다닥다닥 붙어 춤을 추던 걸 생각했다. 춤을 추고 나서 강으로 갔던 걸 생각했다. 집으로 돌아가려는데 제방이 안개로 자욱이 덮였던 걸 생각했다.

제방 위의 안개에 생각을 집중하면서 잠이 들었다.

새벽 네 시에 깼다. 제방에 안개가 끼면 차선이 안 보이기 때문에, 누군가가 앞장서서 걸어가며 운전자를 인도해야 한다. 그런데 유감스럽게도, 안개가 너무 짙어서 내가 차 앞에서 걸어야 했던 때가 그때 말고 또 있었다.

팔로스 버디스 반도에 있던 집.

생후 3일 된 퀸타나를 데리고 갔던 집.

하버 고속도로에서 빠져나와 산페드로를 통과해 해변도로를 달리다가 안개를 만났다.

나는 차에서 내려서 차선 위를 걸어야 했다.

그 차를 운전하는 사람은 존이었다.

나는 공황이 닥칠 때까지 그냥 앉아서 기다리지

않았다. 택시를 타고 로건 공항으로 갔다. 델타 항공 셔틀 탑승장 바깥쪽 스타벅스에서 커피를 사면서 빨간색-흰색-파란색 반짝이 술로 만든 장식용 화환에 눈길을 주지 않으려고 애썼다. 전당대회를 맞아 축제 분위기를 내려고 한 장식일 테지만, 열대 지방의 크리스마스처럼 쓸쓸하게 반짝이고 있었다. 멜레 칼리키마카(Mele Kalikimaka). 하와이어로 메리 크리스마스라는 말이다. 버릴 수가 없는 검은색 알람 시계. 버릴 수가 없는 말라버린 버펄로 펜. 라과디아 공항으로 돌아가는 비행기에서, 내가 지금까지 본 지극히 아름다운 것은 모두 비행기에서 보았다는 생각이 들었다. 미국 서부가 펼쳐지는 모습. 극지를 가로지르는 북극 항로로 갈 때 바다 위의 섬들이 조금씩 육지 위 호수로 바뀌던 것. 아침에 보는 그리스와 키프로스 사이 바다. 밀라노로 가는 길에 보이는 알프스산맥. 이 모든 것을 존과 같이 보았다.

내가 존 없이 어떻게 다시 파리에 갈 수 있을까, 어떻게 밀라노, 호놀룰루, 보고타에 갈 수 있을까?

보스턴조차 갈 수가 없는데.

민주당 전당대회 한두 주 전에 《뉴욕 타임스》의 데니

스 오버바이가 스티븐 W. 호킹에 관한 기사를 썼다. 《뉴욕 타임스》에 따르면, 호킹 박사가 더블린에서 열린 학회에서 블랙홀이 삼킨 정보는 결코 되찾을 수 없다고 했던 30년 전 자신의 주장은 틀렸다고 말했다고 한다. 이러한 생각의 변화는 '과학에 지대한 영향'을 미쳤다고 《타임스》는 말했다. '호킹 박사의 최초 주장은 현대 물리학의 기조에 어긋나기 때문이다. 그 기조란 시간을 되돌릴 수 있다는 것, 즉 마치 영화 필름을 뒤로 감듯이 자동차 두 대가 충돌하거나 죽은 별이 블랙홀로 붕괴한 사건 등을 재구성할 수 있다는 것이다.'

나는 이 기사를 오려서 보스턴에 가지고 갔다.

이 기사에서 어떤 부분이 절절하게 와닿았는데, 그게 어떤 부분인지는 몰랐다가 한 달 뒤에야 알았다. 매디슨 스퀘어 가든에서 열린 공화당 전당대회 첫날 오후였다. 나는 타워 C 에스컬레이터에 타고 있었다. 이 건물에서 이 에스컬레이터를 마지막으로 탔던 때는, 11월에 존과 같이 왔을 때였다. 우리가 파리로 가기 전날 밤이었다. 우리는 데이비드와 진 핼버스탬 부부와 같이 레이커스 대 닉스 경기를 보러갔다. 데이비드가 NBA 커미셔너인 데이비드 스턴을 통해 표를 얻었다. 레이커스가 이겼다. 에스컬레이터 위

유리 지붕에 빗줄기가 줄줄 흐르고 있었다. "행운의 징표, 좋은 징조, 여행을 시작하는 좋은 방법이야." 존이 말했던 기억이 난다. 좋은 좌석이나 레이커스의 승리나 비를 두고 한 말이 아니라, 우리가 평소에 안 하던 일을 했다는 이야기였다. 존이 자주 입에 올리는 주제였다. 우리는 재미있게 살질 않아, 그즈음 존은 그런 말을 자주 했다. 나는 반박했지만(우리 이런 것도 하고 저런 것도 했잖아) 존이 무슨 뜻으로 한 말인지는 알았다. 당연히 해야 하는 일이나 늘 하는 일, 또는 타인의 기대 때문에 하는 일이 아니라, 그저 하고 싶어서 하는 일을 해야 한다는 말이었다. 존은 욕구를 말하는 거였다. 산다는 것을 말하는 거였다.

파리 여행을 갈지 말지를 두고 싸웠었다.

존이 이번에 안 가면 다시는 파리를 보지 못할 테니 가야 한다고 했던 여행이었다.

나는 여전히 타워 C 에스컬레이터 위에 있었다.

또 다른 소용돌이가 다가오고 있었다.

내가 그전에 마지막으로 매디슨 스퀘어 가든에서 전당대회를 취재했던 때는 1992년 민주당 전당대회 때였다.

존은 내가 일을 마치고 열한 시쯤 업타운으로 올 때까지 기다렸다가 나와 같이 저녁을 먹었다. 우리는 그 무더운 7월 밤에 코코 파초까지 걸어가 예약 없이 작은 바 테이블에 앉아, 파스타와 샐러드를 시켜 나누어 먹었다. 늦은 저녁을 먹는 동안 전당대회 이야기를 하지는 않았던 것 같다. 전당대회가 시작되기 전, 어느 일요일 오후에는 존을 구슬려 루이스 파라칸(Louis Farrakhan)* 관련 행사에 끌고 갔다. 결국 행사는 열리지 않았다. 이렇게 즉흥적으로 일정을 만들고 125번가에서 다운타운까지 걸어가고 하다 보니, 1992년 민주당 전당대회에 대한 존의 인내심은 바닥에 달하고 있었다.

그런데도.

존은 매일 밤 나하고 같이 저녁을 먹으려고 기다려 줬다.

타워 C 에스컬레이터에서 이 모든 것을 생각했고, 갑자기 한 가지 사실을 깨달았다. 이 에스컬레이터 위에 있던 1, 2분 동안 나는 2003년 11월 파리로 떠나기 전날 밤과 1992년 7월에 코코 파초에서 늦은 저녁을 먹은 일, 그리고 끝내 열리지 않았던 루이스 파라칸의 행사를 기다리느라 125번 가에서 보낸 오후의 일들을 생각했다. 에스컬레이터에 서서 그런 나

---

*   미국 흑인 이슬람 지도자이자, 흑인 우월주의자였다.

날들을 생각하면서도, 결과를 바꿀 수 있다는 생각은 한 번도 하지 않았다. 2003년 마지막 날의 아침, 존이 죽은 다음 날 아침 이래 내내, 나는 영화 필름을 거꾸로 감듯이 시간을 돌이키려고 시도했었다.

여덟 달이 지난 지금, 2004년 8월 30일에도, 나는 여전히 그러고 있었다.

그런데 달라진 점이 있었다. 여덟 달 동안은 다른 테이프로 갈아끼려고 했었다. 지금은 충돌을, 죽은 별의 붕괴를 재구성하려고 애쓸 뿐이었다.

16

아까 말했듯, 나는 존이 우리가 재미있게 살지를 않는다고 한 말이 무슨 뜻인지 알았다.

존이 한 말은 우리가 1980년 12월 인도네시아에서 만난 조와 거트루드 블랙 부부와 관련이 있었다. 우리는 미국 공보국 주관으로 인도네시아에서 강연하고 그곳 작가와 학자들을 만났다. 그러던 어느 날 오전, 요그야카르타에 있는 가자마다대학교 강의실에 블랙 부부가 나타났다. 미국인인 블랙 부부는 여러모로 낯선 열대 자바섬 중앙 지역에 잘 적응해서 사는 듯 보였다. 표정이 밝고 얼굴에서 빛이 났다. "I. A. 리처즈(Ivor Armstrong Richards) 씨의 비평 이론에 대해 어떻게 생각하세요?" 그날 한 학생이 이렇게 질문했던 기억이 난다. 조 블랙은 50대였고, 거트루드는 남편보다 한두 살 어린 듯했으나 그래도 50 대일 것 같았다. 조는 록펠러 재단에서 퇴직하고 요그야카르타로 와서 가자마다대학교에서 정치학을 가르쳤다. 그는 유타주에서 성장했다. 젊을 때는 존 포드 감독의 〈아파치 요새〉에 엑스트라로 출연한 적이 있었다. 조와 거트루드는 자녀가 넷이고, 그중 하나는 1960년대 문화에 큰 영향을 받았다고 했다. 우리가 블랙 부부와 이야기를 나눈 건 가자마다대학교에서, 그리고 공항으로 우리를 배웅 나왔을 때, 이렇게 두 번뿐이었다. 그런데 두 번 다, 마치 우리끼리만 어딘가 섬에 난파된 것처럼 희한하게 스스럼없이 대화할 수 있었다. 그 뒤 존은 조와 거트루드 블랙 이야기를 종종 했다. 매번 본보기처럼, 최고의 미국인 표본이라는 듯 거론했다. 그들의 개인적 삶이 존에게 무언가 말하는 바가 있었다. 존이 원하는 삶의 모델이었다. 존이 죽기 며칠 전에 또 그 사람들 이야기를 한 적도 있고 해서, 나는 존의 컴퓨터에서 그 이름을 검색해 봤다. 존이 구상 중인 책 아이디어를 적어놓는 'AAA 무작위적 생각'이라는 파일에 그 부부의 이름이 있었다. 부부의 이름 아래 적힌 문구는 수수께끼 같았다. '조와 거트루드 블랙: 서비스의 개념.'

나는 그 말도 무슨 뜻인지 알았다.

존은 조와 거트루드 블랙 부부처럼 되고 싶었다. 나도 그랬다. 그렇지만 그렇게 되지 못했다. 오늘 아침 크로스 워드 퍼즐 힌트 가운데 '헛되이 보내다'라는 것이 있었다. 이 말이 정의하는 단어는 다섯 글자짜리 단어, 'waste(낭비하다)'였다. 우리는 삶을 낭비하고 만 걸까? 존은 그렇게 생각했던 걸까?

왜 나는 우리가 재미있게 살지 않았다는 존의 말에 귀 기울이지 않았을까?

왜 우리 삶을 바꾸어 보려고 나서지 않았을까?

'AAA 무작위적 생각'이라는 파일의 마지막 수정 날짜는 2003년 12월 30일 오후 1시 8분이었다. 존이 죽은 날이고, 내가 "어떻게 '독감'이 온몸에 퍼지는 감염으로 발전할 수 있나?"라는 질문으로 끝나는 파일을 저장한 시각으로부터 6분 뒤였다. 존은 자기 작업실에, 나는 내 작업실에 있었다. 이러한 생각의 흐름을 멈출 수가 없다. 우리는 같이 있었어야 했다. 꼭 자바섬의 강의실에서가 아니더라도(그 시나리오를 그대로 실천할 수 있으리라고 생각하기에는 내가 우리 자신을 너무 잘 안다. 존이 반드시 자바섬에 있는 강의실을 의미했던 것도 아니고) 함께 있었어야 했다는 말이다. 'AAA 무작위적 생각'이라는 파일의 분량은 80쪽이었다. 그날 오후 1시 8분, 마지막으로 저장하기 전에 존이

더하거나 수정한 것은 무엇이었을지 나로서는 알 방
법이 없다.

17

비애는 그곳에 다다르기 전에는 아무도 알 수 없는 장소였다. 우리는 가까운 사람이 죽을 수 있다는 걸 예상하지만(알지만), 상상한 죽음 직후 며칠이나 몇 주가 지난 다음의 삶이 어떠할지는 생각하지 않는다. 사실 그 며칠이나 몇 주도 생각했던 것과는 다르다. 죽음이 급작스레 닥친다면 충격을 받으리라고 예상은 하지만, 이 충격이 육체와 정신을 완전히 무너뜨리고 혼란에 빠뜨리리라는 건 모른다. 탈진하고 슬픔에 잠기고 미칠 것 같은 심정이 되리라고는 예상한다. 우리는 실제로 미쳐 버릴 것으로는 예상치 않는다. 남편이 곧 돌아올 테니 그의 구두가 필요하다고 믿는 침착한 고객이 되리라고는 생각하지 못한다. 우리가 상상하는 비애는 '치유'가 기본형이다. 앞으로 나아가

는 움직임이 지배적이리라고, 최악의 순간은 처음 며
칠뿐이리라고 생각한다. 가장 힘든 순간은 장례식이
고, 이후에는 치유 과정이 시작될 것으로 믿는다. 장
례식을 앞두었을 때는 '버틸' 수 있을지, 상황에 잘 대
처할 수 있을지, 죽음을 대하는 올바른 자세라고 다
들 말하는 '의연함'을 보여줄 수 있을지 걱정한다. 그
일에 대비해 마음을 굳게 다져야 한다고 생각한다.
내가 조문객을 맞이할 수 있을까, 내가 그 자리를 떠
날 수 있을까, 내가 그날 옷을 챙겨입을 수나 있을까?
그런 건 문제가 되지 않으리란 걸, 겪어보기 전에는
모른다. 장례식이 일종의 진통제가 되리란 것, 다른
사람들의 돌봄 속에서 행사의 엄숙함과 의미에 파묻
혀 있을 수 있는 일종의 마약성 퇴행이 되리란 걸 모
른다. 그뿐만 아니라, 그 이후에 끊임없이 찾아오는
한없는 결핍, 공허, 의미의 부정, 무의미를 경험할 수
밖에 없는 순간의 연속(이게 상상한 비애와 실제 비애의
핵심적인 차이다)도 겪기 전에는 알 수 없다.

어릴 때 나는 무의미라는 개념에 골몰하곤 했다. 그
때는 그게 세상에 존재할 수 있는 가장 부정적인 점
이라고 생각했다. 사람들이 흔히 의미를 구하는 곳에

서 몇 해 동안 의미를 발견하지 못하고 헤매다가 나는 지질학에서 의미를 찾을 수 있다는 걸 알게 되었다. 그러다 보니 성공회 기도문에서도 어떤 의미를 찾을 수 있었다. 특히 **'처음과 같이 지금도, 그리고 영원히'***라는 구절을 나는 끝없이 변화하는 지구를 그대로 묘사한 말이라고 해석했다. 물가와 산이 끝없이 침식되고 지질 구조가 바뀌어 산과 섬을 만들어 내는가 하면, 한순간에 사라질 수도 있다. 나는 지진을 직접 겪을 때조차도 어떤 계획이 작동하고 있다는 증거가 드러났다는 생각에 깊은 만족감을 느꼈다. 그 계획이 인간이 이루어 놓은 것을 파괴할 수 있다는 사실에 개인적으로는 안타깝지만, 내가 보는 더 큰 그림에서는 그저 대수롭지 않은 일일 뿐이었다. 아무도 참새를 지켜 보고 있지 않았다.** 아무도 나를 보고 있지 않았다. **처음과 같이 지금도, 그리고 영원히.** 히로시마에 원자폭탄이 투하되었다는 소식을 들은 날, 그때 열 살이던 내 머릿속에 가장 먼저 떠오른 말이 그것이었다. 몇 년 뒤 네바다 핵실험장에서 버섯구름

---

*   기독교 찬송가 중 하나인 소영광송(Gloria Patri)의 일부분이다.

**   「마태복음」 10장 29절의 '아버지께서 허락지 아니하시면 [참새] 하나라도 땅에 떨어지지 아니하리라'라는 부분을 두고 한 말이다.

이 솟아올랐다는 말을 들었을 때도 그 말이 떠올랐다. 나는 새벽에 잠이 깨어 네바다 핵실험장의 불덩이가 새크라멘토 하늘을 환하게 밝히는 상상을 했다.

나중에 결혼하고 아이가 생긴 후 일상에서, 반복되는 의식에서 의미를 찾는 법을 알게 되었다. 상을 차리는 것. 초에 불을 붙이는 것. 난롯불을 피우는 것. 요리. 수없이 만든 수플레, 크렘 카라멜, 도브,* 알본디가,** 검보,*** 깨끗한 침대보, 차곡차곡 쌓아 놓은 깨끗한 수건, 비바람에 대비하는 허리케인 램프,**** 어떤 지질학적 사건이 일어나더라도 헤쳐 나갈 수 있게 넉넉히 마련해 놓은 물과 식량. **이 조각들로 내 폐허를 버텨 왔다,***** 이 시구가 그때 내 머릿속에 떠올랐다. 이 조각들이 나에게는 중요했다. 나는 그 조각들을 믿었다. 아내이자 엄마라는 내 삶의 극히 개인적인 면에서 의미를 찾을 수 있다는 생각이 무심하고 광범위한 지질 현상과 원폭 실험에서 의미를 찾는 것과 상충하지는 않았다. 두 체계가 나에게

---

* 소고기, 포도주, 채소 등으로 만드는 프로방스식 스튜이다.

** 멕시코식 미트볼 수프이다.

*** 루이지애나에서 많이 먹는 스튜이다.

**** 바람이 불어도 꺼지지 않게 유리 갓을 두른 램프를 말한다.

***** T. S. 엘리엇의 시 「황무지」의 한 구절이다.

는 서로 평행하게 달리다가 지진 같은 일이 일어났을 때 이따금 합해지는 두 선로였다. 마음속 깊은 곳 들여다보지 않은 구석에는 언제나 존과 나의 죽음이, 선로가 최종적으로 합해지는 때가 있었다. 얼마 전 인터넷에 올라온 항공사진에서 우리가 신혼 때 살았던 팔로스 버디스 반도의 집을 찾아보았다. 샌타모니카에 있는 세인트존스 병원에서 퀸타나를 데려와 상자 화단에서 자라는 등나무 옆 요람에 눕혀 놓았던 곳이다. 캘리포니아 해안 지역 기록 프로젝트의 하나로 캘리포니아 해안 전체를 기록하고자 찍은 사진인데, 명확히 보이지는 않았지만 우리가 살던 집은 사라진 것 같았다. 게이트 타워는 그대로 있는 것 같은데 나머지 구조물은 낯설어 보였다. 등나무와 상자 화단이 있던 자리에는 수영장이 있었다. 그 지역에는 '포추기스 벤드 산사태 지역'이라는 이름이 붙어 있었다. 사진에 언덕이 무너진 자리가 보여서 산사태가 일어난 지점을 알 수 있었다. 무너진 곳 아래쪽에는, 조수가 딱 적당히 들어왔을 때 우리가 수영하곤 하던 동굴이 있었다.

맑은 물이 들어올 때.

나의 두 체계가 그렇게 합해질 수도 있었다.

맑은 물이 밀려 들어와 우리가 조수를 타고 동굴

로 들어갈 때, 그 곳이 무너져 우리가 있는 쪽의 바다로 쏟아질 수도 있었다. 땅이 우리 위로 무너져 내리는 일은 내가 예상했던 종말이라고 할 수 있었다. 저녁 식탁에서 심장마비를 일으키는 일은 예상하지 못했다.

저녁을 먹으러 자리에 앉는 순간, 내가 알던 삶이 끝난다.

자기 연민이라는 문제.

비애에 잠겨 있는 사람은 자기 연민에 대해 생각을 많이 한다. 자기 연민에 빠질까 봐 걱정하고, 겁내고, 그런 조짐이 비치면 스스로 채찍질한다. 우리 행동이 '지난 일에 연연한다'라고 할 법한 상태를 드러낼까 봐 겁낸다. '지난 일에 연연하는 것'에 사람들이 일반적으로 혐오를 느낀다는 것도 안다. 눈에 보이게 슬퍼하는 사람을 보면 죽음을 떠올리게 되고, 그런 일이 부자연스러운 일로, 상황을 통제하고 있지 못하다는 뜻으로 비치기 때문이다. '한 사람이 사라졌는데, 전 세계가 텅 비었다.' 필리프 아리에스가 『죽음의 역사』에서 이런 혐오감을 이야기했다. '그렇지만 오늘날에는 누구에게도 그 심경을 입 밖에 내어 말할 권리는 없다.' 우리가 느끼는 상실은 죽은 사람이 경험한(혹은, 더욱 안타까운 일이지만 경험하지 못한) 상실에 비하면 아무것도 아님을 계속 스스로 상기한다. 이렇게 생각을 교정하다 보면, 오히려 자아 성찰의 심연으로 더욱 깊이 들어가게 된다. (나는 왜 예상을 못했나, 나는 왜 이렇게 이기적인가.) 자기 연민을 묘사할 때 쓰는 언어를 보아도 우리가 느끼는 강한 혐오감을 알 수 있다. 자기 연민은 **자기 자신을 불쌍하게 여기는 것**이고, **아기처럼 손가락을 빠는 행동**이고, **'흑흑, 불쌍한 내 신세'라는 생각에 빠지는 것**이며, 자기 연민을 느끼는 사람은 그 상태에 **흠뻑 젖어** 심지어 **탐닉**한다고 할 수 있다. 자기 연민은 가장 흔하면서 또 가장 보편적으로 매도되는 성격 결함이다. 파괴적 전염성이 있다는 것을 기정사실로 받아들인다. 헬렌 켈러는 자기 연민을 '우리의 최악의 적'이라고 했다. **자기를 가여워하는 / 야생동물은 본 적이 없다**, D. H. 로렌스가 쓴 4행짜리 훈계 글의 일부이다. 자주 인용되는 글이지만, 자세히 들여다보면 극히 편향적이다. **작은 새는 얼어 죽어 나뭇가지에서 떨어지더라도 / 자기가 불쌍하다는 생각은 하지 않으리.**

로렌스나 우리나 동물들은 그렇다고 믿고 싶겠지만, 짝이 죽은 뒤에 먹기를 거부하는 돌고래를 한 번 생각해 보라. 잃어버린 짝을 찾아 헤매며 날아다니다가 결국 방향을 잃고 자기도 죽고 마는 기러기라든가. 사실 사랑하는 사람을 잃은 사람은 자신을 가엾게 여길 수밖에 없는 절박한 이유가, 심지어 절박한 욕구가 있다. 남편이 집을 나가거나, 아내가 집을 나가거나 부부가 이혼하기도 하지만, 이렇게 헤어진 배우자는 좋든 싫든 촘촘한 흔적을 고스란히 남기기 마련이다. 사별한 사람만이 진정으로 혼자 남는다. 두 사람의 삶을 구성했던 연결이—깊은 연결이든 (끊기기 전에는) 사소하게 보이던 연결이든— 모두 사라진다. 존과 나는 40년 동안 결혼생활을 했다. 그 기간에서 처음 5개월, 존이 《타임》에서 일하던 기간만 제외하면 우리 둘 다 줄곧 재택근무를 했다. 하루 24시간 같이 있었다는 말이다. 우리 어머니나 이모들은 그 점을 재밌어하면서도 걱정도 된다고 했다. "좋을 때나 궂을 때나, 하지만 점심때는 말고." 우리 신혼 초에 엄마나 이모가 종종 이렇게 말했다. 그냥 평범한 하루를 보내다가, 뭔가 존에게 하고 싶은 말이 떠올랐던 일이 얼마나 많던지. 존에게 이야기하고 싶은 충동은 존이 죽었다고 해서 사라지지 않았다. 대답을 들을 가능성만 사라졌을 뿐. 신문에서 어떤 글을 읽으면 평소라면 존에게 읽어주었을 텐데 하는 생각이 든다. 동네에서 존이 관심을 가질 만한 변화가 눈에 들어온다. 랄프 로렌이 71번가와 72번가 사이 더 넓은 매장으로 확장했다거나, 매디슨 애비뉴에 서점이 있던 자리가 드디어 임대되었다든가. 8월 중순 어느 날 아침, 센트럴파크에서 산책하다가 다급하게 전할 소식을 갖고 집으로 향하는 걸음을 서둘렀던 기억이 선하다. 하룻밤 새 나무에서 짙은 여름색이 옅어지고 벌써 계절이 바뀌기 시작했다는 소식. **우리 가을 계획을 세워야겠다,** 이런 생각을 했다. **우리 추수감사절, 크리스마스, 새해를 어디에서 보낼지 정해야 해.**

현관문 안쪽 테이블에 열쇠를 내려놓고서야 생각이 났다. 이 소식을 들을 사람이 없다는 것, 아직 짜지 않은 계획이나 완결되지 않은 생각을 따라서 갈 데가 없다는 것. 내 말에 맞장구치거나, 다른 의견을 내놓거나, 반박할 사람이 없다는 것. '비애가 왜 긴장감처럼 느껴지는지 이제 이해할 수 있을 것 같다.' C. S. 루이스가 아내와 사별한 후에 쓴 글이다. '습관이 되어버린 충동들이 좌절되면서 긴장감이 된다. 이 생각 저 생각, 이 감정 저 감정, 이 행동 저 행동, 모두 대상이 H였다. 그런데 그 과녁이 사라졌다. 나는 습관적으로 시위에 화살을 메기다가 쏠 곳이 없음을 깨닫고 내려놓는다. 너무나 많은 길이 생각을 H에게로 몰고 간다. 그중 한 길로 걸어간다. 그렇지만 이제는 그 길을 통과할 수 없게 경계 말뚝이 쳐져 있다. 한때는 길이 그렇게 많았는데, 이제는 막다른 골목만 무수하다.'

다른 말로 하면 자신 말고 다른 곳에는 집중할 수가 없는 상태다. 그러니 자연히 자기 연민이 솟을 수밖에 없다. 그런 일이 일어날 때마다(지금도 여전히 일어나는 일이다) 그 경계를 영원히 넘을 수 없으리라는 생각에 다시 또 충격을 받는다. 사별한 사람 가운데 죽은 남편이나 아내의 존재를 느꼈다고, 목소리를 들었다고 하는 사람들이 있다. 어떤 사람은 실제로 보았다고 하기도 한다. 프로이트는 「애도와 멜랑콜리아」에서 이런 현상을 '바라는 바를 환각으로 보는 정신병적 상태를 통해 대상에 매달리는 것'이라고 설명했다. 어떤 사람들은 실제로 보지는 않았더라도 '곁에 있다는 걸 아주 강력하게 느꼈다'라고 했다. 나는 두 가지 다 경험하지 못했다. 몇 번인가(예를 들면, UCLA에서 기관 절개를 하겠다고 한 날) 존에게 어떻게 하면 좋겠냐고 물은 적이 있다. 도와달라고 말했다. 혼자서는 못 하겠다고 말했다. 소리 내서, 그 말을 입 밖에 내어 말했다.

나는 작가다. 다른 사람이 어떻게 말하고 행동할지를 상상하는 일은 숨 쉬는 일만큼이나 자연스럽다.

그런데 존을 이렇게 부를 때마다 우리 둘을 갈라놓은 최종적 침묵만 더욱 절절히 느껴졌을 뿐이다. 존이 무어라 대답하든 그건 내 상상 속에 존재하는 것, 내가 손을 댄 것일 수밖에 없다. 존의 말을 내 멋대로 상상하는 건 안 될 일이고 선을 넘는 일이었다. 존이 UCLA와 기관 절개에 관해 뭐라고 할지 나로서는 알 수가 없었다. 존이 J. J. 매클루어와 테레사 킨과 토네이도에 관한 문장에서 'to'를 빼고 싶어 할지 아닐지를 알 수 없었던 것과 마찬가지로. 존과 나는 서로의 생각을 훤히 안다고, 알고 싶지 않을 때조차도 속이 보인다고 생각하곤 했다. 그렇지만 이제 알겠다. 실은 당연히 알아야 할 아주 사소한 것조차 몰랐다는 사실을.

만약 나한테 무슨 일이 생기면, 존이 종종 이렇게 말하곤 했다.

아무 일도 없을 거야, 내가 말했다.

하지만 만약 그러면.

만약 그러면, 존이 말을 이었다. 만약에 그렇게 되면, 작은 아파트로 이사 가지 말라고 했다. 만약 그렇게 되면, 여러 사람이 곁에 있어 줄 거라고 했다. 만약 그렇게 되면, 그 사람들한테 뭘 먹일지 계획을 짜야 할 거라고 했다. 만약 그렇게 되면, 내가 1년 안에 재혼할 거라고 했다.

당신은 아무것도 몰라, 내가 말하곤 했다.

정말 존은 아무것도 몰랐다. 나도 몰랐고. 우리 둘 다 서로가 없는 삶은 상상할 줄 몰랐다. 우리의 이야기는 남편이나 아내의 죽음이 새로운 삶의 도입부 같은 것이 되거나, '평생 한 사람밖에 사랑할 수 없는 것은 아니다'(조숙한 자녀가 혼자된 부모에게 전형적으로 하는 말이다)라는 사실을 발견하는 계기가 되는, 그런 이야기가 아니다. 물론 다른 사람을 또 사랑할 수 있다는 말은 맞다. 그렇지만 결혼은 다르다. 결혼은 기억이고, 결혼은 시간이다. "그 사람은 그 노래들을 모르더라고." 친구의 친구가 재혼을 시도했다가 잘 안된 이유로 이런 말을 했다는 이야기를 들었다. 결혼은 시간일 뿐 아니라, 역설적으로 시간을 부인하는 것이기도 하다. 나는 40년 동안 나를 존의 눈으로 보았다. 나는 그래서 나이 먹지 않았다. 올해에, 내가 스물아홉 살이었을 때 이래 처음으로 다른 사람의 눈으로 나를 보게 된 것이다. 그래서 스물아홉 살이었을 때 이래 처음으로 올해에야, 내가 생각하는 내 이미지가 실제보다 훨씬 젊다는 걸 깨달았다. 올해에 내가 퀸타나가 세 살 때의 기억으로 자꾸 빠지곤 했던 까닭도 알았다. 퀸타나가 세 살일 때 나는 서른네 살이었던 것이다. 제러드 맨리 홉킨스의 시가 생각난다. **마거릿, 슬퍼하고 있니 / 골든그로브에 잎이 떨어져서? … 인간은 시들기 위해 태어났단다 / 네가 애도하는 건 마거릿 너 자신이지.**

인간은 시들기 위해 태어났다.

우리는 이상화된 자연이 아니다.

우리는 불완전하고 유한한 존재이고, 외면하려 해도 유한성을 의식할 수밖에 없다. 우리는 복잡한 존재이기 때문이다. 우리는 상실을 슬퍼하면서 좋든 싫든 우리 자신을 애도하게끔 되어있다. 우리의 이전 모습을. 이제는 돌아갈 수 없는 자신을. 언젠가는 영원히 사라질 존재를.

엘레나의 꿈은 죽음에 관한 것이었다.

엘레나의 꿈은 노화에 관한 것이었다.

여기 그 누구도 엘레나와 같은 꿈을 꾼 적은 없다 (앞으로도 없을 것이다).

시간은 우리가 배우는 학교다 / 시간은 우리가 불타는 불이다. 다시 델모어 슈워츠의 시다.

딜런 토머스(Dylan Thomas)*가 죽은 뒤에 아내 케이틀린이 쓴 책 『죽여야 할 남은 삶(Leftover Life to Kill)』을 나는 몹시 싫어했었다. 케이틀린의 '자기 연민', '우는소리', '지난 일에 연연하는 것'이 우습다고 생각해서 비판적으로 읽었다. 『죽여야 할 남은 삶』은 1957년에 출간되었다. 그때 나는 스물두 살이었다. 시간은 우리가 배우는 학교다.

---

* 영국 웨일스 출신 시인으로, 평생 인기를 끌었다. 20세기의 가장 중요한 웨일스 시인으로 꼽히는 인물 중 하나이기도 하다. 1937년 케이틀린 맥나마라(Caitlin Macnamara)와 결혼하여 세 자녀를 두었으며, 1953년에 폐렴 악화로 사망했다.

18

이 글을 쓰기 시작한 때인 2004년 10월에도 나는
존이 어떻게, 왜, 언제 죽었는지 몰랐다. 나는 그 자
리에 있었다. 구급요원들이 존을 살리려고 하는 걸
지켜보았다. 그런데도 어떻게, 왜, 언제 죽었는지는
몰랐다. 2004년 12월 초, 존이 죽고 거의 1년이 지났
을 때 드디어 부검 결과와 응급실 기록을 받았다. 그
일이 있고 2주가 지난 날이자 퀸타나에게 그 소식을
전하기 전날인 1월 14일에 뉴욕 병원에 기록을 요청
했었다. 그런데 기록을 받아보기까지 11개월이나 걸
린 데는 그럴 만한 이유가 있었다는 걸, 봉투를 보고
알았다. 내가 병원 신청서에 우편물 수령 주소를 잘
못 적었던 탓이었다. 그때 맨해튼 어퍼 이스트 사이
드의 그 집에 산 지 16년째였다. 그런데 내가 병원에

남긴 주소는 전혀 다른 주소였다. 1964년 내가 존과 결혼한 직후 다섯 달 동안 살았던 곳의 주소였다.

어떤 의사한테 이런 이야기를 했더니 흔한 일이라는 듯 어깨를 으쓱했다.

의사는 이런 '인지 결손'이 스트레스와 관련 있다거나, 아니면 비애와 관련이 있다고 말했을 것이다.

내가 의사한테 그 말을 듣고 단 몇 초 만에 뭐라고 했는지 잊어버렸다는 사실도 인지 결손의 징후다.

응급실 간호 기록부에 따르면, 구급대를 보내 달라는 전화가 2003년 12월 30일 저녁 9시 15분에 접수되었다.

우리 아파트 관리 일지에 따르면, 구급대가 그로부터 5분 뒤인 9시 20분에 도착했다. 간호 기록부에 따르면, 그 뒤 45분 동안 다음과 같은 약품이 주사, 혹은 정맥주사로 투여되었다. 아트로핀(3회), 에피네프린(3회), 바소프레신(40유닛), 아미오다론(300mg), 고용량 에피네프린(3mg), 다시 고용량 에피네프린(5mg). 같은 문서에 현장에서 환자에게 관을 삽입했다는 기록이 있다. 내 기억에는 없는 일이다. 기록한 사람이 잘못 적었거나, 아니면 이것도 인지 결손의 또 다른 징후일 것이다.

　관리 일지에는 구급차가 병원으로 출발한 시각이 오후 10:05이라고 적혀 있었다.

　응급실 간호 기록부에는 환자가 환자 분류소에 도달한 게 오후 10:10으로 되어있었다. 심정지, 무호흡 상태이고 촉진으로 맥이 느껴지지 않았다. 초음파에도 맥박이 안 잡혔다. 정신적으로 무반응이고 피부색은 창백했다. 글래스고 혼수 척도에서 가장 낮은 단계인 3단계로 평가되었다. 눈, 언어, 운동 반응 모두 없다는 의미이다. 오른쪽 이마와 콧잔등에 찢긴 상처가 있었다. 양쪽 동공이 고정 확장되었다. '흑청색화'가 관찰되었다.

　응급실 의사 기록에 환자를 10시 15분에 진찰한 기록이 있다. 의사의 기록은 이렇게 끝이 난다. '심장마비. DOA*―광범위 M. I.(심근경색) 가능성. 오후 10:18 선고.'

　간호 기록에 정맥 주입관과 기도관을 제거한 시각이 오후 10:20로 적혀 있다. 오후 10:30에는 '아내가 병상 옆에 있음―사회복지사 조지가 함께 있음'이

---

*　도착 시 사망(Dead On Arrival), 즉 사망 상태로 병원에 도착했다는 의미이다.

라고 기록되어 있다.

부검 기록에는 좌측대동맥과 좌전하행동맥 양쪽에 95퍼센트 이상의 협착이 일어났다고 되어있다. 또, 'TTC 염색 검사에서 심근이 흐릿하게 나옴. 좌전하행동맥 공급 부위에 급성 경색 가능성 예상'이라고 적혀 있다.

나는 이 서류를 여러 차례 읽었다. 시간 경과 기록을 보니, 내가 생각했던 것처럼 뉴욕 병원에서 보낸 시간은 그저 기록을 작성하고 절차를 밟고 사망을 정식화하는 과정이었음을 알 수 있었다. 그런데 이 기록을 다시 읽을 때마다 새로운 사실이 눈에 들어왔다. 이를테면, 처음 응급실 의사의 기록을 읽었을 때는 'DOA'라는 글자가 눈에 들어오지 않았다. 처음 읽을 때는 아직도 응급실 간호 기록부의 내용을 새기는 중이었던 모양이다.

'고정되고 확장된' 동공. FDP.

셔윈 눌랜드의 글. '남녀 요원들이 끈질기게 매달렸으나 환자의 동공이 빛에 반응하지 않고 점점 커지더니 들여다볼 수 없는 암흑이 확장된 원 모양으로 고정되었다. 마지못해 시도를 중단했다. … 방에는

실패한 작전의 잔해가 흩어져 있었다.'

들여다볼 수 없는 암흑이 확장된 원 모양으로 고정되었다.

그랬다. 구급대원들이 우리 집 거실 바닥에 누운 존의 눈에서 그걸 봤던 거다.

'흑청색화.' 검시에서는 시반이라고도 한다.

나는 '흑청색화'가 무슨 의미인지 알았다. 검시소에서 중요하게 거론되는 사안이고 탐정들이 주목하는 것이기 때문이다. 시반은 사망 시각을 추정하는 단서 중 하나다. 혈액순환이 멈추면 혈액이 중력에 따라 시신의 아래쪽 면에 고인다. 이렇게 고인 피가 눈에 보이려면 시간이 어느 정도 흘러야 한다. 그 시간이 얼마만큼인지가 기억이 안 났다. 나는 존이 책상 위쪽 선반에 꽂아놓은 법의병리학 책을 꺼내 '흑청색화'를 찾아보았다. '편차는 있지만 보통 사망 직후에 생기기 시작해, 한 시간에서 두 시간 뒤에는 뚜렷이 식별 가능하다.' 10시 10분에 환자 분류소 간호사가 보았을 때 흑청색화가 확연했다면, 최소 한 시간 전에 시작되었다는 말이다.

그때로부터 한 시간 전은 내가 구급차를 보내 달라고 전화하고 있었을 때였다.

그러니까 그때 이미 존은 죽었었다는 말이다.

저녁 식탁에서 쓰러진 순간 이후에 존은 한순간도 살아있었던 적이 없었다.

이제 내가 어떻게 죽을지 알겠어, 존이 1987년에 좌전하행동맥을 열어 혈관 성형술을 받은 뒤에 말했다.

당신이 어떻게 죽을지는 나나 다른 사람이나 마찬가지로 아무도 모르는 거야, 1987년에 내가 이렇게 말했다.

우린 그걸 과부 제조기라고 불러요, 존을 담당했던 뉴욕의 심장 전문의가 좌전하행동맥을 두고 한 말이다.

여름이 지나고 가을이 되면서, 나는 무엇이 잘못되어 이 일이 일어났는지를 찾는 데에 점점 더 몰두했다.

이성적으로는 어떻게 일어났는지 알았다. 이성적으로 여러 의사와 이야기를 나누었고 어떻게 일어났는지 설명을 들었다. 이성적으로, 데이비드 J. 캘런스가 《뉴잉글랜드 의학 저널》에 쓴 글을 읽었다. '심장 문제로 인한 돌연사 대부분은 기존 관상동맥 질환이 원인이긴 하나, 이런 기저질환이 심장마비로 처음 드러나는 환자가 50퍼센트에 달한다. … 급성 심장마비는 주로 병원 밖에 있는 환자들에게 일어났을 때 문제가 된다. 심장 문제로 인한 돌연사의 80퍼센트는 집에서 일어난다. 병원 밖 환자의 소생 성공률은 매우 낮아서 주요 도시 중심지에서도 평균 2~5퍼센트 정도다. … 발생 8분 이후의 소생 노력은 거의 필연적으로 실패하게 되어있다.' 이성적으로는 셔윈 눌랜드가 쓴 『사람은 어떻게 죽음을 맞이하는가』에서 이런 글을 읽었다. '병원 밖에서 심장마비가 일어난 경우에는 생존율이 20~30퍼센트에 불과한데, 그것도 CPR에 빨리 반응하는 사람만 가능하다. 응급실에 도착했을 때 아무 반응이 없다면, 생존 가능성은 사실상 0에 가깝다.'

이성적으로는 나도 알았다.

그렇지만, 나는 이성에 따라 작동하고 있지 않았다. 내가 이성에 따라 작동하고 있었다면, 신비주의적이고 환상적인 아일랜드식 경야(經夜)에나 어울릴 법한 허황한 생각을 하지는 않았을 것이다. 또 줄리아 차일드(Julia Child)*가 죽었다는 소식을 들었을 때 안도하면서 **이제 괜찮겠구나,** 라고 생각하지도 않았을 것이다. 존과 줄리아 차일드가 같이 저녁을 먹

---

* 미국의 요리 연구가로, 1960~70년대에 프랑스 요리를 소개해 대중화한 인물이다.

을 수 있겠구나(가장 먼저 든 생각이 그것이었다), 줄리아 차일드가 요리하고, 존이 OSS* 활동에 관해 물어보고, 둘이 즐겁게 시간을 보내고, 마음이 잘 맞겠지. 전에 각자 책을 홍보하던 시즌에 둘이 아침 식사를 같이 한 적이 있었다. 줄리아 차일드가 『요리하는 법』에 서명해서 존에게 선물했다.

나는 부엌에서 『요리하는 법』을 찾아서 그 서명을 보았다.

'**보나페티**(Bon Appétit),** 존 그레고리 던에게.' 이렇게 쓰여있었다.

보나페티와 존 그레고리 던과 줄리아 차일드와 OSS.

내가 이성에 따라 작동하고 있었다면, 인터넷에 올라오는 '건강' 기사와 텔레비전에 나오는 제약 회사 광고에 그렇게 촉각을 곤두세우지도 않았을 것이다. 이를테면, 바이엘 사에서 아스피린을 저용량으로 복용하면 심장마비 위험을 '상당히 낮출 수 있다'라고 광고하는 걸 보고 속이 탔다. 아스피린이 어떻게

심장마비 위험을 줄이는지 나도 아주 잘 알았다. 응혈이 생기는 걸 막는 효과가 있어서다. 나는 존이 쿠마딘이라는 훨씬 더 강력한 항응혈제를 먹고 있다는 것도 알았다. 그런데도 저용량 아스피린을 간과하는 실수를 저지른 것은 아닌가, 하는 생각에 사로잡혔다. 마찬가지로 샌디에이고 캘리포니아 주립대학교와 터프츠대학교에서 발표한, 크리스마스와 새해를 포함한 14일 동안에 심장사가 4.65퍼센트 증가한다는 연구를 봤을 때도 괴로웠다. 에리트로마이신을 흔한 심장약과 같이 먹었을 때 심장마비 위험이 다섯 배 높아진다는 밴더빌트대학교 연구를 보고도 애를 끓였다. 스타틴을 복용하다가 중단한 환자의 심장마비 위험이 30~40퍼센트 높아진다는 연구 결과도 마찬가지였다.

이런 일들을 돌이켜 보다 보니, 우리는 죽음을 피할 수 있다는 메시지를 늘상 받고 있다는 생각이 든다.

또 그 메시지와 함께, 이런 가혹한 메시지도 받는다. 죽음이 우리를 덮친다면, 그것은 오직 우리 탓이라는 것이다.

부검 보고서를 읽은 다음에야 지금까지 줄곧 들었던 이야기를 조금씩 받아들일 수 있게 되었다. 존이나 내가 어떻게 했든 어떻게 하지 않았든 간에, 그것 때문에 죽음을 불러오거나 막을 수는 없었다는 사실이다. 존은 유전적으로 약한 심장을 타고났다. 언젠가는 그것 때문에 죽을 거였다. 존이 심장 때문에 죽는 날은 여러 의학적 개입을 통해 이미 연기된 거였다. 그날이 진짜로 닥쳤을 때 우리 집 거실에서 내가 어떤 행동을 했더라도—가정용 심장 충격기든 CPR이든 무얼 동원했더라도, 완벽한 장비가 갖춰진 응급운반차와 정맥주사로 약물을 투여하고 즉시 심장율동전환 치료를 시행할 전문 인력 없이는, 존을 하루 더 살게 할 수는 없었을 것이다.

하루 더 사는 것보다 **더 당신을 사랑해.**

당신이 말했던 것처럼.

부검 보고서를 읽은 다음에야 충돌을, 죽은 별의 붕괴를 재구성하기를 멈췄다. 붕괴는 처음부터 계속 존재했다. 보이지 않는 상태로, 예상하지 못한 상태로.

좌측대동맥과 좌전하행동맥 양쪽에 95퍼센트 이상의 협착.

좌전하행동맥, LAD 공급 부위에 급성 경색.

시나리오가 그랬다. 1987년에 LAD를 고쳤고, 그래서 고쳐진 상태가 되었으며, 그러다 보니 다들 그것에 대해서는 잊었는데, 그러다가 다시 망가졌다. 우

린 그걸 과부 제조기라고 불러요, 1987년에 심장 전문의가 말했다.

이틀을 넘기지 못할 걸세, 가웨인이 말했다.

만약 나한테 무슨 일이 생기면, 존이 이렇게 말했다.

19

나 자신을 과부로 생각하기가 쉽지 않았다. 그 일 후 처음 어떤 서류 양식에서 결혼 여부를 확인하는 체크박스에 표시해야 했을 때 머뭇거렸던 기억이 난다. 사실 나를 아내로 생각하기도 쉽지는 않았었다. 나는 가정에서 이루어지는 일상의 의식을 소중히 여기는 사람이라 '아내'라는 개념을 당연하게 받아들일 수 있을 줄 알았는데 그렇지가 않았다. 결혼하고 꽤 오래 결혼반지 때문에 골치를 앓았다. 반지가 헐거워서 왼손 약지에서 쑥 빠져버리곤 해서 한두 해 동안은 오른손에 반지를 꼈다. 그러다 오븐에서 팬을 꺼내다가 오른손가락에 화상을 입어 그때부터는 반지를 금줄에 끼워 목에 걸었다. 퀸타나가 태어났을 때 누군가가 아기 반지를 선물해 줘서 그것도 같이 목걸

이에 끼웠다.

좋은 방법인 것 같았다.

지금까지도 그렇게 반지를 몸에 지닌다.

"당신은 다른 타입의 아내를 원하지." 신혼 초에 내가 자주 한 말이다. 보통 시내에서 저녁을 먹고 포추기스 벤드로 돌아가는 길에 이런 말을 꺼냈다. 샌디에이고 고속도로변 정유공장을 지나가면서 말다툼을 개시할 때, 내가 전형적으로 사용하는 공격이었다. "당신은 레니 같은 사람하고 결혼했어야 해." 레니는 닉의 아내, 내 동서이다. 레니는 손님을 초대하고 친구들과 점심 모임을 하고 집안 살림도 잘했고 아름다운 프랑스제 드레스나 정장을 입었다. 게다가 언제나 집을 봐 주거나 베이비 샤워 파티를 열어 주거나 멀리에서 온 손님들을 디즈니랜드에 데려가거나 할 여유가 있는 듯했다. "내가 레니 같은 사람하고 결혼하고 싶었으면, 레니 같은 사람하고 결혼했겠지." 존이 말했다. 처음에는 인내심 있게 말했지만, 점점 인내심이 줄어들었다.

사실 나는 아내가 된다는 게 어떤 건지 개념이 없었다.

신혼 초에는 '신부' 같은 느낌을 내려고 머리에 데이지꽃을 꽂곤 했다.

나중에는 깅엄 스커트를 퀸타나와 세트로 맞춰 입고 '젊은 엄마' 분위기를 냈다.

　　돌이켜보면, 그때는 존이나 나나 아무 생각 없이 즉흥적으로 살았던 것 같다. 최근에 파일 서랍을 정리하다가 '계획'이라는 이름표가 붙은 두툼한 파일을 발견했다. '계획'이라는 파일을 만들었다는 사실 자체가 우리가 얼마나 무계획했는지를 보여준다. 우리는 '계획 회의'라는 것도 했다. 노트패드를 들고 앉아서 당면한 문제를 입 밖에 내어 거론한 다음, 문제를 해결하려는 노력은 전혀 하지 않은 채 점심 먹으러 나가는 게 전부였지만. 일을 잘 마쳤다고 자축하는 분위기로 점심을 잘 먹었다. 샌타모니카에 있는 마이클스에 주로 갔다. 이 '계획' 파일에는 1970년대에 만든 크리스마스 쇼핑 리스트 몇 개, 전화 통화 메모 몇 개가 있었고, 역시 1970년대에 작성한 예상 수입·지출과 관련된 메모가 상당히 많았다. 이러한 메모에는 절박한 기색이 어려 있었다. 1978년 4월 19일에 회계사 길 프랭크와 미팅하기 전에 적은 메모도 있었다. 그때는 우리가 브렌트우드 파크에 있는 집을 사서 5만 달러를 계약금으로 걸어놓고 말리부에 있는 집을 팔려고 할 때였다. 그런데 그해 봄 내내 비가 와서 말리부 집을 팔 수가 없었다. 산비탈이 무너졌다. 퍼시픽 코스트 고속도로가 폐쇄되었다. 길이 끊겼으니 말리부 지역에 사는 사람이 아니면 집을 보러올 수조차 없었다. 몇 주 동안 집을 보러온 사람은 한 명뿐이었는데, 말리부 콜로니에 사는 정신과 의사였다. '집을 느끼고 싶다'며 비가 쏟아지는데도 집밖에 신발을 벗어 놓고 들어와 맨발로 타일 바닥을 걸어 다녔고, 같이 온 자기 아들에게 집이 '차다'고 말했다고 한다. 그 아들이 퀸타나에게 말해줘서 알았다. 그해 4월 19일에 우리가 남긴 메모다. **올해 말까지는 말리부 집을 못 판다고 가정해야 한다. 최악을 가정해야 조금이라도 나은 상황이 되면 다행스러울 테니까.**

　일주일 뒤에는 이런 메모를 썼는데, 아무래도 '계획 회의'를 대비해 적은 것 같았다. **논의: 브렌트우드 파크를 버리나? 5만 달러를 날려?**

　2주 뒤에 우리는 비행기를 타고 호놀룰루로 갔다. 장마에서 탈출하고 점점 줄어드는 선택지를 다시 고민해 보겠다면서. 다음 날 아침 수영하고 숙소로 돌아와 보니 메시지가 와 있었다. 말리부에 해가 떴고 호가 범위에서 구매 제안이 들어왔다는 소식이었다.

　대체 우리는 무슨 논리로 호놀룰루에 있는 휴양 호텔이 현금 부족 문제를 해결하기에 적절한 장소라고 생각했을까?

그런데도 그 방법이 통했다는 사실에서 우린 어떤 교훈을 얻었을까?

25년 뒤 비슷한 곤경에 처했는데, 역시 비슷하게 파리로 가서 문제를 해결하겠다는 결정을 내렸을 때도 그랬다. 어떻게 우리는 콩코드 여객기 한 명분 공짜 표를 얻었다고 그걸 '절약'이라고 생각했던 걸까?

같은 파일 서랍에서 존이 1990년 우리 결혼 26주년 기념일에 쓴 짧은 글을 찾아냈다. '우리가 캘리포니아 산후안 바우티스타에 있는 조그만 수도원에서 결혼식을 올리던 날 아내는 예식 내내 선글라스를 끼고 있었다. 그리고 내내 울었다. 복도를 따라 걸어 퇴장하며, 우리는 다음 주에 이걸 끝낼 수도 있다면서, 죽음이 우리를 갈라놓을 때까지 기다리진 말자고 서로 약속했다.'

그 방법도 통했다. 어떻게 해서든지 모든 게 잘되었다.

나는 어째서 이렇게 영원히 즉흥적으로 살 수 있으리라고 생각했을까?

이게 끝날 수도 있다는 걸 알았다면, 나는 달리 어떻게 했을까?

존은?

20

이 글을 쓰는 지금 첫 번째 해가 끝나가고 있다. 아침 일곱 시에 눈을 뜨니 뉴욕 하늘은 어둑하고, 오후 네 시가 되니 다시 또 어두워진다. 거실에 있는 마르멜로 나뭇가지에서 크리스마스 색 전구가 반짝거린다. 1년 전 그 일이 일어난 날에도 거실 마르멜로 나무에 크리스마스 색 전구가 달려 있었지만, 봄에 내가 퀸타나를 UCLA에서 집으로 데려오고 얼마 안 되어 전선이 타버려서 못 쓰게 됐다. 그게 상징이었다. 나는 색 전구를 다시 샀다. 그게 미래에 대한 믿음을 천명하는 행동 같았다. 나는 믿음을 천명할 기회가 있으면 놓치지 않고 그렇게 했다. 실제로는 미래에 대한 믿음을 아직 느끼지 못하고 있었기 때문이다.

사람들하고 일상적으로 교제하는 기술을 잊어버

렸다는 게 느껴진다. 전에도 대단히 잘했던 건 아니었 겠지만 1년 전처럼 할 수가 없다. 공화당 전당대회 동 안에 친구 집에서 열린 작은 파티에 초대받았다. 친 구를 만나서, 또 파티의 주인공인 친구 아버지를 만 나서 기뻤지만 다른 사람들하고 대화를 나누기가 쉽 지 않았다. 그 자리를 뜨다가 첩보 기관이 와있는 것 을 알아차렸지만, 좀 더 기다려서 어떤 거물이 오는 지 보고 갈 만큼의 인내심도 없었다. 전당대회 기간 또 다른 날에는 타임 워너 빌딩에서 열린《뉴욕 타임 스》파티에 갔다. 정사각형 유리병에 양초와 치자꽃 이 둥둥 떠 있었다. 나는 대화 상대에게 집중할 수가 없었다. 브렌트우드 파크 우리 집에서 치자꽃이 수영 장 정수 필터에 빨려 들어가던 장면만 자꾸 머릿속 에 떠올랐다.

그럴 때면, 내가 대화를 해보려고 애쓰다가, 결국 실패하고 마는 소리가 들린다.

내가 저녁 식사 자리에서 너무 급작스럽게 일어 나곤 한다는 생각이 든다.

또 일 년 전보다 회복력이 떨어진 게 느껴진다. 위 기가 연달아 일어나면, 몸에 아드레날린을 공급해 위 기 상황에 대처하게 하는 체계가 무너진다. 운동 기 능이 떨어져 느리고 멍해진다. 8월과 9월 민주당, 공화당 전당대회가 끝나고 선거는 아직 하기 전에 글을 하나 썼다. 존이 죽은 뒤로 처음이었다. 전당대회에 관한 글이었다. 1963년 이래로 존이 원고를 검토하고 뭐가 틀렸는지, 뭐가 부족한지, 어디를 키우고 어디를 덜어낼지 말해주지 않은 건 처음이었다. 나는 원래 글을 술술 못 쓰는 편이지만, 이 글은 특히 오래 걸리는 듯했다. 그러다가 내가 이 글을 완성하고 싶지 않아서 미적거리는 것임을 깨달았다. 읽어줄 사람이 없었으므로. 나는 마감일이 있음을, 존이나 나나 마감일을 안 지킨 적은 한 번도 없었음을 자꾸 되새겼다. 그 글을 마무리 지으려고, 결국 나는 존이 내게 메시지를 보냈다고 상상하는 지경 비슷하게까지 갔다. 이런 메시지였다. **당신은 프로잖아. 글을 마무리해.**

우리는 오직 이런 종류의 메시지만 머릿속에 떠올리도록 스스로 허락하는 듯하다. 살아남아야 하기 때문이다.

UCLA 병원에서 한 기관 절개는, 지금 와서 깨달았지만 나와 상관없이 일어날 일이었다.

퀸타나가 자기 삶을 다시 시작하는 일도, 지금 와서 깨달았지만 나와 상관없이 일어날 일이었다.

이 글을 마무리하는 것, 그러니까 내 삶을 다시

시작하는 일은 아니었다.

글을 최종 교정할 때, 내가 저지른 오류가 어찌나 많은지 보고 깜짝 놀랐고 마음이 동요되었다. 잘못 옮겨 적거나 이름과 날짜를 틀리는 등 단순한 실수들이었다. 나는 일시적인 현상일 뿐이라고, 운동 능력 저하와 스트레스인지 비애인지로 인한 인지 결손의 사례일 뿐이라고 자신을 달랬지만, 그래도 마음이 안정되지 않았다. 내가 다시 정상이 될 수 있을까? 다시 내가 틀리지 않았다고 믿을 수 있게 될까?

왜 항상 당신이 옳아야 해? 존이 말했었다.

당신이 틀렸을 가능성은 생각해 볼 수 없어?

요즘 나는 지금 내가 보내는 12월의 나날과 1년 전 12월의 나날이 얼마나 비슷한가, 하는 생각에 몰두한다. 어떤 면에서는 1년 전의 나날이 나에게 더 명료하고 또렷하게 느껴진다. 나는 그때나 지금이나 똑같은 일을 한다. 그때와 똑같이 해야 할 일 목록을 만든다. 그때와 똑같은 색종이로 크리스마스 선물을 포장하고 휘트니 선물 가게에서 산 같은 엽서에 같은 메시지를 적으며, 같은 금색 인장 스티커로 엽서를 선물에 붙인다. 건물 관리인들에게도 똑같이 수표를 선물한다. 다만, 이번에는 수표에 내 이름만 적혀 있다. 자동응답기에 녹음된 목소리를 그대로 두었듯이 수표도 계속 사용할 생각이었지만, 존의 이름은 이제 신탁 계좌 말고 다른 계좌에는 쓰일 수 없다고 한다. 나는 시타렐라에서 똑같은 햄을 주문한다. 크리스마스이브 만찬에 쓸 접시 때문에 작년과 똑같이 안달복달하며 접시를 세고 또 센다. 12월에 연례 치과 검진을 받고 샘플로 준 칫솔을 백에 넣다가 대기실에서 신문을 보며 나를 기다리는 사람이 없구나, 나와 같이 매디슨 애비뉴에 있는 스리가이스에 아침 먹으러 갈 사람이 없구나, 하는 사실을 깨닫는다. 오전이 공허하게 지나간다. 스리가이스 앞을 지날 때는 고개를 돌린다. 친구가 성 이그나티우스 로욜라 교회에 크리스마스 성가를 들으러 가자고 해서 같이 갔다가 어두울 때 비를 맞으며 집으로 걸어간다. 그날 밤 첫눈이 내리기는 했으나 진눈깨비였고 1년 전 내 생일날처럼 세인트 제임스 교회 지붕에서 눈이 와르르 쏟아지지는 않는다.

1년 전 내 생일, 존이 나에게 마지막 선물을 주었을 때.

1년 전 내 생일, 존에게 살날이 25일 남았을 때.

벽난로 앞 테이블 위에 쌓인 책무더기에서 뭔가

낯선 것이 눈에 뜨인다. 존이 한밤중에 잠에서 깼을 때, 앉아 책을 읽는 의자 가까이에 쌓인 책무더기다. 나는 일부러 그 책무더기를 건드리지 않고 그대로 놓아두었다. 사당 같은 걸 만들려고 그런 건 아니고, 그저 존이 한밤중에 무얼 읽었을지 생각해 볼 엄두가 안 났다. 그런데 누군가가 그 무더기 위에 화보가 있는 커다란 커피 테이블 북*을 위태하게 얹어 놓았다. 『빌라르 페로사의 아녤리 정원』이라는 책이다. 나는 『빌라르 페로사의 아녤리 정원』을 치운다. 그 아래에는 존이 밑줄을 잔뜩 쳐놓은 존 루카치의 『1940년 5월, 런던의 5일』이 있고 그 책에 코팅된 책갈피가 껴 있는데, 어린아이 글씨로 '존 아저씨께ー즐거운 독서 되시길ー 일곱 살 존이'라고 적혀 있다. 처음에는 분홍색 반짝이를 뿌려 코팅한 책갈피를 보고 어리둥절해하다가, 기억해 낸다. 크리에이티브 아티스트 에이전시(CAA)에서 해마다 크리스마스 행사로 로스앤젤레스 지역 초등학생들과 결연을 맺고 아이들은 짝이 된 각 CAA 회원에게 기념품을 만들어서 보내준다.

존이 크리스마스 밤에 CAA에서 온 상자를 열었

---

* 주로 커피 테이블 위에 과시하느라 올려놓는, 삽화가 많은 커다란 책을 말한다.

던 거다.

그리고 책무더기 가장 위에 있는 책에 책갈피를 끼워 넣었을 것이고.

그때 살날이 120시간 남았었다.

그 120시간을 존은 어떻게 살려고 했을까?

『1940년 5월, 런던의 5일』 아래에는 2004년 1월 5일 자 《뉴요커》가 있다. 그 날짜 《뉴요커》는 우리 집으로 2003년 12월 28일 일요일에 배달되었을 것이다. 2003년 12월 28일 일요일, 존의 달력에 적힌 기록에 따르면 우리는 섀런 델라노와 함께 집에서 저녁을 먹었다. 섀런 델라노는 랜덤하우스 출판사에서 존의 담당 편집자였다가, 당시는 《뉴요커》에서 존의 글을 맡아 편집했다. 우리는 거실 테이블에서 저녁을 먹었을 것이다. 내 주방 노트를 보니 그날 저녁에 링귀니 볼로네제와 샐러드, 치즈, 바게트를 먹었다고 되어있다. 존이 살날이 48시간 남았을 때다.

이렇게 시간표를 되짚어 보면서 느끼는 불길한 예감이 내가 책무더기에 손을 댈 엄두를 못 낸 이유이기도 하다.

내가 감당할 수 있을 것 같지 않아, 그날 밤인지 다음 날 밤인지 베스 이즈리얼 노스에서 택시를 타고 집으로 돌아오는 길에 존이 이렇게 말했다. 우리가 병원에 두고 온 퀸타나의 상태가 좋지 않아서 한 말이었다.

우리가 선택할 수 있는 게 아니잖아, 택시에서 내가 이렇게 말했다.

그는 선택했던 걸까, 하는 생각이 든다.

21

"여전히 아름답네요." 제리가 말했다. 제리와 존과 내가 베스 이즈리얼 노스의 집중 치료실에 퀸타나를 두고 나올 때였다.

"퀸타나가 여전히 아름답다고 하더라." 존이 택시에서 말했다. "제리가 그 말 하는 거 들었어? 여전히 아름답다고? 퉁퉁 부어서 온몸에 관을 끼운 채 누워 있는데 제리는…"

존은 말을 잇지 못했다.

존이 죽기 며칠 전, 12월 말 어느 날 밤에 있었던 일이다. 그날이 26일이었는지 27일이었는지 28일이었는지 29일이었는지, 나는 모르겠다. 30일은 아니다. 30일에 우리가 병원에 도착했을 때, 제리는 이미 병원을 떠나고 없었기 때문이다. 지난 몇 달 동안 나는 그 나날들, 그 시간을 거슬러 올라가는 데 내 에너지의 대부분을 쏟은 듯싶다. 베스 이즈리얼 노스에서 나와 택시를 타고 집으로 가면서, 존이 자기가 한 일은 모두 무가치하다고 말했을 때가 존이 죽기 3시간 전이었을까, 아니면 27시간 전이었을까? 존은 시간이 얼마나 조금 남았는지 알았을까, 자기가 떠난다는 걸 느꼈을까, 가고 싶지 않다고 말한 거였을까? **망가진 남자가 날 잡아가게 하지 마.** 악몽에서 깨었을 때 퀸타나는 이렇게 말하곤 했다. 존이 적어서 상자 안에 넣어 두었다가 『더치 시어 주니어』에서 캣의 대사로 썼던 퀸타나의 말 가운데 하나다. 나는 퀸타나에게 망가진 남자가 잡아가지 못하게 우리가 지켜주겠다고 약속했다.

이제 안전해.

엄마가 왔어.

나는 우리에게 그럴 힘이 있다고 믿었다.

그런데 그때 망가진 남자가 베스 이즈리얼 노스 집중 치료실에서 퀸타나를 기다리고 있었고, 또 망가진 남자가 그 택시 안에서 퀸타나의 아빠를 데려가려고 기다리고 있었다. 퀸타나는 서너 살밖에 안 되었을 때도 망가진 남자가 나타나면 자기 자신밖에는 믿을 사람이 없다는 걸 알았다. **망가진 남자가 오면,**

나는 울타리에 꼭 매달려서 날 데려가지 못하게 할
거야.

퀸타나는 울타리에 매달렸다. 퀸타나의 아빠는
그러지 않았다.

이틀을 넘기지 못할 걸세.

1년 전 12월의 나날들이 더 또렷하게 느껴지는
건 그 결말 때문이다.

22

지질학자의 손녀인 나는 어릴 때 언덕, 폭포, 심지어 섬조차도 생기고 사라질 수 있다는 걸 알았다. 언덕이 무너져 바다가 되는 데에서 나는 질서를 봤다. 리히터 규모 5.2의 지진이 웰벡 스트리트에 있는 우리 집 내 방 책상을 뒤틀어 놓아도 나는 계속해서 타자를 친다. 언덕은 스트레스를 머금은 과도적 상태이고, 사람의 자아도 비슷하다. 폭포는 시내의 부적응을 구조에 맞게 스스로 교정하는 것이고, 기교라는 것도 내가 알기로는 마찬가지다. 이네즈 빅터가 1975년 봄에 돌아왔던 섬—하와이 산맥에 속하며 침식을 겪고 남은 땅덩이인 오아후섬— 또한 일시적인 것이며, 비가 내릴 때마다 태평양판이 진동할 때마다 모양이 바뀌고 태평양의 교차로로서 임기가 줄어든다. 그런 관점에서 생각해 보면 1975년 봄에, 혹은 그 전에 그곳에서 무슨 일이 일어난 건지 절대적으로 확신하기는 어렵다.

이 글은 내가 1980년대 초에 쓴 소설 『민주주의』의 도입부이다. 존이 붙인 제목이다. 처음 쓰기 시작할 때는 **'천사의 방문(Angel Visits)'**이라는 제목으로, 가족 풍속 코미디로 쓰기 시작했다. '천사의 방문'은 『브루어 숙어 설화 사전』*에 '드물게 찾아오는 짧은 즐거움'이라고 정의된 문구다. 그런데 써 내려가다 보니 책이 다른 방향으로 가는 게 분명해져, 제목 없이 계속 써나갔다. 완성한 다음 존이 읽어 보고는 『민주주의』라고 제목을 붙이라고 했다. 수마트라 섭입대 1,000킬로미터에 달하는 구간에 닥친 리히터 규모 9.0의 지진으로 발생한 쓰나미가 인도양에 면한 해안지역 대부분을 휩쓰는 재해가 일어났을 때, 내가 쓴 글을 다시 찾아보았다.

　이 사건을 계속 머릿속에서 상상하기를 멈출 수가 없다.

---

* 　코밤 브루어(E. Cobham Brewer)가 19세기 말에 출간한 사전으로, 영어 구절이나 숙어, 고유명사 등의 그 유래와 역사적 배경, 문화적 맥락 등을 설명한 참고서이다.

내가 상상하려는 사건은 영상이 없다. 쓰나미가 닥치는 바닷가나, 물이 넘쳐흐르는 수영장이나, 비바람에 썩은 말뚝처럼 무너져 내리는 호텔 로비가 아니었다. 내가 보고 싶었던 것은 표면 아래였다. 인도판이 버마판 아래로 휘어져 들어가는 모습. 심해에서 움직이는 보이지 않는 해류. 나한테 인도양 측심도는 없지만, 랜드 맥낼리 사에서 만든 종이 지구의로도 얼마나 광범위한 구역인지 볼 수 있다. 인도네시아 반다아체에서 780미터 떨어진 곳. 수마트라섬과 스리랑카 사이의 2,300미터. 안다만 제도와 태국 사이 2,100미터, 그리고 푸켓 쪽으로 뻗은 길고 얕은 바다. 보이지 않는 해류의 머리가 대륙붕을 만나 속도가 느려지는 순간. 낮은 대륙붕 바닥을 지나면서 높이 치솟는 물.

처음과 같이 지금도, 그리고 영원히.

오늘은 2004년 12월 31일이다. 1년하고 하루가 지났다.

크리스마스이브인 12월 24일에는 1년 전에 존과 함께 그리했듯이 사람들을 만찬에 초대했다. 퀸타나를 위해 하는 거라고 나 자신에게 말했지만, 사실 나를 위해 하는 것이기도 했다. 여생을 특수한 상황에 처한 사람으로, 손님으로, 혼자서는 아무것도 못 하는 사람으로 보내지 않겠다는 맹세 같은 거였다. 나는 벽난로에 불을 지피고 양초에 불을 밝혔으며, 식당 사이드 테이블에 접시와 포크, 나이프를 올려놓았다. CD도 틀었다. 메이블 머서가 부르는 콜 포터의 노래, 이즈리얼 카마카위올레가 부르는 〈오버 더 레인보(Over the Rainbow)〉, 리즈 마그네스라는 이스라엘 재즈 피아니스트가 연주하는 〈섬원 투 워치 오버 미(Someone to Watch Over Me)〉를 틀었다. 존이 이스라엘 대사관 만찬에서 리즈 마그네스 옆에 앉은 인연으로 리즈 마그네스가 CD를 보내주었다. 마라케시에서 공연한 거슈윈 연주회 음반이었다. 존은 이 곡을 들으면 영국 통치기 예루살렘에 있는 킹 데이비드 호텔에서 술을 마시는 듯한 분위기가 느껴진다면서, 그 CD를 마치 유령처럼 흥미로운 존재, 사라진 세계의 유물, 1차 세계 대전의 또 하나의 여파로 여겼다. 존은 이 노래를 '필수 곡'이라고 불렀다. 존은 그가 사망한 날 저녁 식사 전에도 책을 읽으면서 이 CD를 틀었다.

24일 오후 다섯 시쯤 되자 그날 저녁을 내가 치러낼 수 있을 것 같지 않다는 생각이 들었지만, 막상 닥

치자 저절로 그럭저럭 굴러갔다.

호놀룰루에 사는 수재너 무어가 자기 딸 룰루, 퀸타나, 그리고 내 몫으로 레이를 보내주었다. 우리는 레이를 목에 걸었다. 다른 친구는 진저브레드 하우스를 가져왔다. 어린아이가 많았다. 나는 필수 곡을 틀었지만, 집 안이 시끌벅적해서 음악을 들은 사람은 아무도 없었을 것이다.

크리스마스 아침에는 접시와 포크, 나이프를 치웠고 오후에는 세인트 존 더 디바인 대성당에 갔는데 일본인 관광객이 많았다. 세인트 존 더 디바인에는 언제나 일본인 관광객이 있었다. 퀸타나가 세인트 존 더 디바인에서 결혼식을 올린 날에도 일본인 관광객들이 퀸타나와 제리가 퇴장하는 모습을 사진기로 찍어댔다. 존의 유해를 대제단 뒤쪽 부속 예배실에 안치한 날에는 일본인 관광객을 태우고 온 관광버스에 불이 나서, 암스테르담 애비뉴에 불꽃이 치솟았다(버스 안에 사람은 없었다). 크리스마스에 가보니 보수 공사 때문에 대제단 뒤쪽 부속 예배실이 막혀 있었다. 안전 요원이 나를 안으로 들여보내 줬다. 예배실 내부는 텅 비어있고 비계가 설치되어 있었다. 나는 몸을 숙이고 비계 아래로 기어들어 가 존의 이름과 우리 어머니 이름이 새겨진 대리석 판을 찾아냈다. 대리석 판을 납골당에 고정하는 놋쇠 막대에 레이를 걸고 예배실에서 나와, 신랑을 통과해 신도석 중앙 복도를 따라 커다란 장미창*을 향해 똑바로 걸어 갔다.

창문에 눈을 고정하고 걷다 보니 눈 부신 빛 때문에 앞이 잘 보이지 않았지만, 나는 이렇게 다가가다가 창문이 빛으로 폭발하는 듯 보이는 순간, 내 시야 전체를 푸른 빛으로 가득 채우는 순간까지 눈을 떼지 않기로 마음먹었다. 버펄로 컬러 펜과 검은색 알람 시계가 있었고 호놀룰루 전역에서 불꽃놀이가 벌어졌던 1990년의 크리스마스에 존과 내가 급하게 다시 썼지만 결국 영화화되지 않은 시나리오에 그 창문을 등장시켰다. 우리는 영화의 대단원 무대를 세인트 존 더 디바인으로 설정했다. 플루토늄 장치를 종탑에 설치했고(주인공 혼자만 폭탄 장치가 설치된 곳이 세계무역센터가 아니라 세인트 존 더 디바인임을 알아차린다) 그 장치를 자기도 모르게 지니고 있던 사람을 커다란 장미창을 통해 밖으로 날려 버렸다. 우리는 그해 크리스마스에 화면을 온통 파란색으로 가득 채웠다.

---

* 고딕 양식 건물에서 볼 수 있는 장식 창으로, 스테인드글라스를 이용하여 꾸민 둥근 꽃 모양의 창문을 말한다.

이 글을 쓰다 보니, 내가 이 글을 끝내고 싶지 않다는 걸 알게 됐다.

이 해를 끝내고 싶지도 않다.

이전처럼 비이성적인 생각에 사로잡히지는 않지만, 명료한 사고가 그 자리를 채우지도 않는다.

나는 해답을 구하지만, 어디에서도 찾을 수가 없다.

나는 이 해를 끝내고 싶지 않다. 하루하루 지나서 1월이 2월이 되고 2월이 여름이 되면, 어떤 일들이 일어날 것이기 때문이다. 마지막 순간 존의 모습이 덜 생생하고 덜 분명하게 떠오르게 될 것이다. 그 일이 지난해에 일어난 일이 되고 말 것이다. 살아생전 존의 느낌도 멀어지고, 심지어 '흐리해져', 내가 존 없는 삶에 적응하는 데 도움 되게끔 약해지고 변질할 것이다. 사실 이미 그런 일이 일어나고 있다. 한해 내내 나는 지난해 달력을 따라 살았다. 작년 이날 우리가 무얼 했나, 저녁은 어디에서 먹었나, 한 해 전 오늘이 퀸타나의 결혼식을 끝내고 호놀룰루로 날아간 날 아니던가, 오늘이 파리에서 돌아온 날 아닌가, **오늘이 그날 아닌가.** 나는 오늘 깨달았다. 작년 이날의 기억이 처음으로 존과 함께하지 못한 기억임을. 작년 오늘은 2003년 12월 31일이었다. 존은 작년 이날을 맞지 못했다. 존은 죽어있었다.

렉싱턴 애비뉴를 건너다가 그 생각이 떠올랐다.

나는 왜 우리가 죽은 사람을 살려두려고 하는지 안다. 그들을 우리 곁에 두려고 살리려 하는 것이다.

나는 또 우리가 살아가려면 죽은 사람을 포기해야만 하는 때가, 그들을 보내 줘야만 하는 때가, 그들을 죽은 채로 두어야만 하는 때가 온다는 것도 안다.

그들이 테이블 위의 사진이 되게 해야 한다.

신탁 계좌의 이름이 되게 해야 한다.

물 위에 띄워 보내야 한다.

그걸 안다고 해서 존을 물 위에 띄워 보내는 일이 조금이라도 쉬워지지는 않는다.

사실은 오늘 렉싱턴 애비뉴를 건널 때, 우리가 함께 보낸 삶이 내 일상의 중심에서 점점 밀려 나가리라는 예감이 너무나 강력한 배신처럼 느껴져서, 나는 다가오는 차의 존재조차 잊고 말았다.

세인트 존 더 디바인에 두고 온 레이를 생각한다.

우리가 장면을 파란빛으로 채웠던 호놀룰루의 크리스마스를 기념하는 물건.

과거에는 사람들이 맷슨 여객선으로 호놀룰루를 떠날 때 바닷물에 레이를 던지는 관습이 있었다. 여행객이 다시 이곳으로 돌아오리라는 약속의 징표였다. 레이는 배가 지나간 자리에 생긴 반류에 휩쓸려

뭉크러지고 갈색으로 변했을 것이다. 치자꽃이 브렌트우드 파크에 있는 집 수영장 필터에서 뭉크러지고 갈색으로 변했던 것처럼.

어느 날은 잠에서 깨어 브렌트우드 파크의 내부 구조를 기억해 내려고 애썼다. 내가 이 방 저 방을 돌아다니는 상상을 해보았다. 먼저 아래층, 다음에 위층. 한참 뒤에 내가 방 하나를 빠뜨렸다는 걸 알아차렸다.

내가 세인트 존 더 디바인에 두고 온 레이는 지금쯤 갈색으로 변했을 것이다.

레이는 갈변하고, 지각판은 이동하고, 심층류는 움직이고, 섬은 사라지고, 방은 잊힌다.

나는 1979년과 1980년에 존과 함께 인도네시아, 말레이시아, 싱가포르로 여행을 갔다.

그때 그곳에 있던 섬 가운데 일부는 사라져, 지금은 여울이 되어있을 것이다.

포추기스 벤드에서 존과 함께 동굴로 헤엄쳐 들어가던 일을 생각한다. 맑은 물이 밀려 들어와 물살이 바뀌던 것. 물살이 곶 아래쪽 바위 사이 좁은 틈으로 들어오며 속도가 빨라지고 거세지던 것. 조수가 딱 맞아야 했다. 조수가 딱 맞을 때 물속에 있어야 했다. 우리가 그곳에 살던 2년 동안 그렇게 해본

게 대여섯 번밖에 되지 않지만, 그래도 그 일이 기억
난다. 매번 나는 물살을 놓칠까 봐 겁내며 망설였고
타이밍을 잘 맞추지 못했다. 존은 한 번도 그런 적이
없었다. 물살이 바뀌는 걸 느껴야 해. 바뀌는 순간에
같이 가야 해. 존이 그렇게 말했다. 아무도 참새를 지
켜 보고 있지 않았을지라도, 존은 나에게 그렇게 말
해주었다.

옮긴이 홍한별

글을 읽고 쓰고 옮기면서 살려고 한다. 옮긴 책으로 『클라라와 태양』, 『도시를 걷는
여자들』, 『하틀랜드』, 『호텔 바비즌』, 『깨어 있는 숲속의 공주』, 『신경 좀 꺼줄래』,
『달빛 마신 소녀』, 『나는 가해자의 엄마입니다』 등이 있다. 『아무튼, 사전』, 『우리는
아름답게 어긋나지』(공저) 등을 썼다. 『밀크맨』으로 제14회 유영번역상을 수상했다.

상실

The Year of Magical Thinking

초판 1쇄 인쇄 | 2023년 12월 4일
초판 4쇄 발행 | 2024년 11월 22일

지은이 | 조앤 디디온
옮긴이 | 홍한별

발행인 | 홍은정

주 소 | 경기도 파주시 심학산로12, 4층 401호
전 화 | 031-839-6800
팩 스 | 031-839-6828

발행처 | ㈜한올엠앤씨
등 록 | 2011년 5월 14일
이메일 | booksonwed@gmail.com

* 책읽는수요일, 비즈니스맵, 라이프맵, 생각연구소, 지식갤러리, 스타일북스는
  ㈜한올엠앤씨의 브랜드입니다.